荆楚文庫

夢澤集

〔明〕王廷陳 著
陳志平 熊清元 點校

荆楚文庫編纂出版委員會
湖北人民出版社

荊楚文庫

夢澤集

MENGZE JI

圖書在版編目（CIP）數據

夢澤集 / 〔明〕王廷陳著；陳志平，熊清元點校．
武漢 ：湖北人民出版社，2021.10
ISBN 978-7-216-10312-1
Ⅰ．夢…
Ⅱ．①王… ②陳… ③熊…
Ⅲ．古典詩歌－詩集－中國－明代
Ⅳ．I222.748
中國版本圖書館 CIP 數據核字（2021）第 214497 號

責任編輯：朱小丹
整體設計：范漢成　曾顯惠　思　蒙
美術編輯：董　昀
責任校對：范承勇
責任印製：王鐵兵
出版發行：湖北人民出版社（中國・武漢）
地址：武漢市雄楚大道 268 號
電話：(027)87679657　郵政編碼：430070
録排：武漢偉創偉業廣告有限公司
印刷：湖北新華印務有限公司
開本：720mm×1000mm　1/16
印張：21.25　插頁：2
字數：293 千字
版次：2021 年 10 月第 1 版　2021 年 10 月第 1 次印刷
定價：102.00 元

ISBN 978-7-216-10312-1

出版説明

湖北乃九省通衢，北學南學交會融通之地，文明昌盛，歷代文獻豐厚。守望傳統，編纂荆楚文獻，湖北淵源有自。清同治年間設立官書局，以整理鄉邦文獻爲旨趣。光緒年間張之洞督鄂後，以崇文書局推進典籍集成，湖北鄉賢身體力行之，編纂《湖北文徵》，集元明清三代湖北先哲遺作，收兩千七百餘作者文八千餘篇，洋洋六百萬言。盧氏兄弟輯録湖北先賢之作而成《湖北先正遺書》。至當代，武漢多所大學、圖書館在鄉邦典籍整理方面亦多所用力。爲傳承和弘揚優秀傳統文化，湖北省委、省政府决定編纂大型歷史文獻叢書《荆楚文庫》。

《荆楚文庫》以“搶救、保護、整理、出版”湖北文獻爲宗旨，分三編集藏。

甲、文獻編。收録歷代鄂籍人士著述，長期寓居湖北人士著述，省外人士探究湖北著述。包括傳世文獻、出土文獻和民間文獻。

乙、方志編。收録歷代省志、府縣志等。

丙、研究編。收録今人研究評述荆楚人物、史地、風物的學術著作和工具書及圖册。

文獻編、方志編録籍以 1949 年爲下限。

研究編簡體横排，文獻編繁體横排，方志編影印或點校出版。

《荆楚文庫》編纂出版委員會

2015 年 11 月

前　言

王廷陳（1493—1550），字稚欽，别號夢澤，明正德、嘉靖間著名詩人，著有《夢澤集》。王廷陳桀驁不馴的個性，爲後代"世説"增添了不少素材；而他詰屈聱牙的復古文風也深深影響着當時和後世文壇。同時代吴明卿稱道："稚欽在德、靖間，以詞才擅名史館，海内士争誦説之，近體奄有四傑，古詩凌厲三曹，而文則刻畫左氏内、外《傳》，楚諸先輩鮮有能方駕者。"（《王行甫集序》）稍後的著名戲曲家湯顯祖亦云："稚欽太史崛起武廟時，以節義文章雄長一時。"（《王生借山齋詩帙序》）後學王敬美稱贊："王夢澤先生，楚文人先輩中第一。"（《〈贈廖學士詩〉跋》）

一、王廷陳生平

王廷陳籍貫，考諸記載爲今湖北武漢新洲，然新洲明代屬黄岡縣，故歷代史志稱其爲黄岡人。[①] 王廷陳父濟，弘治十五年（1502）何景明同榜進士，河南、四川等處承宣布政使司左參政致仕，贈中大夫，加贈通議大夫、南京户部右侍郎。叔父王麟，弘治十二年（1499）進士；弟廷瞻，嘉靖三十八年（1559）進士；侄王同道，嘉靖四十一年（1562）進士；從侄王廷梅（王麟之子），嘉靖二年（1523）進士。王氏一門可

① 王廷陳父王濟晚年從新洲遷居黄州城内，至於王廷陳出生在新洲還是黄岡，還有待進一步考證。

謂世代書香，人才輩出。[①]

據《明史・文苑傳》和相關地方志記載，王廷陳幼時任俠孤傲，恃才放恣，鶩於邪僻小技，父嚴督之，則大呼："大人奈何虐天下名士！"然聰慧穎異，博聞强記，其父亦嘗語人曰："吾五子皆可兒，陳必以文章顯，瞻必以功績著。"

正德十二年(1517)，王廷陳中舒芬榜進士第五名，選翰林庶吉士。其詩名日著，却不改狂傲不羈的性格，在翰林院中公然捉弄館師。[②]正德十四年(1519)三月，明武宗下詔南巡。王廷陳與同館修撰舒芬、庶吉士汪應軫等七人上疏阻諫。館師學士石珤止之，王廷陳賦《烏母謡》諷刺石珤。[③]王廷陳等人上疏，武宗大怒，罰跪五日，受杖三十。其年秋，解館，吏部擬授吏部給事中。宰執不悦，假手其間，出補河南南陽府裕州（今河南南陽方城）知州。詩人因此倍感惆悵，作《裕州命下悵憶故山有作》，云"早晚便應投劾去，鷦鷯元慕一枝栖"，有歸隱之意。王廷陳本不習慣吏事，加之失望，到任後遂不理政事，《明史・文苑傳》稱："簿牒堆案，漫不省視。夏日裸跣坐堂皇，見飛鳥集庭樹，輒止訟者，取彈彈之。"平日裹則過着一種悠閑散澹的生活，"湖水回城郭，風流暇日多。宵追李白泛，時聽越人歌"（《李沔陽自大梁經裕州因贈三首》

① 明湯顯祖《玉茗堂文集・王生借山齋詩帙序》："江左王氏，世濟其美。於明，則王氏顯於齊安。齊安在江北，然故江東地也。稚欽太史崛起武廟時，以節義文章雄長一時。子聲繼之，子雲其再從弟也。造物之與於人也，多所惜。厚之花者靳其實，傳之翼者兩其足。稚欽以異材自顯，幸乃讀中秘書，詎擯斥以死。子聲不爲不蚤達，竟終臨漳令，不究其施。故王氏之聲，怨而多思，其節婉以悲，殆與《騷》近，有《風》人、《小雅》之意焉，怨而無誹，悲而無傷。子雲之聲，何其多怨也。語云士不窮愁，不能著書。天亦窮子雲以發其聲。吾聞其宗，有行父、厚之、叔芳，皆能世其家學。宗之窮愁爲甚，王氏何多材哉！英英然追江左矣。一家之中，挾江漢湘《騷》而起者，後先六七人。其取於造物多矣，造物妒之固宜。"

② 《明史》卷二八六《文苑傳》："故事，兩學士爲館師，體嚴重。廷陳伺其退食，獨上樹杪，大聲叫呼。兩學士無如之何，佯弗聞也。"

③ 有人以爲《夢澤集》卷二《雜謡五首》之四就是《烏母謡》，詩曰："烏母謂烏子，弋人在傍汝勿啼，弋人得知將汝歸，我但高飛起，安能救汝爲？"

之二），甚至臺省監司過州，也不出迎。[①] 官場傳其“亢鷙”之名。[②] 後以打罵巡按御史喻茂堅，“會其州中豪民亦告廷陳”[③]，下大梁獄。[④] 王廷陳《上翟中丞》有“青蠅之人，共加構會”之語，《左賦》亦云“黠民乘之”，蓋均指後事。《發裕州短歌》《被逮發裕州夜作呈諸公》《獄中作》《出獄後作》諸詩，均寫於此時，表達他含冤被屈、痛苦失望的情緒。

正德十六年(1521)，王廷陳削籍歸鄉里，遂屏居三十餘年，縱酒倡樂，益放蕩自廢，常穿紅紫窄袖衫，騎牛跨馬，嘯歌田野，甚者“日溷跡鬥鷄走狗中”[⑤]。達官貴人來家，蓬頭跣足延見，有軼事云：“陳祭酒沂嘗奉使過黄，府君報謁江上，紅衣擁妓。陳公勸：‘曷少斂乎？’府君曰：‘人有不能，各從其好，安能以子之所能，傲人之不能？子誠小人也。’”[⑥]

嘉靖二十年（1541），詔修《承天志》，湖北巡撫顧璘推薦王廷陳、顏木、王格參加編修。[⑦] 書成，不稱旨，賜白金、紵絲而歸。嘉慶

① 明曹臣《舌華録·傲語五》：“王廷陳從翰林出知裕州，傲甚。臺省監司過州，不出迎，亦無所托疾。人或勸之不宜如此，王怒曰：‘我揖我辱死，彼受彼愧死。一言而傷二命，此人不良。’終身絶之。”

②③ 查繼佐《明書·列傳卷》之十八《文史諸臣列傳·王廷陳》。

④ 王追淳《明奉訓大夫河南南陽府裕州知州以吏科給事中致仕前翰林院庶吉士先伯祖考行十府君行狀》載其經過甚詳。

⑤ 清梁廷楠《藝文彙編》“顧璘傳”條。

⑥ 王追淳《先翰林府君遺事》。

⑦ 王氏修《興都志》事，參朱志先、張霞《王廷陳參修〈興都志〉考述》，《黄岡師範學院學報》2011 年第 1 期。

二十九年（1550），[1] 王廷陳卒，葬於黄岡風火山。[2]

二、詩文風格

王廷陳以詩文名重於當世，時與李夢陽、何景明并稱海内三才（胡應麟《詩藪》續編二），亦與李夢陽、何景明、徐禎卿等合稱爲“八子”（吴國倫《甔甀洞稿》）。王世貞稱：“王稚欽如良馬走坂，美女舞竿，五言尤屬長城。”“書牘如麗人訴情。”（《王夢澤集序》）四庫館臣云：“其詩意警語圓，軒然出俗，則不得不稱爲一時之秀。”“正嘉之間，何景明最爲俊逸。廷陳之天骨雄秀，抑亦驂乘矣。”（《四庫全書總目提要·夢澤集》）

王廷陳僅僅仕宦四年時間，未到而立之年就屏居鄉里，生平經歷比較簡單，其詩文内容相對也比較單一。其中部分詩文抒發自己懷才不遇的幽怨，語多憤激。如《怨詩》二首：其一所謂“卧龍不起，屈蠖難伸”，“馮唐既老，原憲長貧”，有時光易逝，壯志難酬之意；而“晝無再旦，歲乏重春”，則表達了無法東山再起、再次爲官的無奈。其二云“楊岐泣路，墨素悲絲”，“翔鳶笑鳳，毒卉嘲芝”，則直接指斥社會黑白顛倒，揭示自己失意的原因。《彼之蹶矣》，則直題爲“憤時也”。各

① 王追淳所撰《明奉訓大夫河南南陽府裕州知州以吏科給事中致仕前翰林院庶吉士先伯祖考行十府君行狀》載：“府君生弘治六年八月二十二日之寅，卒嘉靖二十九年十二月十六日之辰，享年五十有八。葬黄岡之風火山。”弘治六年八月二十二日即公元 1493 年 9 月 22 日，嘉靖二十九年十二月十六日即公元 1551 年 1 月 22 日，如果以今天算法，王廷陳享年爲五十九歲。

② 光緒十年《黄州府志》卷四十“冢墓”，其中在黄岡縣下記載：“吏科給事中王廷陳墓，在還和鄉烽火山側虎山。”光緒十年《黄州府志》卷二《疆域志·山川》載：“（黄岡）縣東北五十里曰回龍山，有東嶽廟，歲時居民祈禱，絡繹不絶，六十里曰金鷄山，相傳古掘地有金鷄飛出。稍東曰白楊山，（《縣志》作白洋山）有桃花洞，明郎中秦繼中著書處，又東曰烽火山。”風火山即烽火山，在今團風縣（明代時屬黄岡縣）回龍山附近。

傳記中廣泛稱引的《左賦》《神難》諸篇，於嬉笑怒罵中，抒發自己的鬱鬱不平之氣。其詩文中多用“病”“病骨”“愁”“窮”等字，有愁苦之音。如，“病卧閉門久，占晴起看花”（《郭外即事》），“春旭自堪憐，春愁旅病偏”（《立春》），“褊心自信朱絲直，病骨誰憐素髮侵”（《冬夜懷童子》），“病骨旬時虚酒筵，壯心激烈嗟暮年”（《病後客過有贈》），“宦情緣病少，鄉夢被愁迷”（《病後客過有贈》），“山川委情狀，歲月傍窮愁”（《初至郡齋作寄所知》）。故湯顯祖云：“王氏之聲，怨而多思，其節婉以悲，殆與《騷》近，有《風》人、《小雅》之意焉，怨而無誹，悲而無傷。”以爲“窮愁”爲王氏家學，而其開創者即是王廷陳。[①]

另一方面，王廷陳其實并未經歷長時間的宦海風波，反而是長期屏居，故其詩文的主要内容還是寫狹窄閑澹的幽居生活，如訪友、聚會、看花、賞景等。其居住的黄州，以赤壁而聞名，故此地也成爲王廷陳常遊之处，其詩歌中寫本地名勝風光尤其是赤壁的篇目也不少，如《憶昔行寄張龍湖内翰》：“憶昔赤壁張華筵，與君共醉長江邊。”《寄方思道七首》之一：“赤壁陪仙宴，蒼江識壯顔。”《季夏遊赤壁偕子言諸公》：“江回城抱日，艦火岸餘風。詞賦留天上，旌旗在眼中。”

王廷陳本才高傲物，性格放蕩，加之明中葉以來才士有傲誕之習，[②]本性因世風，世風激本性，其仕宦雖不如意，然王廷陳時時處以“亢鷙”之性，此入之詩文中，雖時有愁苦之語，但并非完全籠罩在愁雲慘霧之中，而是時以憤激甚至諧謔之語出之，故讀其詩文，時有剛勁之氣、爽利之感。如《神難篇》，以人、神六次責問對答展開，故意正話反説，本該莊嚴正直的神靈却滿口的是非顛倒之言，實則是詩人借神靈之口揭露人間的種種反常怪狀，讀來讓人啞然失笑而又發人深思。

同時，明代復古運動活躍於文壇，王廷陳是復古運動首領、“前七子”之一何景明同榜進士，同時對何景明也十分欽佩，“詩已有名，其

① 明湯顯祖《玉茗堂文集·王生借山齋詩帙序》。
② 參清趙翼《廿二史札記》卷三十四“明中葉才士傲誕之習”條，王廷陳即名列此條中。

意不可一世，僅推何景明”[①]。王廷陳實際是何景明復古運動的同路人，用自己的詩文創作實踐着何景明等人的文論主張。何景明等人主張“文必秦漢，詩必盛唐”，而王廷陳詩文擬古之氣就甚重。其詩歌，古詩如《咏懷詩》三十四首、樂府詩《行路難》等模擬漢魏古詩，肖其風貌；而其五七言律，格律精工，韻味悠長，有初唐詩風致。其議論文則全部以二字爲題，語言古樸，氣勢雄健，頗類先秦文風；書信言簡意賅，爽利俊快，頗有東漢文章風采。皇甫汸評述云：

樂府、古詩，潘、陸齊軌，下擬陰、何；五七言律，沈、杜比肩，參之盧、駱；文效《左氏》《國語》，而兼騁班、馬；書類東京尺牘，而雄視崔、蔡，足以不朽矣！（《夢澤集序》）

王廷陳議論文，分類明確，條理清晰，如《疾瘳》：

予聞之：病國者六，病君者八，病民者四。淫爵、褻刑、毀階、裂憲、離德、竊權，六者病國莫大焉。比佞、疾貞、玩戎、親險、樂田、厭政、損威、勖慝，八者病君莫大焉。效逆、捐廉、滅義、嗜利，四者病民莫大焉。故君子之仕也，非以榮而已，將以瘳之也。吾聞之：救過之餘，不可以拯累；咎吝者，不可以造吉；習行者使負，鮮不蹶矣。今吾有大疾五，不見於色：慵廢業，直忤人，亢戾俗，言泥古，潔取謗。

同時，王廷陳文章往往講究前後照應，形成前後呼應的綿密結構，如《績成》：

夫事有宰理是已，時有制己是已。賊理而圖，曰：“吾且集焉

① 王一鳴《裕州府君列傳》，此爲明王世貞語。

> 者，事役也。”失己而趨，曰：“吾苟濟焉者，時使也。”君子弗爲也。……是之謂宰者立而制者獲也。宰立者以役事，非事役也。制獲者以使時，非時使也。

文中“事役”“時使”兩相照應，如同兵分兩路，至此又合二爲一，使文章始終圍繞主題行文，緊凑有致，頗類先秦《左傳》諸文之風。故有評語云其“大約倣《管子》《左》《國》之詞”[①]。

然王廷陳議論文在文字上學《尚書》一路，“復古”過深，往往流入食古不化，語句怪異，文意艱深，使人有詰屈聱牙之感。如《致辭》：

> 聽予言，罔弗聰，予乃誕，悉帝之秘，俾罔惑。惟帝有嘉，罔不錫爾衆。惟衆弗迪，庸弗迓，厥修曰：帝傾厥敷，惟爾承。乃心乃克自羞，乃罔爽厥衷。帝庸錫之嘉，惟命罔不修在德，惟錫罔浮，浮乃誕，弗祥。庸益厥罰，惟運罔淳，罔在季，惟人乃古。昔弗穀，罔弗折季，乃迪厥躬，乃罔弗受，厥嘉弗穀，乃弗折迪，罔受厥嘉，匪厥常。惟明信厥常，罔慄慄於厥愆。惟施靡不定，在初罔可襲爾，庸殫厥心。惟施罔易，惟爾感，惟劉哲。……

此本是一篇壽詞，作者有意模仿《尚書》，結果讓人幾無法句讀。又如《遐致》：

> 《望雲》之什，壽詹母也。孰爲之？詹母之子暨詹母之子之友爲之也。孰倡之？詹子倡之。孰和之？其友和之也。
>
> 曷爲乎倡也？曰：“詹子如京師，適其母夫人誕也，則曰：‘跪而觴，惟我孟我季；侑而幣，惟我一二嫺婭暨我里孺，而嬉以娛，

① 參臺灣圖書館藏淮刻本卷後墨筆批語。

惟我從子。’……”

此也是一篇爲友人母親祝壽的壽詞，作者却故意以“孰爲之？”“孰倡之？”“孰和之？”引起話頭，然後沿此三節生發開去，寫得一波三折，構思頗爲巧妙。然其中道：“錫我母氏修筭，松若柏若，及我官而康。純嘏是膺，嶽若河海若，其罔有既。繁我胤，芝若蕙若，茁而秀，無折。”語言、文句亦是模擬《尚書》文字，致使晦澀難通，嚴重影響了文章的表達效果。

三、作品收集與整理

《夢澤集》有十七卷本和二十三卷本兩個系統。王廷陳过世不久，作品由家人彙録整理，刻爲《夢澤集》十七卷，是爲家刻本。弟王廷瞻進一步收纂，於嘉靖四十一年（1562）在淮安任上刻印成書，亦十七卷，是爲淮刻本。嘉靖四十四年（1565），侄王同道於吴中亦刻印《夢澤集》十七卷，“板益精”（皇甫汸《夢澤集序》），是爲蘇刻本。萬曆十八年（1590），孫王追伊以蘇刻本爲基礎對王廷陳作品進一步收集，刻爲十八卷；萬曆三十年（1602）侄孫王追淳繼續修補，於潁州刻爲二十三卷，是爲潁刻本。《四庫全書》所收録者，即是王追淳所增補的二十三卷本，但文字上略有改動。二十三卷本相較於十七卷，作品數量有所增加，同時增加有大量當時和後世名家評語，頗便研究者。後《夢澤集》屢有重刊，但均未脱蘇刻本、淮刻本、潁刻本樊籠，如湖北先正遺書本十七卷，其底本即是淮刻本。值得注意的是，光緒三年（1877），王廷瞻八世孫王家璧又以文溯閣本爲參校本，對潁刻本進行校勘，標其異同，并進行句讀。此本現藏於湖北圖書館，是《夢澤集》不可多得的善本。[1]另《夢澤集》亦有選本刊行，如清道光十六年(1836)武昌江漢書院刊《夢澤集摘刊》五卷。

潁刻本爲《夢澤集》諸本之善本，王氏後人以潁刻本爲基礎修補後，進呈於朝廷，後收入《四庫全書》。相較而言，四庫本在文字因避諱而略有改動，[2]但其收入篇目爲諸本之最，且附録資料豐富。

無論是十七卷本還是二十三卷本，在資料的搜集甚至篇目的搜羅方面都有遺漏，如《御定淵鑒類函》卷三百一十有王廷陳一首五言律詩《送唐生詩》，光緒十年《黄州府志》卷三十八"金石"上有王氏古文《周雪窩墓志銘》，均可補綴。

此次點校，以四庫文淵閣本爲底本，校以淮刻本、蘇刻本、湖北先正遺書本及明俞憲《盛明百家詩》(浙江省圖書館藏明嘉靖至萬曆刻本)。本次校勘，因體例原因，衹校重要異文，不改正文之字。

四庫文淵閣本收詩歌六五四首，文一一七篇，并附録"拾遺""諸名公詩""《哭武宗毅皇帝詩》跋""《贈廖學士詩》跋""諸公評語""家乘"。另整理者編撰"新附録"，有"遺文輯佚""歷代序跋""歷代著録與評論""傳記資料"等目，以省讀者翻檢之勞。

陳志平

二〇二一年二月五日

① 參甘渭《王廷陳詩文研究》，暨南大學2011年碩士學位論文；又《夢澤集版本考正》，《電影文學》2010年第8期。

② 如《放歌行》："此不可度，彼何可量。"何，淮刻本、湖北先正遺書本作"胡"。《出自薊北門行》："敵匪茹，寇朔方。"敵，淮刻本、湖北先正遺書本作"胡"。"斬首級，如刈菅。"級，淮刻本、湖北先正遺書本作"虜"。

目　　録

四庫全書總目提要·夢澤集

臣等謹按：《夢澤集》二十三卷，安徽巡撫采進本。明王廷陳撰。廷陳字稚欽，黄岡人，正德丁丑進士，選庶吉士，以言事廷杖，出知裕州。事蹟具《明史·文苑傳》。其集一刻於淮安，再刻於蘇州。此本爲其從孫追淳知潁州時所刻，乃第三本也。廷陳少年高第，以恃才傲物，致放廢終身，其器量殊爲淺狹。至其詩意警語圓，軒然出俗，則不得不稱爲一時之秀。王世貞《藝苑卮言》稱其“如良馬走坂，美女舞竿，五言尤屬長城”，又稱“王稚欽、吴明卿之五言律各集，妙境專至而有餘”。朱彝尊《静志居詩話》亦謂其“音高秋竹，色艶春蘭，樂府古詩殊多精詣”。蓋在正、嘉之間，何景明最爲俊逸，廷陳之天骨雄秀，抑亦驂乘矣。若雜文則藻采太多，華掩其實，等諸自鄶無譏，無庸深論也。乾隆四十六年十月恭校上。

總纂官臣紀昀、臣陸錫熊、臣孫士毅，總校官陸费墀。

卷　一

賦

述邃賦

緊南服之靈萃兮，領豐慧於方童。稽統世之軒崇兮，惟哲人焉以降。歘翼振而霄舉兮，紛齊羽之誰蹤。戴殊薦以邇秩兮，帝實洞其美衷。羌嶽立而坎視兮，將媒静乎遐至。中實愠乎攘攘兮，詎徒與之求避。謇命占以吉貢兮，覽蕪蔓焉是艾。靡市背而岑闃兮，曰惟窅乎其内。限不岌岌而崇兮，徑不疊疊而遒。彼衙衙之侈構兮，反予睇其足羞。抗隆棟以締宇兮，脩垣遵乎坤隅。約蓀蘭使被椽兮，令日月乎當樞。苟能奂娱以宅志兮，是固予心之所仇。重仁而襲義兮，障夫塵之累也。扃禮而牖智兮，專乎其所事也。吾將服貞一以省處兮，夫豈惟藝之囿也。括道器以充詘兮，固衆兆之所駭也。紛悸矚以竚眙兮，欲干傺而儃佪。眩厥施而弗竟兮，乃各以其膚猜。嗟躁士之本剥兮，宜甫趨而忽蹶。醜憸夫之懷詭兮，乃讎直而委折。傷二者之偕失兮，荃菉葹審厥居。心務却以基進兮，惟欿然裕其所如。晦累而冥探兮，所以君乎紛華。彼時俗之佻澆兮，背繩墨而馳驟。予將服正則以恬守兮，虞窘步於欹陬。夫朋不可以聲來兮，功不可以偶作。疇廢伏而有章兮，疇棄耕而能穫。

亂曰：仆不僵兮進不妍，斂神志兮守吾玄。有弗據兮孰敢奸，匪邃道兮曷其然。

左賦有序

夢澤子不善宦，見閔有司，黠民乘之，坐是拘繫，自傷疾惡反中，乃作《左賦》。詞曰：

晝晦宵明，川停嶽行。隆冬劇燠，六月而冰。墮毛不揚，石舉輿升。廢鼙振韻，奮霆無聲。群欣逐臭，乃厭蘭芬。猜鸞駭鳳，精粻飼梟。仁蹻德跖，勁弧射堯。恬海狎江，隘瀆沈舠。風虎輟嘯，土兕而號。曠聽既收，聾司音矣。彼之矇矇，五色分矣。駿足則縛，蹇服乘矣。侏儒引臂，上捫星矣。醜女專憐，淑媛不御。齵璧惠蠅，踏巾首屨。適郢捐逵，擇潦而步。賁獲閉勇，尩夫勁兮。麄兔折趾，獵者競兮。不根而葉，季爲孟兮。

亂曰：被繳之鳥，載拔其翎。彼實酗酒，謂爾何醒？寇逾其垣，導寇以登。彼田不治，懟鄰之耕。

螢火賦

當朱明之杪月，玩流螢之宵征。感温風之扇爍，釀腐草之末榮。既化植以爲動，復緣死而遂生。庶揚光於冥闃，甘匿景於太陽。或内照之猶𡉏，焉旁燭以無疆。謬用晦之邃旨，實自焚之爲防。孰潛形而更昭，孰益膏而罔竭？何恒焰而不灰，何炙手而弗熱？彼玄宇之巧入，訝明珠之翻飛。偶驚飈之散激，駭星辰之乍稀。羌儵明而忽滅，蓋石火之暫輝。爾其代燈燭於書筵，紛軒除以見掇。幸蝌蚪之與鄰，聚朋侶而囊括。將炫赫以階危，恨微軀之難脱。

亂曰：日月出矣，爝火何爲？闇然而章，聖哲弗譏。伯陽守黑，豈邇禍機。

卷　二

詩

將進酒

丁福運，際昌期。歌太平，聖無爲。坐明堂，奏《咸池》。酌醴泉，餐靈芝。壽萬年，天與齊。一解

縣諫鼓，燔刑書。微能録，小過除。吏廉明，民安居。三年耕，必有一年之餘。絶争訟，無嗟吁。二解

新不間舊，愚不妒賢。人不習佞，朝不信讒。菑害不作，和氣充然。壯士服疇隴，却走馬，以糞其田。不聞父哭子，道逢多華顛。皇心大悦，日彈五弦。三解

閶闔行

閶闔開，賢人庸。鳴鼓間擊鏞，貢術蓄指微哉同。汲清亦附滓，鮮株稿荄紛以供。背叛腹，媪逐翁。如韋之矢十斛弓，俄逐而西，頃却以東。退乖妄侶，進喪貞朋。捷徑窘疏武，仁軌罕哉通！孰爲雌，孰爲雄？朝譽曰堯，夕詆則蹻，梟妃鸞，蕭艾生蘭叢。蒙首以征，吾將奚從？

煌煌京洛行

辭我故里，來遊帝鄉。誰云周道，險逾羊腸？一解
車馬如雲，意氣揚揚。昔爲奴隸，今狎侯王。二解
伯兄乘軒，仲父鳴璫。唱騶馳道，徵歌教坊。三解
千金買劍，百寶爲裝。風雷一擊，日星迴光。四解
朝探俠窟，暮宿名娼。酣呼六博，[①] 縱賭千場。五解
傾財結客，隱罪匿亡。名齊郭解，人比孟嘗。六解

對酒歌

人性稟静躁，物則準方圓。錐刀各有能，情好各有妍。陰霽難并祈，恩怨豈兩全。於此雖不容，於彼獲所安。人無億萬身，何能遍周旋。兼濟聖不贍，榮枯有自然。富而如可求，尼父願執鞭。

其　二

惠施已不作，莊生寡所宣。伯牙失鍾期，抱琴誰爲彈。知人誠不易，知己良獨難。周公輔王室，管蔡乃流言。骨肉且不諒，他人固宜然。

其　三

伊吕稱大賢，會合亦有因。湯文苟不逢，耕釣終其身。人生一世間，如風激纖塵。下者投濁潦，高者入青雲。風力中不競，飄轉終沈淪。得失難預謀，謀之徒苦辛。聖哲皆偶然，餘子何足陳。

① 博，淮刻本、湖北先正遺書本作“簙”。

燕歌行二首

來日苦短去日長，人生幾何鬢已霜。佳辰置酒開我堂，賓友雜遝進樂方。繁絲哀竹流清商，薄暮移尊向曲房。挾瑟進者邯鄲倡，約袖結腕清歌揚。色與心知授明璫，微風蕩裾聞異香。脱簪免髻玄澤光，起視池中雙鴛鴦。雙星皎皎在我傍，欲往從之河無梁。

其　二

出門何易見苦難，川原鬱紆路千盤。河中鯉魚去不還，耿耿思君不能言。攬衣中夜坐長嘆，含情怨獨凋朱顏。明月穿帷照孤眠，君昔贈我青琅玕。我欲碎之寄君看，欲碎且止聊自寬。馳光流景催歲年，容色不待君可憐，恨無羽翼起雲間。

白紵辭五首

高堂邃宇施翠帷，蘭膏明燭散朱輝。二八接武步舒遲，被服姣麗光陸離。彈箏鳴瑟商羽移，喜溢歡恣不自持。轉盼含嬉屬所私，纍觴勸君君自知。主人既醉客不辭，燭滅纓絶珠履遺。

其　二

朝露未晞夜霜零，衆芳凋歇鶗鴂鳴。逝者如斯不復停，人生百年命忽傾。爲君秉燭縱遊行，三星在户參差明。騰觚飛爵何縱横，垂羅映縠耀珠纓。衆中不言懷隱情，色授神馳流目成。士女雜坐交和歌，河轉參横奈夜何。

其　三

投君漢濱之玉珮，獻君洛浦之明璫。感君提携祝壽昌，舜日堯年樂未央。爲君楚舞紈袖揚，乍開乍合低復昂。矯若白鵠雲中翔，雕楹綺閣回素光。竽瑟會節間笙簧，樂極悲來起徬徨。共指皎日輸肝腸，烏白馬角誓不忘。

其　四

吴歈蔡謳調不同，衆伶合作如一宫。流鄭激楚遡迴風，姱姿脩態紛追從。人聲絲竹各競工，燕趙齊秦相代供。[①] 曜靈西藏曲未終，繁燈列炬亘筵紅，皎如初日輝簾櫳。

其　五

娱酒沉歌費白日，絶代佳人何可失。若戀似矜態非一，持觴遞進嬌相迫。左推右引俠氣溢，簪珥墮落寧復索。文窗朱綴開洞房，錦衾瑶席施象床。五色雜組繫流黄，複帳中薰百和香。層軒曲檻俯回塘，鴛鴦鸂鶒羅成行。生丁盛世福運昌，四時爲樂允無疆。

擬矯志篇

龍虬雖困，不資鱔鰍。鸞鷟雖孤，不匹鵞鶵。雖有香草，當户必除。雖有仁人，在敵必誅。狐白雖美，炎暑必置。舟車之用，易地則棄。蕙蘭不采，無異蓬蒿。干將不試，世比鉛刀。以驥捕鼠，曾不如貍。餓夫獲璧，不如得糜。郭生純臣，魯連高士。彼乃登臺，此則蹈海。寧直見伐，無爲曲全。寧渴而死，不啜盗泉。

放歌行

竊鈎者誅，竊國者王。仁義資亂，道豈不臧。一解

代秦者吕，襲楚者黄。巍巍國君，大盗在傍。二解

---

① 相，淮刻本、湖北先正遺書本作“射”。

謂尺何短，謂寸則長。此不可度，彼何可量。[1]三解
獸殪罟裂，鳥盡弓藏。智勇既殫，軀乃見殃。四解
讒巧爲忠，直夫稱狂。出門異趨，毀譽曷常。五解
樂不可極，憂來無方。游心沖虛，以保壽康。六解

雜謠五首

茸茸者離，而子踐之。彼垣之蔓，晨興灌之。

其　二

兔在麓，跣則逐，居則肉。

其　三

虎嶟嶟，欲食人。子能棘，我能榛。虎自災，子弧來，我戈來。

其　四

烏母謂烏子：弋人在傍汝勿啼，弋人得知將汝歸，我但高飛起，安能救汝爲？

其　五

翁曰留賓，媪曰無尊。翁曰織絲，媪曰無機。

知足吟

高門耀金碧，不如守蓬廬。華轂錯丹朱，不如乘蹇驢。文繡衣太牢，《雲門》享爰居。溢恩伏殺機，隆禮與禍俱。禽獸憚爲犧，人知乃不如。

① 何，淮刻本、湖北先正遺書本作“胡”。

來日大難警變而作

來日大難，天命奈何。今日爲樂，焉知其他。一解
游魚在淵，其適孔多。漁子餌之，奄失蒼波。二解
猛虎噬人，咆哮山阿。人懷禍心，同室嘯歌。三解
山險可越，玉玷可磨。機事一失，尺瀆成河。四解
祖龍疾走，逐者荆軻。赫赫武皇，亦有何羅。五解
嗟嗟不戒，愛子操戈。釋此弗殲，天也則那。六解

擬古龍升天須浮雲

龍升天，須浮雲，今之仕者别有因。察不待孝廉，科不必賢良，一旦舉之牛下，加之稠人，族類鈎連蒙溢恩，乳臭之子被冠簪。嗟彼未遇時，里中豪士奴役之，中人之家耻婚媾，飲宴列之爲下賓。并日一舉火，往往釜生塵。今者銜命歸，縣令負弩爲先驅，郡守伏道左，徒御何逡巡。少長咸聚觀，稍近遭呵嗔。腰繫雙白璧，囊貯萬黄金。散金拓第宅，朝得西舍暮東鄰。少年强攀附，有逾骨肉親。白首牆東生，下帷良已勤。短衣不掩脛，出汲行負薪。我聞憤憤何能平，將欲叩帝而説陳，天門九重河無津。

艶歌行

青樓臨廣陌，楊柳當窗垂。飛來雙白鵠，一步一徘徊。一解
今日樂相樂，置酒臨前池。下有菡萏花，上有松柏枝。二解
與君初結婚，不意當乖違。讒言使親疏，兩心當自知。三解
君爲東流水，出門不顧歸。妾爲北辰星，終身無轉移。四解
君當萬里行，妾當守中閨。生歸重合歡，死與黄泉期。五解

行路難五首

北風蕭蕭雨雪滂，辭我親友之朔方。中閨少婦走徬徨，勸君斗酒牽衣裳。道路縱横多虎狼，歲暮天寒百草黄。結髮本期不下堂，君獨何爲慕他鄉？東流之水不西歸，宛轉蛾眉能幾時？人生富貴亦有命，辛苦馳奔空爾爲。縱令鼎食有别離，賤妾但願共餔糜。

其　二

磁石引鐵金不連，餌可得魚龍不吞。蠟戟雖妍不可刺，明珠雖貴不可餐。水中之車，何殊陸地之船。玉卮無當不以注，白刃倒持安用銛？手中雖有丈八矛，試之井底難迴旋。雖有輕輿駕良駟，途窮日暮安能前？丈夫雖有磊落才，生不逢時終蒿萊。

其　三

面不同兮心亦殊，執一求之君何愚。星有好風或好雨，世人豈得均所圖。孔贊韶兮墨非樂，遵叱馭兮陽回車。林中亦有嗜腐鳥，海上猶聞逐臭夫。此欲前兮彼則却，彼所吐兮此復餔。促席接襟議靡愜，異域殊疆志或投。達人曠視任自然，小儒曲士競區區。

其　四

忠信不獲顯，衆人害其上。世事風波紛蕩漾，變化無方何可狀。公旦金縢功罔刊，伏波銅柱師何壯。周王漢帝豈不明，讒言入耳心不諒。骨肉天親尚有疑，他人豈得無遷放。生命飄蓬隨所向，繁華誰保不凋喪。何爲坐嘆行復嗟，鬱陶終日憂譏謗。

其　五

四坐且莫諠，聽我促節歌路難。我今四十迫衰殘，盛年一去何當還。昔斥爲遭絳灌怒，今來豈受金張憐。泰山可移志不徙，寒燼從知無再然。但願長隨擊壤民，優游鼓腹歌堯年。

少年行六首

幽并聞騎射，閭里藉輝光。朝遊從許史，夜宴挾姬姜。鳴鞭當大道，調瑟坐中堂。傍人争借問，云是羽林郎。

其 二

聲蓋少年場，名冠壯夫籍。行人總憚塵，坐賓皆避席。彈劍耻依人，探丸恒借客。一朝負罪逋，不受追兵迫。

其 三

長安本俠窟，烈士多英風。殺人帝輦側，射獸上林中。金羈及狡兔，珠彈落高鴻。歸就博徒飲，酣歌意難窮。

其 四

悲歌白日變，裂眦秋雲高。仇家諒不釋，怨吏幸無遭。全生脱虎口，獲死等鴻毛。豈效儒冠子，終歲濡柔毫。

其 五

一筵揮萬金，徵歌仍調舞。白面洛陽童，素腕邯鄲女。希意色斯升，含情目相與。恣歡餘萬端，惟憂竭清醑。

其 六

應募去幽燕，長驅出酒泉。樓煩既已破，休屠亦復殘。耻隸驃騎部，豈屑輕車官。歸來見天子，長纓牽左賢。

出自薊北門行

敵匪茹，[①]寇朔方。信妖師，造不祥。倏豕突，忽鴟張。逾回中，至涇陽。蹂稼穡，發蓋藏。遭者劉，奔不遑。父失子，女求孃。聲斷絶，摧肝腸。天爲愁，日無光。不有辜，罹厥殃。一解

帝赫怒，命徂征。方召往，衛霍行。旟旐揚，組練明。介馬馳，速流星。朱熛烈，玄顔蒸。仗中權，效先登。人皆奮，身命輕。二解

出雁門，過祁連。煎瀚海，夷天山。絶纍重，燼毳氊。殄三姓，[②]磔兩賢。谷纛殪，當户殲。斬首級，[③]如刈菅。血釁鼓，頭縶鞍。膏漬野，骨填川。檻厥魁，凱以旋。三解

捷書聞，不色喜。庭臣賀，帝曰止。嗟我軍，寧無死。詔扶傷，兼罪己。四解

馬歸山，士服田。死録子，生與錢。戒軍吏，勿開邊。羌無過，漢不先。務休息，思保全。罷遠戍，閉玉關。韜五戎，壽萬年。五解

俠客篇

千金飾寶劍，四牡耀朱纓。東馳突西騖，重諾復輕生。公子執轡請，諸侯擁彗迎。紿秦歸質子，要楚出援兵。按劍復魯地，憑軾下齊城。匿跡托狗屠，濟難賴鷄鳴。報仇争結交，殺人恒借名。七國倚安危，三輔咸震驚。詭辭五嶽移，側足九鼎傾。少年附高義，千載流英聲。安能效豎儒，睹事徒撫膺。

① 敵，淮刻本、湖北先正遺書本作“胡”。
② 殄，淮刻本、湖北先正遺書本作“鏖”。
③ 級，淮刻本、湖北先正遺書本作“虜”。

子夜四時歌一十二首

春歌三首

東風蕩羅裾，冶遊步前池。柳條亦多情，嫋娜學腰肢。

其 二

初華錦繡舒，千林望如一。懷春廢機杼，縑素難成匹。

其 三

晝飲夜復宴，笙歌緣底忙。不是無來日，但欲及三陽。

夏歌三首

珍簟卧當風，四面不施幃。郎呼起同遊，待儂著絺衣。

其 二

輕舟蕩雙槳，紆轉蓮塘裏。君但惜蓮花，儂貴得蓮子。

其 三

腕困置扇坐，鮮袿苦汗涴。[1] 歡言勿懊惱，三伏已將過。

秋歌三首

貪看秋月光，夜久不還寢。四顧寂無人，玉階有雙影。

其 二

日日苦思君，紅顔忽成老。昔若三春華，今如九秋草。

① 袿，淮刻本、湖北先正遺書本作“桂”。

其　三

共歡種梧桐，十載青雲齊。百年化雙鳳，來此樹上栖。

冬歌三首

與歡隔溪住，凝冰周四壑。冰上野狐蹤，歡行勿憚薄。

其　二

白馬雪中馳，色混影難覓。不知郎去路，但見馬行跡。

其　三

對雪具清酎，强歡再三進。歡愛雪舞筵，儂恐雪侵鬢。

猛虎行

上山采樵，道逢猛虎。虎銜樵去，置之林下。樵告虎言："君何不仁？君得一飽，我則殞身。昔非有怨，今何見嗔？"虎答樵言："何哉所云？子非我怨，我非子嗔。皇天賦性，有此不仁。"樵告虎言："君言雖辯，匪我攸聞。吾聞天地，大德曰生。騶虞不殺，獨匪爾倫。"虎答樵言："當死小犢，[1]亦何多陳。三日乏食，竄伏荆榛。辛苦見遭，奈何捨君？"樵得虎言，仰天大叫。哀聲徹雲："蟲蟻惡死，况乎我人。願收厲氣，敷和布春。盡令猛獸，化爲龍麟。"

遠遊篇四首

湯谷既闇，濛汜則榮。朝宴未終，倏忽至冥。逝者不息，物理相

① 犢，淮刻本、湖北先正遺書本作"虜"。

乘。願呼松喬，躡景上升。

其　二

徘徊崑丘，憩駕層城。遨遊八極，徧謁仙靈。飲我沆瀣，玩我芝英。俯視下土，蟲鼠臭腥。

其　三

手攬羲和，頓策徐行。歸謁東父，遂造紫庭。授我神藥，服食體輕。一舉萬里，疾如迅霆。

其　四

逍遥天衢，恣意所之。手持桂枝，驂駕虹霓。晞髮朝陽，[1]濯足咸池。昊蒼遍歷，懸景未移。

君馬黄

君馬黄，臣馬蒼。蒼者駑，黄者良。駑馬却，良馬前。君當進，臣當旋。

妾薄命

春風轉蕙披蘭，高臺曲榭中連。經堂入奥張筵，秦筝趙瑟俱前。鳴弦度曲雙妍，輕舉紈袖襹襹。宛若游龍翔鸞，翠盤金爵闌干。呈能角技爲歡，種種厭射更端。眼看陽景西馳，高張蘭燭承暉。車倦馬怠不辭，但歌不醉無歸。夜深坐促尊移，含悰送意向誰。衆中色授君知，願言并蒂雙栖。惡聞易别輕離，佇立不勝彷徨。獨宿寤言難忘，何以報君明

---

① 晞，淮刻本作“睎”。

璫。起視銀河爛光，牛女咫尺相望，終夜不成報章。[①]

戰城南

戰城南，困城北，縱横腐肉烏鳶食。一將侯，萬夫死，[②]聖人用之非得已。國之守，在四鄰，善戰之臣服上刑。佳兵者，不祥器，常勝之家道所忌。孤人子，寡人妻，獨人父母安忍爲？銷戈矛，滅鋒燧，戢爾熊羆長不試。鵋鶀逝，鳳凰來，與民休息歌康哉。

怨詩一章

隕葉眷柯，斷株懷蒂。寒靄覬温，陰巖希霽。頹魄愠玄，駛潮憎逝。令德鮮終，良辰忽替。

湖上行

麗服出芳郊，香車臨緑水。留連夭桃下，宛轉垂楊裏。妝憐草色鮮，坐逐花陰徙。相携拾翠行，暫拉聽鶯止。忽驚玉珮遺，時將芳樹倚。紛紛遊冶兒，側目情無已。

鷙鳥四首

鷙鳥化爲鳩，形换性亦易。有時遭故群，斂翰自遠避。

---

① 《明詩綜》卷四一録此詩，末有評語："陳卧子云：'調本子建，聲情極合。'"
② 夫，淮刻本作"矢"。

其 二

石苦則生我，炙美毒滋多。吐炙乃茹苦，違欲以療痾。

其 三

鷤鵬運天池，斥鷃翔藩籬。大小各有適，何用相追隨。

其 四

蓼蟲不徙葵，水蟲不遷陸。習苦翻避甘，能寒豈慕燠。

卷　三

詩

咏懷三十四首

兩儀立樞要，萬事具紀綱。智士運機權，一童驅百羊。羽重金或輕，尺短寸有長。壯夫苟失據，反爲豎子傷。獨繭引六鼇，纖繳連雙鶬。操持貴不謬，得失詎有常。始悟制人術，豈在多與强。

其　二

明月至無媒，朱草敷庭陰。倉卒拔劍前，眄睞愁予心。豈獨闇嘉祥，隱禍恐見侵。忌廢忍不攫，負嬰甘棄金。至貴有不欲，天屬誠所欽。美疢雖可甘，徒使百毒淫。

其　三

昔有亢桑子，寄身畏壘居。臣妾屏仁知，甘與樸纍俱。三年國大穰，歲計誠有餘。閭井戴其潤，謀欲俎豆予。聞之悵不懌，奮起逃空虛。豐施不食報，道化超黄虞。季葉騖功利，晝挈矜一隅。

其　　四

人生本殊方，神範各有宜。參錯獲一致，妄鑿乖天倪。鳧脛續則瘁，鶴脛截則悲。拇駢決則憂，指枝囓則啼。尟劣不假益，羨溢豈無虧。[1]紛彼便嬛子，作意相追隨。智殫力云匱，成理曷能移。

其　　五

狙捷反見執，豹文乃來田。鸚鵡舌爲災，翡翠羽自殘。醜惡非可居，才美邇禍端。置身當何所，材與不材間。貴寵安足希，庶以盡吾年。

其　　六

天網掩八荒，翔走盡其曹。大人操利刃，揮網使奔逃。殺獲豈不多，貴有疏釋條。渾沌鑿已久，胥庭徂復遥。刑書代附益，權家紛蝟毛。跬步置一穽，荼苦動見遭。民窮詐轉出，獸窘恣咆哮。介者不慕飾，胥靡豈憚高。無令自棄民，生此全盛朝。

其　　七

儒生峭崖岸，抗顔論詩書。磬折周倫類，直方向朋徒。吐辭厲信義，皎日耀天衢。外表高潔談，腹内藴穿窬。命侶發瘞子，探口出含珠。金椎碎腐頰，青青歌應臚。聖言豈不偉，反爲行劫需。誦説苟非人，階亂豈勝誅。

其　　八

擊鼓以求亡，疾馳以逃影。驅介以乘高，驂蹇以求騁。揮刃喪其柄，振衣失其領。趣捨昧良圖，存亡在俄頃。

---

① 無，淮刻本、湖北先正遺書本作“俟”。

其　九

軒后謁大隗，肅駕登具茨。徒御總聖靈，中道迷所之。邂逅襄野童，再拜稱天師。仲尼大聖人，未敢輕小兒。神智有不通，稚齒抱真知。咄嗟世路子，恥問甘蓄疑。終身昧太行，皤皤良足嗤。

其　十

民食美芻豢，鴟鳶甘臭陳。西子豈不都，魚鳥不見親。萬類殊所嗜，物豈慕非倫。箕畢各有好，况此世上群。情欲孰爲正，參差何可均。黜智任自然，悠悠葆天真。

其十一

夸名非己有，禍患在須臾。生命無延期，昏旦有不虞。拂衣捨之去，矯步升天衢。陟降太微堂，上帝授靈符。六氣備朝餐，雙虯結飈輿。消玉饋我漿，憑雲構我廬。聖貞進杯觴，靈妃奏笙竽。三光代列炬，四海注一盂。抗臂抑羲和，六龍且徐徐。微瞬朝市易，日月曷云除。名漏泰山録，鬼伯無迫驅。舉手謝世人，安能與爾俱。

其十二

里中有一士，栖栖蓬户間。動依高士跡，居誦先民言。盎中無斗儲，桁上衣無完。藜藿并日得，纊絮豈禦寒。伏臘祀每廢，妻子顔苦艱。常恐志節虧，不屑親知憐。入門四壁立，顧之絶愁嘆。飢食拒嗟來，渴飲避貪泉。一簞恒晏如，回也稱大賢。

其十三

姬旦制冠裳，萬古承其賁。偶以衣狙猱，奔騰裂且棄。承雲本妙音，鱗羽争辟易。魯門鐘鼓聲，轉使爰居悸。物類何繽紛，人已非一致。韙哉尼父言，盍各言爾志。

其十四

曜靈倏西没，圓景承其輝。飄風蕩層雲，[①]零露忽已晞。急節不可淹，大暮焉能違。天象會有復，嗟哉人命微。怵惕積湯火，榮名非我希。幸不嬰網羅，何用起高飛。安接浮丘公，執手升雲巍。玉醴對坐傾，瓊華聊可嘰。

其十五

京洛冶遊子，浮湛聲色場。青驪服文輿，丹組綰羅裳。翱翔狹邪間，順風揚芬芳。高堂置廣宴，曲榭開閒房。分曹效百戲，作使徵名倡。良庖膾肥鮮，珍饌溢圓方。朱華忽西逝，蘭膏嗣其光。客醉賦無歸，宵分歌未央。爲樂自今日，千歲固其常。安能轉多忌，嘆息懷虞殃。

其十六

甘辭背德義，盡言招罪尤。效忠主未諒，施恩誰見酬。直道鮮所合，險路焉可由。民生媚其朋，玉石各有儔。舍此但安坐，芳時忽我遒。去來固成理，乖合非人謀。灰心置計較，遺棄親與仇。去適無窮野，超世離殷憂。

其十七

達士志慷慨，貪夫思保全。有身則有患，消散固其然。伏波甘馬革，莊周快烏鳶。用意非一趣，大要歸明賢。愚者闇桑榆，鬱鬱坐自煎。思慮損眠食，恐懼懷冰淵。蹙遬向賓客，劻勷終歲年。多圖寡攸成，繁辭累其愆。展轉不獲紓，齎恨寢重泉。木槿榮一朝，日夕用長嘆。

---

① 層，淮刻本、湖北先正遺書本作“曾”。

其十八

河清不可俟，川逝誰能止。朝露忌太陽，夕日愁濛汜。歌舞化塵埃，都邑生荆杞。大運厄陽九，銷毁固恒理。填海精衛勞，逐日夸父死。齊景悲牛山，晏嬰笑未已。彭殤孰短長，無生悟方始。

其十九

梧宫肆詰辨，齊楚兵始連。弦高犒晋師，鄭國賴以全。齊欒不可犯，范昭知有賢。誰云制勝術，乃在樽俎間。君子慎幾微，禍福基一言。覆水各自流，事去誠可憐。

其二十

疑似不可涉，李下與瓜田。母言出婦口，雖當未爲賢。周公功信偉，二叔反流言。實沈與閼伯，日起尋戈鋋。骨肉尚不免，何望他人憐。夜玉至無因，匹夫按劍前。鴟鵂據腐鼠，仰視嚇鵷鸞。苟非明君子，安能弭禍端。感彼采苓章，勖哉其舍旃。

其二十一

處世悵悠悠，結交誠草草。舳艫濟重淵，璣衡測穹昊。人心懷嶮巇，對面施傾倒。莊惠亦有疑，張陳終莫保。托身恨已晚，知人苦不早。揮袂去人群，采芝歷雲島。

其二十二

言笑色雖親，致毒乘其昧。一旦弛周防，勺水成湍瀨。禍亂在須臾，何有細不大。牧視後者鞭，蟋蟀思其外。舟壑竟難恃，軒駟何足賴。先民亦有言，高明鬼所害。慶吊非異門，驕蹇詎能會。

其二十三

元化運天地，碩輔須英雄。草昧若無俟，大業何由隆。匡時各有人，如雲附飛龍。二八贊虞庭，胥靡翊殷宗。周公出天屬，鼓刀應非熊。爲猷苟切施，疏賤靡不庸。下世恢舉肥，斥異多引同。豈乏倜儻士，無媒終固窮。

其二十四

僶俛信無當，躑躅常苦憂。傷哉世路交，同源終異流。執手愛不淺，轉面起見讎。傾側忍負欺，怨毒生綢繆。彎弓日相向，乘利來迫遒。薛公一獲罪，賓客誰顧留。炎炎廷尉門，灰冷令人愁。[1]胡越使相爲，安危在一舟。輕薄市中童，反復誠獨羞。煩思發憤懣，自兹絶交遊。

其二十五

日月亘天塗，照耀各有時。榮枯若循環，智巧難控持。賈生愁遇鵬，莊周憚爲犧。糾纆誰不嬰，文繡焉能辭。放言用自慰，虚無誠我欺。得失去來間，此叟迺深知。

其二十六

昔聞有遊女，逍遥翔碧潯。交甫下請佩，解贈情亦深。可遇不可持，變化愁予心。影滅佩亦失，漢廣無由尋。眄睇絶髣髴，徘徊逮夕陰。青鳥忽來過，貽我金石音。憂思耿難忘，寫意於鳴琴。自傷非儔類，感激長悲吟。

---

① 冷，淮刻本、湖北先正遺書本作“寂”。

其二十七

愚公亦非昧，智叟未爲得。獻疑親反嗔，贊詭疏爲德。大人計億代，俗士愁日昃。通蔽鮮一致，損益非易測。

其二十八

忽忽行欲暮，遑遑復何之。征馬立踟蹰，遠道安可期。霜霰被原野，北風吹我衣。孤鴻飛且號，虎兕夾林啼。崎嶇不獲騁，徒旅長嘆咨。回車亦已晚，失路良可嗤。嗟哉客遊子，念此早旋歸。

其二十九

窮達有自然，鬼神柄其施。安坐值渥恩，周旋失所宜。佩玉乃不兆，壓紐襁抱兒。上卿屬稚齒，郎署淹厖眉。巧宦目馬安，斯言恐亦非。豈無多智人，往往困蒿藜。

其三十

蜉蝣不知夕，楚楚矜衣裳。人生若塵霧，睹兹立傍徨。世事沓而至，心力苦不遑。運往悵莫追，憂來嘆無方。智巧雖百出，得失亦相當。少壯與時逝，精神自雕喪。逼此悔恨生，税駕名利場。按牒訪芝草，[①] 天路期翱翔。列仙非我儔，瑶水邈無航。俱置勿多畏，恬澹安其常。

其三十一

中歲獨玩世，蕩志娱弦歌。婉孌思一顧，輕薄日來過。妙舞進北里，姿媚趨狹邪。[②] 資用每不贍，謗議横相加。兹年忽醜老，釁禍悟已多。昔人重知非，慨嘆今如何。澡身祛垢氛，考室潜巖阿。幸不即徂謝，庶得附龍蛇。

---

① 牒，淮刻本、湖北先正遺書本作“諜”。

② 狹，淮刻本、湖北先正遺書本作“俠”。

其三十二

茲歲忽云暮，駕言出城闉。楊林翳白日，岡岑蔽玄雲。荒原離獸馳，寒鳥鳴索群。上有百尺臺，下有千古墳。登高一騁望，思我平生親。[①] 延佇久不至，俛仰懷酸辛。萬物靡不化，千載猶茲辰。驅馬復來旋，咏歌聊飲醇。

其三十三

猗與雄傑士，猛氣蓋八埏。出身赴國難，受命不遑安。左臂引烏號，右手提龍泉。臨敵試一呼，萬夫却走還。先聲四海沸，壁壘俱破殘。旍頭化石隕，天吴蟄重淵。西北净邊塵，東南蕩蠻烟。茅土非所希，貴使威靈全。長揖返故廬，功高何足言。

其三十四

至人處斯世，忌爲人所知。十漿五先饋，列子驚且疑。避竈不足貴，争席乃庶幾。大白每近辱，卑濁良可栖。豈效夸毘子，作意矜容儀。結束轉自媚，姿態令人悲。[②] 髹塗飾軒轂，步趨陳采齊。危冠禮迂士，褒貶厲嚴辭。媮媟不敢干，矯志逃世譏。皎潔難久居，青蠅忽來隨。衷美孰云亮，毁譽在一時。敗軌屢相縈，邅蹪當路岐。

壯士篇

少年學劍術，英風聞九州。慷慨出門去，辭家將遠遊。遠遊欲何之，炎荒爲我仇。咋聞遣飛將，召募何時休。國威有不揚，無乃壯士羞。奮矛如迅湍，[③] 拔距逾亭樓。猛氣伏羆虎，騰躍捷獮猴。置身百戰

① 思，淮刻本、湖北先正遺書本作“恩”。
② 姿，淮刻本、湖北先正遺書本作“恣”。
③ 矛，淮刻本、湖北先正遺書本作“子”。

場，妻子不顧留。性命良足憐，聊以紓主憂。揮戈盪蠻烟，飲馬江漢流。餘勇萬人賈，雄傑無匹儔。功成獻明庭，賜爵位通侯。

遣興三首

八方異風土，百里殊陰晴。中外殆天設，[①] 終古難合并。權家但好勝，持議乖群情。孤軍病深入，問罪慮無名。客主既不如，師老功難成。常恐强弩末，遂令小國輕。安得長者言，立談罷交兵。皇惠均萬物，各各遂其生。

其　二

南裔雖一區，嶮阻紛可憑。民居寄溪谷，霧雨常晝冥。妻子像蛇虺，魑魅冒人形。沙蟲潛射影，觸之喪其生。古來稱絶域，何足煩天兵。吾聞王者師，無戰唯有征。一卒不備歸，良已虧威靈。地於東南缺，天乃西北傾。二儀有不足，并包人豈能。

其　三

高宗伐鬼方，三年乃能克。不聞徐方來，允在王猷塞。耀武與修文，收效孰爲得。試看古戰場，春雨生荆棘。

眺江閣述懷

偶遣丘中步，來眺江上閣。樹裏吕王城，草邊�子郭。遺宫隱莫尋，[②] 往牒恍難托。春深苦竹滋，秋高白楊落。故堞啼早鴉，野田噪暮雀。頗爲樵牧資，焉免狐鼠虐。雍門哀有餘，九原何可作。

---

① 中外，淮刻本、蘇刻本、《盛明百家詩》、湖北先正遺書本作“夷夏”。

② 宫，淮刻本、湖北先正遺書本作“官”。

雜詩九首

絺綌寒不求，纊絮暑不御。當其不切施，棄置若弗顧。時節忽復及，效用乃如故。冥運不無代，物理豈常遇。功成互見奪，乘時各有騖。嗟哉團扇姬，怨歌良已誤。

其　二

手持一杯水，覆地東西流。榮悴有自然，萬卉同一秋。翩翩者誰子，作色矜遨遊。朝見馳華軒，日暮歸山丘。憂來不可知，爲慮何能周。貪夫昧成理，磬折將焉求。天命無改施，智巧誠足羞。

其　三

日月競馳邁，一夕復一朝。臨鏡失故吾，壯心潛已消。聖朝棄賤士，九牛亡一毛。豈不希末榮，所苦術不饒。無能令身貴，何爲使心勞。莊生誠我師，大鵬寓逍遥。

其　四

獨處忽不樂，理棹凌洪波。巨石何瀺灂，魚龍駭經過。舍舟復安適，改軌登山阿。木魅號夕風，猿猱一何多。禽蟲饒怪形，林谷聲相摩。失路積憤懣，逝景忽蹉跎。雲中可遊遨，乏翼將如何。

其　五

漢皋有遊女，揮袖凌風翔。俯身拾翠羽，舉步振雙璜。芳華耀朝日，皓質凝秋霜。嫣然惑陽城，婉孌切中腸。將來恍復旋，何由置蘭房。徙倚通精誠，青鳥逝我傍。揚聲致殷勤，再爲申禮防。徘徊湍瀨間，綺麗不能忘。

其　六

無得亦無失，喜來憂患乘。崇高帶傾覆，陳根吐鮮英。反覆開存亡，臭腐舍精靈。如何聲利徒，僶俛趨譽名。季子竟車裂，累印何足榮。李公具五刑，悔令遊説成。賣主愆自招，上書誰爲明。萬事有不虞，逍遥可長生。

其　七

芳春驟青驪，遨遊楚江濱。道旁若堂封，云是吕王墳。衢路化陌阡，臺館盡燒焚。陰風嘯寒鴟，古隧翔狐群。牛羊牧其巔，凌藉日繽紛。生存華屋居，嬪妾從如雲。一朝瘞重泉，貴賤何由分。龐公困隴畝，耕稼良已勤。誰知千載後，史册播餘芬。

其　八

中園種桃李，不言下成蹊。凝霜被原野，零落愁安歸。盛年有銷鑠，窮達在一時。便嬛途路子，俯仰乍榮輝。夸名何足賴，怨毒常苦滋。靈龜歡在塗，雄雞憚爲犧。膏火忌自煎，斯言誠可悲。

其　九

羲和馭六龍，馳光耀萬里。一潛濛汜間，沉淪不自理。楚宫在昔時，繁華照江水。歌鐘日夕聞，閒榭屯羅綺。運徂謀亦屈，巍構積傾圮。當晝狐兔翔，洞房生荆杞。朝雲不可招，逝者誰能止。流觀天地間，庶悟達生旨。

别張子言四首

我友駕言邁，去去之朔方。晨起趣中厨，爲我具酒漿。長别在須臾，且願盡杯觴。昔爲骨肉親，比翼雲中翔。今當永乖違，邈若參與商。出門異鄉縣，居世如朝霜。世途轉傾側，良會安可常。羸馬感人情，哀鳴衢路傍。悲風振喬林，瑟瑟傷肝腸。執手不能辭，淚下霑衣裳。恨無淩風翰，送子還故鄉。

其　二

故鄉豈不思，臨發中徘徊。借問欲誰須，重與心知違。山海高且深，見面未有期。有懷今不盡，相思亦何爲。豈無弦歌曲，調促令心悲。立語未及終，白日奄忽移。安得魯陽戈，揮景使東馳。

其　三

馳景不少待，客子何可留。相送不覺遠，行行至河洲。中有雙黄鵠，飛鳴諧匹儔。驚風揚洪波，散失焉能求。雌雄相背飛，影響日以遒。鳧鷖豈不多，嗟哉非我仇。願言樹萱草，以解心煩憂。

其　四

煩憂動我神，悲歌仍躑躅。鬱鬱道傍柳，垂蔭昔何緑。嚴霜日夜零，枝葉不復屬。四時相推斥，變化一何速。俗子騖聲華，世儒矜結束。立身多所乖，年命傷局促。子其愛景光，抱道在白屋。

别張子魚三首

斷蓬隨天風，飄轉雲中遊。豈不戀本根，一失非我由。矯矯雙鴻鵠，高飛命其儔。獵子隱側目，横絶焉可求。托身貴得士，安卑義所尤。之子遠行邁，棄我不顧留。思欲并子濟，漢廣無方舟。

其　二

鳴鹿在中野，獲草求其群。嗟哉昔所歡，一散如飇塵。虞卿棄相印，擔簦徇情親。悔吝不自惜，義聲流千春。此道息已久，遺響誰爲申。子其懷璵璠，慰我多苦辛。

其　三

霖雨積旬朔，羲和光不垂。荆棘被廣野，潢潦生中逵。客子阻遐征。太息當路岐，策馬從子去。駑駿焉可齊。君羽等飛鸞，我質類栖雞。同袍異羽質，去留長此辭。

閨情二首

種木期息陰，結交期得心。與君初婚時，安坐調瑟琴。繫我大秦珠，貽我玳瑁簪。携手同車遊，徘徊步春林。俯拾并蒂華，仰聽和鳴禽。折芳交贈持，言誓一何深。寧期被讒妒，棄我忽如沈。曠歲不一接，塵埃生錦衾。明月入空帷，中夜坐悲吟。發篋理故物，淚下誰能禁。故物猶光彩，故心人安在。疇知恩愛移，不俟顔色改。

其　二

端坐結憂鬱，逍遥出中閨。丹榮冒陽林，流泉激清池。孤鳥西南征，遺我鳴聲悲。攬衣起相從，迅影不得追。踟躕立庭隅，目送浮雲馳。雲馳風爲驅，風返雲亦歸。君恩中道還，慰我恒渴飢。

别曹仲禮四首

與君一爲别，晷度逝不停。奄忽二十載，親串日以零。短者已物化，存者非壯齡。况復異鄉縣，散處如晨星。但言長相思，豈意今合并。顔鬢各已改，不易惟兹情。孤鴻號朔風，黄鳥聲嚶嚶。飛鳥戀儔匹，况乃稱友生。

其 二

别子大河側，見子長江濱。對面但疑嘆，含意慘莫陳。豈無新知歡，念此同袍人。扳留不須臾，羲陽忽以淪。奮身思繫日，天路邈無因。安能附高翮，一舉摩青旻。飽者豈念飢，貴者羞賤貧。薄終古所尤，交誼貴在伸。故心苟不移，何必會合頻。慷慨即長路，無爲兒女仁。

其 三

中夜起相送，白露塗我襟。低頭惜分手，舉頭傷辰參。斗酒良不薄，對之不能斟。唧唧草間蟲，助我揚悲吟。爲君拭緑綺，彈作清商音。物理關人情，淚下不可禁。《谷風》刺小怨，孔公贊同心。延陵輕寶劍，高義垂至今。親交信不薄，先民良可欽。

其 四

泠泠山下澗，童童山上松。磊磊澗中石，瑟瑟松上風。波逝石不俱，飈奔松莫從。物理相倚藉，動息難可同。與君遊宛洛，矯若雙飛龍。中道悵相失，末路欣此逢。既逢不須臾，去復當嚴冬。霜霰集衡軛，虎豹啼林叢。子其慎桑榆，勞謙以令終。

園亭言懷

駿死骨誰市，象焚齒自累。棄置悲團扇，齟齬嘆方枘。耻隨荆橘化，樂與魏瓠棄。素無金張援，焉取丘園賁。農圃衍世業，桑麻綜歲計。實飽三士桃，芳引八公桂。春原露未晞，秋皋霜已被。偶緣物態感，遂與神理契。晷度無能淹，金石亦善敝。願言齊得喪，庶以紓勞悴。

其　八

偏才互短長，名家殊去取。連城儥燕石，千金享敝帚。不識東家聖，翻謂西施醜。定價豈目前，知己俟身後。

其　九

讒毁行見迫，愁思坐不開。含垢長者仁，懷璧匹夫災。在鳥愧能言，處木甘不材。終謝金籠閉，幸免匠石猜。

其　十

景曜一何速，志業百未酬。所願則學孔，吾衰不夢周。智愚各有營，貴賤孰無憂。松子久我期，[1] 萱草爲誰求。

再呈張子五首[2]

我歸指春暮，首夏尚梁城。偃蹇輟孤嘯，夷猶滯遄征。憶山憒屢積，卧痾感易盈。促促變昏旦，栖栖感晦明。

其　二

良知念仳離，旅寓枉漂泊。連榻任縱誕，駢筵展戲謔。儷步循廣除，偶睇散層閣。志意攢縷悰，憂患袪緒樂。

其　三

淒淒《白頭吟》，燁燁瑶華音。睦耳親曬談，寄致翰墨林。朋探耽散帙，[3] 丘憩憶鳴琴。賴兹君子侍，可愉浮客心。

---

① 期，淮刻本、湖北先正遺書本作“欺”。

② 淮刻本、湖北先正遺書本題作“再呈張子一首”。

③ 耽，淮刻本、湖北先正遺書本作“躭”。

其　四

結髮事圖牒，壯齡重交遊。章甫不越適，明珠無暗投。倜儻俗寡和，齷齪余耻仇。晚有二三士，相與締綢繆。

其　五

趨途互顛躓，鎩羽各參差。詎知會無因，枉作生同時。公組竟不緤，我榮亦已遺。修辭與明德，努力副前期。

憶舊廬①

今羈變節候，昔栖曠林丘。蘋風浣秋岸，花暄麗春洲。林端赭圻折，屋際玄霧流。撫景足自媚，寡欲罕外求。一朝嬰塵慮，十年事遠遊。山中冷叢桂，海畔驚群鷗。龍性乖馴擾，鶴姿愜清修。初服怍久違，華簪歡早投。巖想偃荆扉，渚忭鶩蘭舟。倦翰飛屢憩，駭鱗逝無休。此語難俗聽，探懷授良儔。

咏秋泛②

鮮曦登首秋，緒風革闌暑。孤嶼濺驚湍，輕橈鶩蒼渚。搴舟吟《越人》，鼓枻歌《漁父》。霜林隕葉揚，楓岸輕鷗舞。蒹葭寒隱汀，芰荷衰映浦。披拂枉賁緣，維縶乍延佇。羹芹翠縷翻，鱠鯽銀絲剖。俯睇怍虬潛，仰盼愧鴻舉。泛梗傷在今，乘桴豈獨古。

① 淮刻本、湖北先正遺書本題作“憶舊廬一首”。

② 淮刻本、湖北先正遺書本題作“咏秋泛一首”。

答馬子

昔予栖金馬，偕子謁彤闈。秩俱晤不闊，願愜契無違。追尋屐偶歷，招要杯遞揮。夕談朝日上，晝吟宵月輝。振雅袪凡響，抗志領時譏。衝飈忽中激，垂翅各分飛。余征赴梁甸，君徂出晉畿。不惜謫宦苦，但愴良覿稀。青蠅既點璧，緇塵仍染衣。怨吏歡入穽，哲人咍見饑。①枉子尺素問，增我百慮依。撫今覬昔娱，忤物悟已非。願言謝人徒，北山行采薇。

歸故園作

浮轍厭羈羽，歸驂謝飄蓬。桑梓無改植，阡術有遺蹤。敝構仗先宇，余築存故墉。岫松增稚株，林篁茂子叢。霏霏薜荔雨，摇摇菡萏風。招要山中人，追尋河上公。登挹九疑嵐，卧聆七澤淙。往歷匆重陳，偃蹇敦所崇。

① 饑，淮刻本、湖北先正遺書本作“幾”。

卷　四

詩

送倫子畢娶歸

君不見，倫氏之子才絶倫，少小屬文如有神。風雲獨奮九萬里，身世初經二十春。獻賦朝趨北闕下，上書暮歸南海濱。誰知弱冠親迎客，已作君王侍從臣。珠明玉潤元相媚，苑柳宫花春自醉。霄漢翻爲奠雁行，鄉閭競訝乘龍至。烏鵲橋邊問石年，鳳凰樓上吹簫地。富貴婚姻慶非小，文采風流古來少。花燭初從華館張，鑪烟屢夢清班繞。當朝爾是歲星魂，避世還來金馬門。他年割炙詼諧日，方朔重沾漢主恩。

發裕州短歌

黠卒前來意氣雄，當階縛我囚車中。颯颯驚飈動地至，城捲赤霧摧丹楓。城中之人走相視，城外蕭蕭嘶曉轡。道上殘楊掃凍帷，過雁鳴蜩雙迸淚。人生作吏何大苦，[①] 囊無一錢身被虜。可憐妻子盡畏途，南征白晝愁豺虎。古來玉石怨俱焚，骯髒安能就珪組。

---

① 大，淮刻本、湖北先正遺書本作“太”。

聞子言消息，因作短歌寄贈

憶昔江楓赤葉下，含凄别子城之隅。買舸遥尋沔陽守，張燈夜宴郎官湖。宴罷迢遥歷鄉縣，行邊宛轉隨游衍。過境能令車馬迎，歸途翻爲鶯花戀。大梁才子更相留，平臺大雪揮金甌。囊裹贈金快意盡，聞君累月醉青樓。春生始渡黄河岸，入門妻子親爲爨。壁上龍泉今在無，因歌長夜何時旦。楚客相思不記年，尺書無復到南天。江馬故人禄苦薄，寂寞誰當送酒錢。江上忽逢燕地客，停杯問訊悲今昔。丈夫不仕空有才，世人誰識文章伯。况子丹房已屬人，茅茨低小莫容身。堂前燕雀俱飛去，洞口靈芝祇自春。

胡生行

廣陵胡生少且孤，十五已作奔竄徒。踪跡彷彿不可詰，向人長跪乞爲奴。苦遭惡少相窘迫，飲令行酒乘前驅。片語不投怒詈起，鞭笞竟百臀無膚。季布髡鉗不辭辱，范雎折摺仍見拘。夜半群奴解其縛，生也遂得逾垣逋。頃來江上始一見，造次能將書自薦。畏途倚藉即交親，杯酒酣歌忘貧賤。乍喜仍愁若病狂，忌言往事慚顔面。從來龍性不可馴，須知豹采終當變。三年展轉客浠川，浠川人士盡相憐。卓家文君正新寡，琴中疊奏求凰篇。共羡名姝諧賦客，俄驚碧海變桑田。恩情中路忽棄捐，《白頭》之吟誰爲傳。泛梗飄飄貪别浦，浮雲冉冉向遥天。人言胡生太不才，我獨念之增悲哀。男兒失意無好醜，[1] 高名自古爲身灾。故將疏放取嘲笑，吁嗟俗議真愚哉。

憶昔行寄張龍湖内翰

憶昔赤壁張華筵，與君共醉長江邊。白鳥飛隨金馬客，蒼苔坐嘯

① 好醜，淮刻本、湖北先正遺書本作“醜好”。

赤墀賢。豈知雲雨歡不延，尊前紅日墮山川。予逐白雲歸楚澤，君隨明月上青天。天中謁聖人，獻納爲近臣。馬遷石室羞前史，方朔金門見後身。鸚鵡洲邊忽分手，鳳凰池上頻回首。但使同心各一方，何須對面銜杯酒。俱稱賦客異升沈，臨風三復《白頭吟》。相如未逢楊得意，漢室誰當奏《上林》。

楚岸吟寄牟子

楚岸長楊垂至地，百鳥嬌啼春自醉。晴絲冉冉墮碧空，風光頗爲遊人媚。我家黄子國，君住鄂王城。大江東下雲霧接，滔滔應瀉故人情。憶初同領南宫宴，白馬青袍花映面。本期霄漢并翱翔，寧知世路多更變。我歸十年前，君歸十年後。榮華顛倒若夢中，人情翻覆無不有。安能顧墮甑，自令心不開。陰巖積古雪，白日何當來。我將振衣從子遊，請君洒掃鸚鵡洲。遲日經行桃竹杖，烟波摇漾木蘭舟。須令漢水變春酒，更遣大别爲糟丘。蛟龍自吟鶴自舞，仙人鐵笛沈高樓。留連坐待明月上，翠娥勸飲來沙頭。竹林諸賢真瑣瑣，高陽酒徒安足儔。吁嗟此會難即得，使我悵望無時休。君不見，楚宫寂寞臺殿荒，歲歲東風開野棠。三閭顑頷行吟處，千古猶傳杜若香。丈夫眼底安足計，君行采采莫相忘。

寄曹仲禮

吁嗟《梁甫吟》何哀，白日黤慘浮雲回。繁華忽與東風别，幽壑不見陽春來。憶初謁帝承明廬，頗將詞賦追相如。意氣當時惟爾我，文章絶代互吹嘘。正逢漢武勤邊略，同奏文園諫獵書。杞國憂天傾，傍人笑爲狂。精衛枉銜沙，何裨海茫茫。雷雨晦冥起倉卒，散失非我能周防。寧知垂翅青天後，虞羅獵矢猶徬徨。予仍下獄大梁城，謗議雷同真吠聲。全生虎口信不易，一死鴻毛良可輕。摧眉靦面復苟活，跼天蹐地長悲鳴。前榮後枯嗟世事，翻雲覆雨見人情。昔日結交二三子，張口欲言禍及矣。請兵誰爲哭秦庭，擊筑何曾歌易水。感君山嶽心不移，張公神劍合有時。矯首南天瞻北極，聊持芳草寄相思。

張公行

張公一生豪俠徒，作吏風塵性氣麤。千金快意買歌笑，禮法區區安足拘。傾心倒意向賓客，椎牛置酒恣歡呼。忽傳姓字坐沙汰，歌曲未竟門客逋。昔時請謁爲親者，倉卒化爲越與吴。[1]已經十日伏草莽，欲去不得仍躊躕。我聞拔劍爲子起，仰天疾視情無愉。世間萬事盡雲態，白衣蒼狗在斯須。神魚陸處困螻蟻，鷙鳥翻身避獵弧。李廣有時愁醉尉，魏其何能庇灌夫。古來豪貴有顛倒，張公張公莫嘆吁。

寄嘲江子

江生突兀揚文風，千奇萬怪難與窮。博物豈惟精《爾雅》，識字何止過揚雄。古心已出《丘》《索》上，邃旨或與神明通。求深索隱苦不置，一言忌使流俗同。令弟大篆逼鐘鼎，絶藝耻作斯邕等。生也爲文遣弟書，一出皆稱二難并。縱有楚史不可讀，滿堂觀者徒張目。少年往往致譏評，生也不言但捫腹。君不見，好醜從來安可期，豪傑有時翻自疑。伯牙竟爲知音惜，卞氏能無抱璞悲。請君寶此無易轍，聖人復起當相知。

東湖書院歌

東湖之岸雲樹林，仙人樓閣長陰陰。秋濤春漲巖洞坼，風宵雨晝蛟

① 越與吴，淮刻本、湖北先正遺書本作“秦與胡”。

龍吟。久從斑竹聆湘瑟，更向蒼梧訪舜琴。蒼梧一去三千里，明公突兀高門起。富貴天涯重首丘，歲時堂下悲流水。亹亹尋源苦不置，悠悠注海情無已。故渚今池宛相似，卜築題名總爲此。此地移家幾十秋，風光如在楚江頭。誰云信美非吾土，委心大觀皆虛舟。已成新第象桑梓，更營别墅依汀洲。神皋奥區表靈異，迴溪複嶂圍深幽。花竹豈徒恣蕭散，宫牆直欲備藏修。諸生四方遠親就，群書萬卷紛校讎。縣鐘待叩有餘響，提刀迎解無全牛。横經獨擁皋比坐，乘興時披鶴氅遊。達者升堂許游夏，愛客掃徑延羊求。一丘一壑豈足繫，時止時行不自由。懸車欲卧弓旌迫，鳴騶已出亭臺留。千年科斗守篋笥，四時猿鶴司松楸。衹今霄漢夢江灘，覺來枕簟失風湍。山中悵憶八公桂，澤畔空懷九畹蘭。四海蒼生未肯釋，何日東山歸謝安。

豪士吟贈王氏

君家高樓臨漢水，落日悲風白雲起。門垂楊柳千萬株，長條直拂洪波裏。我來繫舟古楊下，秋深岸東蒹葭靡。此時歸思正鬱陶，偶爾逢君行且止。邀我置酒開綺筵，庖子擊肥兼割鮮。海榴新擘寶房碎，湘橘旋摘金子圓。翠袖成行獻歌舞，授色知心次第前。堂中食客多且賢，寶刀錦帶光接聯。持觴遞進勸我酒，四座爲壽俱萬年。平原十日飲未足，白首酣歌凌紫烟。自矜膂力莫與伍，俠氣翩翩尤擅武。角弓十斛左右張，蛇矛丈八盤旋舞。櫪上生駒六駁姿，猛士如林不敢騎。控鬣鳴鞭一躍上，疾馳緩步衆稱宜。男兒身手有如此，壯節奇功皆可爲。君不見，道阻天寒行旅苦，水有毒蛟山有虎。請君殺蛟兼射虎，惡少紛紛安足數。

觀秋江晚渡圖歌

大梁五月成淹留，披圖忽憶瀟湘遊。眼底蕭條動秋色，誰驅楚澤來中洲。烟霞掩映蒹葭郭，鳧鷖點綴清虛閣。敗葦荒蒲豈雪霜，崩崖坼岸迷丘壑。岫口黄花幾歲開，楓頭赤葉何年落。數舸依依古渡邊，細聽那聞呼渡傳。風帆浪檝兩不動，中流竟日空盤旋。晝短天寒洞庭闊，幾時可到蒼梧巔。松根一叟長箕踞，暝色沙光自猶豫。蛟龍夜蹴濤如山，公無渡河且歸去。我家住在江之濱，十年落魄厭京塵。飄蓬海内渾無定，沮溺嫌予數問津。對此躊躇心目斷，丘也東西南北人。

醉贈李道士西歸

尋師初到赤松家，愛客聊停白鹿車。皓首龎眉并園綺，向予歷歷道生涯。早入匡廬尋五老，晚從嵩少采三花。花下開尊玉液濃，尊前拂檻紫芝重。雲裏碧簫呼彩鳳，洞中丹竈護蒼龍。蒼龍彩鳳相催促，欲上空虚謝塵俗。緬懷紫氣没流沙，便訪青牛度函谷。函谷迢迢萬古存，伯陽一去幾朝昏。到日如逢關令尹，仍留《道德》五千言。

卷　五

詩

在館即事二首

長日稀朝謁，兼之簿領無。閉門人伴鶴，染翰吏兼儒。風砌翻紅藥，晴軒映碧梧。雖云栖省署，瀟散即蓬壺。

其　二

幸接神仙侶，來遊翰墨林。空庭無候吏，古木有鳴禽。疑義更相析，成詩衆與吟。《長楊》猶未賦，宴坐愧朝簪。

院中齋宿

落日閉深院，齋心事事幽。雪梧縈徑色，烟柳帶渠流。隱几春星擁，焚香暗霧留。窺人愛雙鶴，對爾肅清修。

駕　出

享帝春正及，行天羽衛攢。百靈迎萬乘，夾轂候千官。後騎回丹闕，前旌駐璧壇。佇瞻馳道上，佳氣逐鳴鑾。

大　祀

香殿裊氤氳，鈞天九奏聞。帝臨趨衮冕，神至各風雲。肅肅宮壇啓，依依黍稷芬。《甘泉》稱賦頌，吾已愧雄文。

駕幸南海子

南郊初禮帝，上苑騁雄圖。[①] 虎兕先聲伏，車徒翼輦趨。網羅張一面，部曲用三驅。侍從群臣在，應知諫獵無。

駕　入

鐃音傳晚甸，芝火動春城。一路青陽送，千門紫氣迎。龍鸞回國步，星月扈天行。大内通宵入，祥烟達旦生。

慶成宴

圜丘大禮協，聖酒百官傳。霄漢流仙樂，風花捧御筵。尊留春殿月，佩委夕墀烟。不數汾遊日，真同鎬宴年。

八厓周子邀飲未赴，聊此謝過，兼索觀群公席上之作

不赴仙堂宴，幽期隔彩雲。祇緣憐數會，翻遣惜離群。地邇騷壇接，天迴劍氣分。風來度香草，佳句許相聞。

① 騁雄圖，淮刻本、湖北先正遺書本作“復誇胡”。

送周侍御按貴州

近憐周柱史，持節向遥天。霄漢花驄出，江湖錦纜牽。鬱盤千棧閣，浩蕩百蠻烟。春盡南征日，衣冠覺爾賢。

送夏大行奉詔使南紀

我亦天涯客，看君萬里行。浮湘遷史跡，喻蜀馬卿情。雲氣蒼梧野，楓林白帝城。壯遊兹不忝，海内早知名。

寄　兄

吾家雙玉樹，何事自西東。雁塔雲霄上，鴒原江海中。趨庭萊子彩，旅食薊門蓬。祇益憐毛質，飛騰萬里同。

寄鷄鳴寺真上人

悵憶遠師室，留人一榻深。雲霞淹佛日，花鳥散禪林。閣俯春城麗，軒留晚岫陰。煩君招白社，於此謝冠簪。

郭外即事

病卧閉門久，占晴起看花。城行紆霧堞，草坐藉烟沙。綰騎蘿風合，停鶯竹日斜。芳菲愁即歇，留賞滯生涯。

紀　聞

禁城馳道接，行殿獵原侵。布騎圍熊館，鳴弦合羽林。似聞驅猛獸，已見失前禽。暴殄哀天物，仁哉祝網心。

贈　　人

南塘倜儻士，[1]薄宦向西陬。石竹臨江映，春雲抱峽流。徘徊去國日，浩蕩望鄉愁。莫厭卑栖地，三巴足壯遊。

送劉振廷令慈利

别離古有調，送爾一長吁。遠下荆門鷁，雙飛漢殿鳧。鳴琴依石篠，岸幘眺春湖。暇日烟花興，風流陶令俱。

劉氏雙挽

日月仙丘閟，風流古調更。尚餘松柏氣，無復鳳簫聲。龍劍人間覓，魚軒地下迎。庭階有玉樹，應慰九原情。

送李子中養病歸

省署辭京邑，庭闈指大梁。經年違鯉對，即日謝鵷行。采藥春嵩少，縈蘿舊草堂。君無戀脩竹，人擬獻《長楊》。

其　　二

游矚傷人事，興衰感世情。猶傳授簡叟，無復抱關生。客散梁王苑，人耕宋帝城。行多懷古咏，一一寄同聲。

① 儻，淮刻本、湖北先正遺書本作“倘”。

寄夏大行

銅柱標南紀，荆門控百蠻。詔從霄漢下，槎過斗牛間。江山回黯慘，溪洞鬱躋攀。預想趨朝日，應多邊徼顔。

慰馬子足疾

漢帝群臣侍，居然司馬賢。那能多病後，不廢《子虚》篇。鳳鳥人争覽，雲霄翼可憐。千金善自保，清廟待朱弦。

世其席上餞大復先生

夫子關西去，扳留我輩情。風燈破暝色，月柝助秋聲。去住天涯淚，文章海内名。從今輟侍從，霄漢望金莖。

過廖子故宅

庭樹留尊處，空餘覆苑雲。馴階舊鳥雀，落日噪紛紛。琴罷《廣陵散》，匣遺《封禪文》。悲風立馬際，鄰笛不堪聞。

遊仁壽寺

鷲嶺迴孤塔，祇林鬱近城。幽人耽寂樂，秋日偶經行。巖閤縈蘿細，溪庭抱竹晴。欣然坐禪榻，聊以憩塵纓。

九日登仁壽寺後山

九日携朋出，花宫背郭開。藉蘭坐香岫，捫棘臨高臺。雁渺川雲斷，林孤甸色迴。悲秋亦楚客，作賦豈吾才。

夜坐鄭子宅彈琴，分韻得琴字

言訪少谷子，呼童携素琴。爲發絲桐趣，俱諧山水心。徑轉松篁密，堂虚風月侵。再彈吾不惜，此地有知音。

寄八厓子

吾子嗟行役，他鄉感别離。一辭西掖路，三復《北山》詩。日下花驄出，天邊旅雁悲。亦知復不遠，明歲及瓜期。

寄顔許州

吾友二三輩，無如回也賢。慚非清廟曲，得藉朱絲弦。豈乏雙魚至，寧慳尺素傳。離群今已久，望子數予愆。

送龍廷重爲滎府長史

滎國今宗國，君材實楚材。周家親魯衛，梁苑重鄒枚。杖屨丘園接，琴書殿閣開。天邊倦飛鳥，霜雪早歸來。

其　二

未謝金門籍，先諧静者私。桃源春泛穩，桂苑月遊遲。洞口漁人艇，花間帝子卮。兹行有詞賦，不必吊湘纍。

得周侍御子賢書，喜作二首

自爾乘驄出，令予愴别離。經年一書札，萬里轉相思。天隔西南域，秋憐鷹隼姿。霜空望擊搏，莫使羽毛垂。

其　二

去歲吾鄉友，追陪良可歡。月吟躭夕檻，[①] 花宴簇春欄。豈意乖雲雨，翻令隔羽翰。獨憐松檜色，青翠耐天寒。

雪柬曹子

君本建安子，來遊京兆天。時聞郢中曲，共憶剡溪船。庭篠暝猶白，檻蘿春欲烟。何當載酒過，一問子雲《玄》。

贈方子二首

近接棠陵子，昂藏野鶴姿。跡留青瑣地，聲徹白雲司。竟阻江湖去，翻嗟燕雀欺。烟霄當奮起，歸覓舊栖枝。

其　二

鄰并復同調，過逢數舉杯。謝公興不淺，莊舄吟何哀。霞日赤城曉，雪濤滄海迴。何當共舟去，携客訪蓬萊。

立　春

春旭自堪憐，春愁旅病偏。暄迴沙甸雪，潤合柳城烟。坐憶江皋

① 躭，淮刻本、湖北先正遺書本作"耽"。

上，行知草樹鮮。淹留慨時序，盤菜不須傳。

天津月夜偕曹子舟坐

繫月舟航偶，臨流鼓吹哀。星檣扶岸出，霜葉灑汀迴。鵲起南天迥，龍吟北海開。淹留候明發，共爾一登臺。

河西務别許子居

留滯金門客，追陪畫省郎。開筵回浦溆，倚檻出帆檣。琴動《幽蘭操》，詩傳《伐木》章。風塵連解纜，天地一沾裳。

晚泊訪李仲玉

宵泛事幽尋，危巖倒月侵。石門面蒼渚，桂楫倚丹林。風竹和龍笛，冰弦藉鳳琴。酒闌各分手，天漢忽横參。

臨清舟次别曹子三首

憶昔同嚴譴，隨君下瑣闈。龍蛇寒自逝，鵷鷺晚分飛。棹戞城氛渺，檣翻浪月微。轉令岐路淚，暗滿逐臣衣。

其　二

對酒話今昔，茫然來遠陰。逆鱗批不死，回首感何深。此地一分手，他鄉長别心。所期持壯節，無復計升沈。

其　三

寡合時應棄，多憂日不勝。漢京瞻比日，周道履如冰。顧已無長策，徒然負直繩。畏途各自愛，舊署望同升。

李沔陽自大梁經裕州，因贈三首

雪夜梁王宴，霜秋宋玉愁。回瞻嵩嶽峙，去逐楚江流。少室三花樹，滄浪一葉舟。南行正摇落，知爾憶林丘。

其　二

湖水迴城郭，風流暇日多。宵追李白泛，時聽越人歌。伐鼓驚鷗鷺，揚橈拂芰荷。須君爲地主，獨舸杪秋過。

其　三

愛汝今山簡，爲邦復水鄉。幽懷寄魚鳥，儉德續《羔羊》。憑几烟霞潤，搴帷蘭杜香。誰知詞客興，不下大夫堂。

齋中即事

候吏經旬少，深秋百感生。蒼苔侵竹户，白日下楓城。鼓瑟焚香坐，窺園散髮行。天邊暮鴻雁，故傍客愁鳴。

被逮道中别舅氏歸

殊方秋更苦，失路暫相將。身世悲江夏，軒車感渭陽。勿傳三木慘，驟使二親傷。會有生還日，心無愧彼蒼。

被逮發裕州夜作呈諸公

空館秋偏寂，窮途旅易哀。砌蟲迎夕動，塞雁預寒來。肱已經三折，腸應倍九回。願逢吹律者，坐使積陰開。

懷故園書屋，往年同伯兄講業其中

北遊深歲月，南望阻關河。尚想雙龍卧，翻驚獨雁過。夢勞扳徑柏，春擬葺垣蘿。回首藏修地，浮名奈爾何。

有感二首

多難已如此，良朋今是誰。傍觀紛竊笑，對泣一空悲。虎口幾不免，人心安可知。古交難獲睹，三復《谷風》詩。

其　二

平生矜結客，一旦失交親。掉臂不我顧，開心欲誰陳。轉見彎弓者，那聞擊筑人。翻思古游俠，高義亦嶙峋。

出縶俟放，久未獲命，煎鬱成詩

待罪形將影，言歸去復留。悲風憐代馬，喘月愧吴牛。畫地心猶憚，呼天淚莫收。强顔稱不辱，俛首欲何求。

出獄董氏宅夜飲書懷兼贈董氏兄弟

多難心逾壯，高情宴獨遲。風篁迷晚徑，烟草暗春池。射虎還疑石，驚烏尚繞枝。緣君念兄弟，把誦《鶺鴒》詩。

出獄後歸興二首

幸爾網能漏，依然劍尚埋。側身向天地，壯志委塵埃。覆水今無及，《懷沙》古有哀。回思刀筆吏，疑懼轉難裁。

其　二

孤憤辭梁獄，高歌望楚鄉。烟花春沔鄂，樓閣畫瀟湘。吊古懷增慨，尋仙事頗荒。何如共漁父，一笑咏《滄浪》。

同子言南歸道中賦竹桃二物

舊潛湘浦岸，兼慕武陵源。獨造非無興，成蹊本不言。七賢應共逸，三士竟何冤。物態依行色，羈栖想故園。

道中憩廢寺三首

徙倚前朝寺，依栖舊法筵。狐狸啼白晝，龍象泣諸天。寶樹縈蛛網，蝸涎繡石蓮。給園猶寂寞，岐路倍堪憐。

其　二

解綬辭塵網，停車理石筵。金花何地布，寶月幾時圓。殿古蒼苔積，臺空紫蔓縣。那知臨净土，煩惱障無邊。

其　三

寶地元虚寂，金仙合杳冥。空林沈紫翠，畫壁落丹青。羈旅暫投跡，殘僧一啓扃。迷方隨處是，含意訊山靈。

送　人

楚地惜分手，春風悵别顔。王孫草新緑，帝子竹餘斑。干主携書去，期君揚策還。男兒有如此，應不滯鄉關。

江上言懷四首

野闊風雲入，天迴楚蜀通。渚禽多白鷺，巖樹半青楓。哀怨《湘君》曲，平成夏后功。晚來懷古意，極目送冥鴻。

其　二

岸束濤聲急，軒凝野色重。山懸神女雨，江進楚王風。舟楫争先涉，閭閻急暮舂。平生壯遊興，潦倒對魚龍。

其　三

平野蒼烟合，高城白鳥過。澤蘭懷楚客，石竹隱湘娥。谷響歸樵唱，江鳴發棹歌。夕陽葭菼際，將奈暮愁何。

其　四

月上船猶進，江寒酒自寬。弄珠元此夕，解珮復何灘。島嶼樽前動，星辰鏡裏看。漁歌中夜起，余亦餙綸竿。

溪邊晚興

萬井皆秋色，千巖盡落暉。谷喧鄰牧散，溪響夕漁歸。初月懸楓岸，餘霞戀竹扉。坐來憐夜永，霜露入人衣。

暮春偕二三子登定惠院亭

臺榭枕黄州，春深岸幘遊。雲孤開石壁，地拔俯江樓。觸目烟花散，傷心歲月流。棄捐知己矣，童冠幾銷憂。

席上贈熊掾

吏事資儒術，秋筵接故鄉。周官欽八議，漢法重三章。亭倚林巒赤，園看橘柚黄。卑栖勿嘆息，毛質本鸞凰。

夜簡王少參舟中

薇省辭黄鶴，蘭橈伴白鷗。岸迴霜月抱，江迴雪雲流。銀漢乘宵上，金陵逼歲留。田租聞賜減，側識漢皇憂。

觀江漲

旬月一來此，懷襄真可憂。龍蛇栖樹杪，鷗鷺集城頭。天接江湖混，波摇郡邑浮。青錢吾已辦，急爲買漁舟。

春日書室示諸子

家聲看子弟，世緒衍箕裘。豹隱文當變，鶯鳴友可求。專門《大戴禮》，入室汝曹優。間里高門在，須乘駟馬遊。

劉子好辯而不遇詩以贈之

美名吾久識，雄辯古難逢。君獨談非馬，人皆好似龍。早於干禄拙，晚向結交慵。予亦栖遲者，相將學老農。

寄館中諸友

一斥嗟江國，同遊憶禁林。如聞視草暇，猶有拔茅心。人事傷川逝，吾生嘆陸沉。百年頻泣玉，衆口已銷金。

江上贈夏明府

令尹官初試，江邦政已成。節如秋壁峻，心擬石潭清。願契烹鮮理，無矜拔薤名。操刀知善割，愛助亦吾情。

喜廖子過訪，席上奉贈八首

晝舸經黄國，肩輿訪白雲。雪行沙草濕，風坐圃梅芬。軒冕非吾意，鳧鷗本自群。無煩談世事，杯酒但論文。

其 二

供奉違東觀，旋歸侍北堂。衣冠照桑梓，詞賦吊沅湘。野岸桃花發，春洲蘭葉香。他時三徑裏，遲子洗壺觴。

其 三

自喜暫無拘，來從江海徒。尋仙憩黄鶴，謁帝向蒼梧。澤坐舟偏繫，山行杖屢扶。知君留滯處，高興屬春湖。

其 四

未暇泛湘水，徒然卧楚雲。神龍那可縶，野鶴故難群。世路誰知己，交情獨有君。懸知今夜別，劍氣斗間分。

其　五

霄漢長懷侶，江湖已卜居。山人惟白鹿，學士自銀魚。名致諸公早，書開萬卷餘。漢臣誰得似，詞賦有相如。

其　六

地迴臨江閣，天迴上斗槎。潛行歌白石，好去羨皇華。登嶽元無極，浮湘未有涯。明朝相望地，莫遣暮雲遮。

其　七

別我寒移棹，懷君暮倚楓。來經黄子國，去傍楚王宫。谷口桃千樹，山中桂幾叢。故園春定好，留醉向東風。

其　八

奉使仍將母，來遊荆楚天。江光藉日色，争繞孝廉船。翠竹笋新茁，銀絲鱠可憐。帆邊梅柳樹，歷歷漢陽川。

夜宴即事

樓開芳樹合，徑轉落花深。向夕香風起，當筵皓月臨。游人争解珮，侍女拾遺簪。坐上絶纓者，應知賢主心。

寄方思道七首

赤壁陪仙宴，蒼江識壯顔。使君趨石上，候吏出花間。解纜欲何往，投簪及此還。長風解相送，一瞬萬重山。

其 二

觀日臨滄海，歸山卧白雲。遥尋少谷子，同謁武夷君。心迹能兼遂，東南美并聞。猶期爲世用，且莫去人群。

其 三

偃卧非關病，連章祇乞骸。鶯花供謔浪，杯酒送詼諧。無用樗因免，難容匏已乖。因風寄同調，好去入君懷。

其 四

聞爾遊華頂，令予夢彩烟。户庭羅峭壁，枕簟落飛泉。山有藏書穴，溪多送酒船。春江如有興，花裏到吴天。

其 五

憶爾東歸日，長爲《吴會吟》。春觴臨水曲，夜棹入山陰。結侣遊能數，逃人去轉深。蘭茝如可折，莫惜寄雲林。

其 六

逢時非不達，憤世獨難平。拔劍出門去，揚帆際海行。雖貪謝客賞，猶繫子牟情。此地便高卧，無令負聖明。

其 七

中朝俱屬望，流輩總相推。予慕長卿賦，人傳幼婦碑。七襄終莫報，九逝竟空思。世路風塵滿，茫無見汝期。

奉答富順王殿下二首

帝室分封重，王孫别館開。禮於南嶽敵，客比小山才。爲善心知樂，通親表自裁。雄風難可挹，何日侍蘭臺。

其　二

國自荆藩析，書從孔壁傳。瞻天蒙肺附，朝海切心懸。賓從思梁苑，精誠感洛川。晚來風稍勁，吹月暈生圓。

馬侍御見訪山中

村巷傳呼急，秋園報爾過。烏啼城日曉，鷹疾野風多。繡服臨樵牧，花驄駐薜蘿。霜威吾所憚，暫爲假陽和。

其　二

一辭金馬籍，甘老白雲岑。喜子今持斧，憐予此盍簪。各天晤不數，末路契逾深。徙倚庭前樹，栖烏欲滿林。

湖　泛

楚地饒洲渚，騷人戀芰荷。鷁舟張錦席，龍笛起滄波。鳥影隨檣影，漁歌入棹歌。前溪聞更好，欲進暮烟多。

過諸子書屋寄虞文表

《三禮》傳非謬，諸生仰獨深。偶經《伐木》地，徒有折麻心。雪調朱弦盡，星文寶劍沉。憐君困已久，《梁父》自長吟。

秋園酌謝子

待汝頻扳桂，憐予久繫匏。無嫌一日長，願結百年交。啓户鶯黄葉，開尊藉白茅。自無奇可問，何怪世人嘲。

其　二

兒童操翰墨，四十且無成。自汝工諸體，令予畏後生。吾里中丞裔，前朝太傅名。高才有如此，真不愧家聲。

其　三

我舅爲生祖，生名較我嘉。忘年稱小友，累世屬通家。王謝賢非乏，園廬路不遐。逼衰偏篤舊，數見惜年華。

寄友人

之子鎮南荒，威名萬里揚。經年聞選士，計日欲擒王。神武元無戰，佳兵乃不祥。寄言投筆者，何事樂開疆。

喜舒鄭二子夜過

寒景沉江閣，繁星綴石林。一時來二子，散帙復鳴琴。高價真連璧，深盟可斷金。從今三徑熟，携手數相尋。

鄭　生

鄭生才可憐，白首困江邊。長夏自饒睡，窮途人餽錢。相過夜不厭，與語日堪延。共試山家茗，呼兒行汲泉。

馮太守席上留别

漢室馮公偉，爲郎歲月饒。一麾煩出守，白首竟誰招。初雨傳觴日，微凉秉燭宵。相看意無限，明惜馬蹄遥。

江上送張子二首

天風忽然至，吹地轉蓬科。别淚隨江水，離聲雜棹歌。花時臨赤壁，雁候渡黄河。京室懷予處，長搴舊薜蘿。

其　二

他時懷大士，何地望京華。詞賦留香草，衣裳見紫霞。天邊今朔雁，澤畔已秋花。歸路銜寒色，翻思楚客家。

謝氏宅夜集

過爾通宵宴，留人樂事繁。詩題芸草室，觴到菊花軒。月落城烏起，霜寒櫪馬喧。醉來聊隱几，旭日散柴門。

溪邊二客過訪

白露窺楓浦，蒼苔上石門。人稀簷雀下，草冷砌蟲喧。竹裹開三徑，花間倒一尊。從今延二仲，相與樂丘園。

秋日過十一叔莊

陶潛耽漉酒，阮籍好鳴琴。沙雁銜人起，山蟬傍馬吟。高秋花是菊，僻地竹爲林。醉後迷歸路，蒼茫下夕陰。

聞曹子仲禮緣近臣之疏，蒙恩賜還[①]

竄逐南天路，荒凉北斗文。翻飛元不意，憂喜在初聞。驄馬重趨闕，金鷄兩赦君。獨傷荆棘裹，誰别鳳鸞群。

病後飲十一叔宅同諸兄弟

川雲流苑細，樓月照筵新。弄玉元秦女，凌波本洛神。竹林明積雪，池草暗生春。骨肉情親夜，深杯慰采薪。

溪邊即事呈友人四首

歲晚人猶隔，汀寒晝不譁。松門當遠岫，竹檻俯平沙。鷺宿依冰片，鷗飛亂雪花。如聞子猷棹，乘興到山家。

其　二

空齋灘響入，塌岸水痕除。竹杪喧簷馬，芸邊走壁魚。門無題鳳字，村有卧龍廬。曲巷寒門裏，空傳長者車。

其　三

推窗迎嶠立，垂釣鑿冰開。未葉先生柳，餘花處士梅。鳥從烟裏度，人向雪中來。暝色青溪上，緣君首重回。

其　四

佳景每自愜，幽期孰與論。林開延岫色，沙圮滅溪痕。洗藥穿松葉，移尊傍竹根。江山待詞客，几杖向誰門。

---

① 淮刻本、湖北先正遺書本題作“聞曹子仲禮緣近臣之疏，蒙賜還之恩，事出不虞，聊題斯句”。

李國賓宅留别昔以賀歲會於京師①

汝拜朝正表，予留謁帝居。經年思鳳吹，幾度寄魚書。患難誼逾篤，流連哀未除。行吟恐憔顇，他日吊三閭。

送顧醫

潦倒文園客，淹留顧虎頭。我看《方士傳》，君向古人求。藥裹春心滿，風帆晚浪收。匡廬傍南斗，歸作采芝遊。

① 淮刻本、湖北先正遺書本“昔”上有“李”字。

卷　　六

詩

陳魯南太史使楚還，晤予江上，因贈三首

校書辭漢閣，持節到江城。萬乘臨軒送，諸侯擁篲迎。王人周室禮，神女楚臺情。詞賦兼文物，知無負此行。

其　　二

睦族遵《堯典》，親臣踐楚郊。北門虚視草，赤社重分茅。不以雲泥隔，猶憐江海交。《皇華》勞藉慰，《玄》困任人嘲。

其　　三

何意大江濱，蒼茫接所親。相看鬢已變，轉盼迹俱陳。子是浮湘客，予爲哀郢人。嚴程不我駐，臨路倍沾巾。

偶　　出

偃蹇蒼巖畔，沿迴碧水灣。鳴琴林竹下，洗幘島藤間。是處雲留卧，餘生天與閒。徘徊山徑裏，指點暮禽還。

進　　艄

進艄清秋暮，吟風錦樹開。前鳧銜棹散，後雁逐帆來。石出灘聲轉，沙明月色迴。欲知臨泛永，試看曙光催。

訪童内方太史於漢口舟中，即席投贈二首

漢廣來非偶，人遐會亦奇。獨趨金馬去，暫遣白鷗隨。泛艄疑牛渚，彈冠想鳳池。當憐澤畔侶，顑頷不勝悲。

其　　二

每憶朝端舊，寧期漢上逢。舉杯酹鸚鵡，吹笛擁魚龍。天遠江俱盡，楓迴渚自重。知君欲解纜，爲我且從容。

宴曾氏園亭即事遂成艷曲二首

賓客醉華堂，情親向曲房。佳人牽架蔓，稚子搦池楊。風起青蘋末，雲生錦石傍。勿云天日暮，銀燭散朱光。

其　　二

曲榭恣夤緣，名園更接連。引枝分檻果，撥藻數盆鮮。醉舞花低户，嬌歌鶯近筵。儘教歡樂極，莫負艷陽天。

夜坐庭前栖鳥乍驚

側識安巢意，那堪繞樹悲。風寒難自穩，月白更須疑。烏鵲仍三匝，鷦鷯但一枝。卑栖復如此，何有上林思。

劉氏雙挽

蒿里風雲變，松丘歲月深。劍埋龍并逝，簫去鳳俱沉。鬱鬱楸梧氣，悠悠伏臘心。承家看令子，壯節比南金。

寄楊太常武陵人

屈宋流傳古，丘園道路賒。湘潭題杜若，源水問桃花。黑髮違朱紱，青山卧綵霞。春霄目歸雁，早晚惠瑶華。

遊武昌江龍盤磯寺

巨石表江心，花宫傍太陰。天寒龍卧穩，雲迴雁飛深。棟宇飄明鏡，汀洲響梵音。慈航向夕渡，轉覺戀祇林。

與客夜宴舟中

宵岸移星舸，秋尊款月扉。弄珠疑漢女，鼓瑟憶湘妃。聽曲魚龍出，撩筵鷗鷺飛。天寒不覺醉，斗轉未言歸。

送王洪德入蜀

落落幽并客，栖栖荆楚顔。遥知問卜去，或是泛槎還。雲雨經三峽，風烟犯百蠻。看君壯遊志，去矣杳難攀。

張子魚過訪

故人天上至，清宴夜深開。澤畔微芳度，江皋暝色迴。楓林停翠𢥞，月岸擁金罍。正苦歡娱逼，無令候吏催。

送傅子歸豫章

歲宴向何處，云之故國天。行當臘雪盡，歸及春風前。片帆九江影，瀑布廬山泉。送君何所托，爲吊石灘賢。石灘，舒國裳别號也。

楚　　眺

眺迥臨高閣，江湘萬里餘。草邊雲夢獵，花下武陵漁。白日山川氣，清秋水竹居。仙踪同霸業，消歇總愁予。

夜過邵子草堂

覓徑依林薄，傳杯竟夜分。曲堤盤古月，老樹宿寒雲。室静江鳴徹，山空鬼嘯聞。倦來吾謝去，明發過論文。

江上贈羅汝延太守[①]

君今握印綬，吾已息柴荆。雪舸寒初繫，風汀晚更鳴。雲霄五馬貴，江海一鷗輕。贈子以何物，中洲攬杜蘅。

雪中喜涂生數來

念子貧到骨，佯狂頗自賢。未辭東郭履，頻泛剡溪船。彈鋏竟不遇，吹簫古有然。蛟龍本神物，變化知何年。

---

① 淮刻本、湖北先正遺書本題作“江上贈羅汝延太守二首”。今按：此詩本二首，底本遺其二。另首見本書“佚文輯録”之《江上贈羅汝延太守之二》。

夕渡訪友人

暝色滿晴川，幽人何處邊。山腰翻落照，水面没遥天。賈爨灘烟合，漁歸岸火懸。剡溪今夜棹，乘興未言旋。

登武昌西山絶頂二首

昔望懷徒積，今登氣益雄。壺觴飛鳥外，几杖入雲中。地引江湖盡，天含澗壑空。壯心殊未已，浩嘯倚長風。

其　二

山迴人躋倦，雲長鳥去遲。天中傾竹葉，日下把松枝。石想吴王劍，城吟謝客詩。醉歸臨渡處，應與夕陽期。

宿龍蟠磯寺中

龍象開靈嶼，黿鼉戴法筵。石間攢寶樹，鏡裏涌紅蓮。香氣潭烟接，燈光岸火連。禪房風浪逼，永夜不成眠。

晨渡望龍蟠寺

石拔烟霞抱，舟迴浦溆通。樓臺疑蜃市，鐘鼓識龍宫。寶樹縈波上，金花落鏡中。何時登彼岸，一洗世緣空。

寄上富順王殿下

南國諸王館，池亭獨有名。楚風蘋末勁，淮月桂叢明。中物酲先析，當天暈已生。無令爲善樂，專美漢東平。

戲贈西陽子二首

西陽談道術，冬日尚絺衣。啓户歡晴旭，無衾憚夕暉。黄金慚不就，白髮欲何歸。飢餓朝來迫，[1] 蓬頭叩我扉。

其　二

未試餐霞術，空傳煮石方。三旬凡九食，顔面頗倉皇。灰冷燒丹鼎，香餘賣藥囊。嚴寒君少畏，歲已逼青陽。

春日山居即事五首

草動三江色，林占萬壑晴。籬邊春水至，簷際暖雲生。溪犬迎船吠，鄰鷄上樹鳴。鹿門何必去，此地可躬耕。

其　二

瓜地斜侵浦，茅堂曲抱山。琴書青竹裏，枕簟緑蘿間。累日頭無櫛，浮雲心自閒。交遊漸稀少，雙户晝長關。

其　三

築室清溪曲，爲園古道傍。苔痕侵户牖，雲色上衣裳。牧笛依青草，漁舟隱緑楊。偶然幽興愜，搔首放歌長。

其　四

繫舸籬傍樹，開渠檻外流。竹烟藏曉嶂，花氣覆春洲。玄鳥營巢至，陰蟲逐侶遊。生涯堪放浪，何必世人求。

---

① 飢，淮刻本、湖北先正遺書本作“饑”。

其 五

野曠林争出，花深徑屢迴。春風芳草上，亂水白雲隈。燕接飛蟲去，鶯沾落絮來。小堂宜竹護，一一荷鋤栽。

送王知事還蜀

佐郡已三載，還家無一錢。苦心成白首，達命任皇天。峽束秋江怒，雲盤古棧懸。歸來揚子宅，寂寞守吾《玄》。

丁酉之夏，覯文溪子於大江之濱，與之述往，感時命酒，坐石揮涕而别，太息成詩

愴爾離群久，艱危更可傷。一麾堪白首，萬死出南荒。天入瀟湘闊，風驚鸛鶴揚。垂堂古有戒，去矣慎舟航。

李袁兩生過飲

駕枉潛夫室，堂開上客筵。雖吾丈人行，愧汝兩生賢。春去傷花艷，年來倦草《玄》。吁嗟老將至，何以使名傳。

江 上

晴日麗芳洲，春風振碧流。靈均蘭可攬，神女珮堪留。漁豈臨淵羡，仙因入海求。機心息已久，自喜不驚鷗。

寄汪子

憶當武廟末，并上漢庭書。放逐時皆散，音容日以疏。諸君不遠復，獨我遂幽居。鎩羽當年侶，翻飛迥不如。

其　二

不合輒投簪，高踪衆所欽。波流奮獨往，海嶠發孤吟。雖滯秦稽跡，猶縣魏闕心。徵書行且至，栖遯不宜深。

其　三

自免一何勇，邴生誠我師。可爲智者道，聊愜幽人期。歲月任公釣，登臨謝客詩。肯令滄海岸，重勒《北山移》。

其　四

群公方議進，吾子獨初衣。即市稱大隱，於星應少微。鵬圖無近適，鳳覽有餘輝。高士逝已久，非君誰與歸。

其　五

自爾稽山卧，風猷較古多。名流掩王謝，遊客結羊何。洲島凴軒得，雲霞岸幘哦。頗嗔冠蓋訪，不厭野人過。

贈邦伯吴公

予慕古循吏，人稱新使君。雖然改弦鼓，不以治絲棼。退食溪毛飫，公庭鳥毳紛。良哉二千石，名已漢皇聞。

混 迹

混迹依田父，全身學道流。每隨兒牧豕，一以己爲牛。民擬無懷氏，身如不繫舟。小溪桃盡發，還似武陵遊。

友有被謗而褫其官者，詩以慰之

省己良非過，於人乃不孚。文身棄章甫，按劍對明珠。去位賓朋散，還家儋石無。孔顏亦偃蹇，[1]汝困勿嗟吁。

有 感

萬事不復理，此生從所之。自知心匪石，誰念鬢成絲。得失事非偶，馳驅數已奇。雖然罷通籍，飽飯亦恩私。

遣 興

深居懶出村，習静欲忘言。岫苦雲霞變，溪憎雁鶩喧。達生聊可托，智者始堪論。久絶青雲想，從教白髮繁。

觀 漲

孤嶼崇朝失，平疇一瞬深。室廬淪水府，網罟入雲林。實想輕舟濟，虚疑陸地沉。敢興微禹嘆，側識警堯心。

---

① 孔顏，淮刻本、湖北先正遺書本作“丘軻”。

江上送吴子

垂老難爲别，那堪落木紛。雲霞緣岸合，凫鶩觸船分。霜浦蘭尊竭，風城玉笛聞。此生湖海上，何日再逢君。

舟　　夜

澄潭宜夕霽，倒岫入波流。宿檠依楓岸，張筵面橘洲。露縈鮫女泣，月瀉翠娥遊。窈窕群仙接，無煩海上求。

過張道士方丈二首

欲尋方外侣，奈迫區中緣。石髓不可遇，山房聊借眠。虚空逃漢起，《道德》出關傳。何日丹砂就，驅鷄上九天。

其　　二

洞壑鄰鮫舘，烟霞繞鳳臺。神君當晝下，仙客御風來。瑶草侵階長，桃花覆水開。願言分玉醴，坐遣壯顔回。

得陳魯南書，感而賦此

與子才非敵，於予意頗親。歸來各吴楚，老去竟參辰。忽枉兼金訊，長懷如玉人。此生重見否，數過益傷神。

寄顔惟喬五首

馬卿才豈劣，狗監薦難逢。近老時名損，長貧世事慵。昂藏身是鶴，變化德猶龍。道大如君者，斯人宜不容。

其 二

聞子幽栖處，絶無人世喧。琴書元栗里，鷄犬似桃源。雲影晝垂席，溪流春到門。弓旌早晚至，白首去丘園。

其 三

身棄名何賴，才高世總違。著書唯木榻，遠害獨荷衣。游夏辭難贊，聞准《春秋》作《隨志》，故云。漁樵迹近微。時能共童冠，溪上咏而歸。

其 四

道困已如此，年衰將奈何。有時傳郢曲，落日更商歌。長夜真難旦，陽春未擬和。衹應具舟楫，乘興數相過。

其 五

昔君爲亳守，談笑靖風塵。郡已殲豺虎，時翻忌鳳麟。奇功元不賞，直節竟無鄰。後代看今史，方知社稷臣。

贈鄰叟

屈曲溪迴谷，青蒼樹隱村。深山無甲子，老境有兒孫。畏吏栖鄉井，逢人問國門。漁舟花下入，還似武陵源。

訪友人

同是栖巖者，今爲出谷求。攀嵇遥命駕，[1] 訪戴不回舟。麗日青蕪郭，香風白芷洲。親交近零落，願子晚綢繆。

① 嵇，淮刻本、湖北先正遺書本作“稽”。

祖塋前溪邊穫稻

跡緣桑梓重，心厭稻粱謀。祖德何能述，農功此暫留。黃雲殷隴畝，白鶴唳汀洲。正苦蒼山暮，那堪碧樹秋。

哭江景孚二首

昔獻金門賦，曾追玉署遊。碧山憐息馬，丹壑嘆藏舟。壯志風雲散，遺書館閣收。延陵徒把劍，何日掛松楸。

其　二

子已先朝露，文章失鳳毛。人皆惜年少，天亦厭才高。學草餘池墨，流芳托楚騷。因之念朋侶，寥落半蓬蒿。

過倪道士故居二首

服食知非誤，先期汗漫遊。閒門山鬼嘯，何處谷神留。丹訣乾坤秘，玄文海嶽收。誰知松子宅，亦有世人憂。

其　二

寂寞雲君籙，摧殘鳳女臺。海田猶有變，洞壑豈無哀。始學乘牛去，終期化鶴來。室餘金竈火，千古不成灰。

喜張子自滇至

故渚依黃鶴，長途自碧鷄。瑶華歸有贈，寶劍去曾携。驥足衰難展，羊腸險遍躋。從今無復出，溪上伴鳧鷖。

山莊雜興十首

老夫諳稼穡，次第葺園廬。對酒唯田父，呼門絶里胥。桑麻經雨後，花竹宛秦餘。如此生涯足，何勞薦《子虚》。

其　二

事去心逾壯，年來迹轉孤。濯纓臨漢沔，安枕荷黄虞。春澗偏魚鳥，秋窗近竹梧。出逢鄰叟飲，醉倩野童扶。

其　三

避人開石户，覽物坐山堂。湘柚寒增色，江蘺晚更香。《卜居》悲楚客，《招隱》憶淮王。寂寞吾甘守，浮沉念總忘。

其　四

計拙堪時棄，謀生托野人。鶯花無約束，木石有比鄰。溪上思龍蟄，林間學鳥伸。逢人無一面，語契即情親。

其　五

天地一虚舟，浮沉雙白鷗。半生從失計，萬事不關愁。山月杯中映，江雲几上流。狂歌人莫測，吾興屬滄洲。

其　六

圃坐晴逾麗，畦行晚更宜。客從蘿徑入，自笑葛巾攲。果熟山禽戀，林馴野鹿隨。憑欄契物理，衛足頗欽葵。

其　七

樹古村墟僻，江寒邑里秋。過雲頻送目，累月不梳頭。廢禮緣多病，求仁未寡尤。呼兒問網罟，明發上漁舟。

其　八

葉減山争出，林秋景故偏。候蟲喧冷砌，過雁影晴川。月酌沾松露，風吟雜澗泉。何人會幽興，寂寂自鳴弦。

其　九

物换竟誰使，朋來非我期。曙光隨日薄，秋籟入雲悲。速婦開新醖，從兒誦古詩。自爲真率飲，忘却鬢成絲。

其　十

蘿軒時散帙，苔澗亦垂綸。翠竹供詩遍，蒼林佐酒頻。岫重遲見旭，源曲易迷津。早契沈冥理，難爲俗子陳。

立秋日陪七澤兄飲

行年嗟近老，[①] 流序忽驚秋。雖奉連枝喜，其如一葉愁。孤烟沉邑井，返照入林丘。少日青雲志，相看耻未酬。

春　盡

春盡人將老，庭閒晷獨遲。絮飄兼鶴毳，花落罥蛛絲。石溜依琴瀉，雲陰入户移。幽懷偏水竹，晚步故臨池。

送　人

君移夏口棹，去作越中遊。臘意含新柳，春聲隱凍流。南行探禹穴，東望接蓬丘。湖上風光好，鶯花累月留。

---

① 嗟，淮刻本、湖北先正遺書本作“差”。

九日同田子宴武昌西山

令節樊山宴，深秋楚客哀。雲長一雁往，江遠片帆來。倦倚丹楓憩，回看蒼渚開。登高復能賦，知爾大夫才。

秋日寄劉子

直道古來少，如公迴不群。結廬衡嶽下，垂釣古江濆。竹向皇英覓，雲從赤帝分。慚予亦楚産，何可擬清芬。

歸自山莊作

萬事形骸外，半生魚鳥間。爲農稀出郭，習隱不居山。晴旭歡獨往，暮雲倦與還。呼兒檢賦草，閉户細加删。

郊　園

獨此郊園寂，兼之徒侣稀。灌園踏碧草，把酒看翠微。竹晚輕飈度，樓晴片月依。自無致身策，莫遣賞心違。

送張都閫致仕歸二首

山郭秋陰重，江流晝戟明。亦知南顧慮，其奈北堂情。去偃龍蛇陣，歸尋猿鶴盟。伏波今未老，銅柱尚標名。

其　二

爾家淮海曲，秋日賦歸來。戎服本儒行，將軍今老萊。舊諳《司馬法》，兼有季鷹才。寶劍君長拭，無令染緑苔。

宿九峰寺

匹馬九峰下，寒宵萬壑陰。月當層殿起，雲擁曲廊深。煮茗開松閣，焚香對石林。諸天倚愁寂，鐘磬净塵心。

哭陳魯南二首

九原如可作，諸子孰能儔。隻字都人重，遺書漢使求。龍蛇賢運厄，霄漢歲星收。檢爾平生贈，長吟恨未休。

其　二

尚憶論經地，猶聞考牧年。焚魚滄海上，吊鶴白雲邊。竟阻生芻奠，遥悲宿草阡。從兹《廣陵散》，無復世人傳。

以詩賦呈諸知己

形穢燕人石，心憐楚客詞。自矜小子學，直愧壯夫爲。[①] 積歲知多誤，成家恨已遲。抱琴者誰子，弦絶爲鍾期。

人有自郢來者，輒有所述，敬賦三詩

帝典隆先德，王心永孝思。一爲沛邑幸，重睹漢官儀。民以枌榆復，恩於父老私。普天蒙在宥，兹地特先施。

其　二

周王《湛露》雅，漢帝《大風歌》。野老提携聽，邦人感激哦。邑

① 直，淮刻本、湖北先正遺書本作“真”。

争牛酒獻，道望羽旄過。金石音當被，乾坤德豈磨。

其　三

殿閣重臨日，園陵歷覽餘。閭閻聞警蹕，婦子識鑾輿。谷應軒轅律，山藏大禹書。天文將睿藻，輝焕楚村墟。

宴魏子園亭二首

池館名江國，賓朋實楚材。屏間烟霧濕，鏡裏芰荷開。鶴以吹笙下，魚因鼓瑟來。盡歡須秉燭，歌妓莫頻催。

其　二

近市林依宅，叢生桂插天。偶來大隱地，高咏小山篇。蘿暝雲歸洞，篁疏月到筵。花間迷出處，須仗主人前。

再過魏園兼觀泉作，輒賦二首，用前韻

投李慚無報，如樗分不材。草堂緣主重，竹徑爲誰開。偶與觀魚坐，頻能相鳥來。高城雖日暮，歸騎且停催。

其　二

卜築雖人境，無喧即洞天。買園便水竹，留客出詩篇。砌鶴晴隨仗，城雲晚駐筵。苦吟何不就，珠玉爛吾前。

集魏園再用前韻二首

名園邀上客，一一豫章材。蓋轉蒼林入，尊當錦石開。跳波魚自樂，得食鳥頻來。莫厭相過數，星霜暗已催。

其　二

秋至猶啼鳥，林丘别有天。客皆中散駕，詩是少陵篇。翠篠留吟管，丹霞冒酒筵。平生山水調，今日盡君前。

卷　七

詩

戴　子

戴子自奇士，鳴鞭入我園。高義膽可吐，悲歌聲復吞。羞稱三輔俠，不食四君門。拔劍從此去，捐軀行報恩。

秋　懷

幽客晚窺户，農人秋築場。牛羊歸委巷，鵠鶩下回塘。寒潦蝕叢竹，凄風疏古楊。田園誰謂樂，牢落亦多傷。

圃　内

力疾扶笻出，乘閒采藥行。春林群鳥悦，朝日百花明。水石留連坐，亭臺次第營。賞心猶未已，極浦暮雲生。

飲汪氏莊

蕪穢貧家産，悲傷過客魂。野翁談廢塢，鄰豎入頹垣。石鼎燒松葉，瓷甖藉竹根。那堪對揺落，寒日下孤村。

家僮舉網獲龜，即命放之池中，感而賦此

知與天機協，形爲世網嬰。縱歸紓汝困，求報豈吾情。幸不刳腸死，無妨曳尾生。微軀難自料，何貴有靈名。

過吴道士山房四首

日月神能駐，雲雷氣可生。石床蒼蘚剥，金澗紫芝榮。仗劍龍争役，吹笙鶴自迎。誰知列仙囿，今已在江城。

其　二

塞兑人難語，同塵市可藏。步虚朝振珮，禮斗夜焚香。林長金光草，峰開紫翠房。羞稱小山侣，結束事淮王。

其　三

石髓邀賓飲，丹書閉户編。鳳簫仙子下，鴻寶至人傳。滅火遥揮雨，排空或駕烟。遨遊凡幾日，碧海欲成田。

其　四

逍遥潛咫尺，變化屬須臾。朱雀來窺冶，蒼龍爲守罏。瓊瑶林際草，山海壁間圖。但使黄金就，寧悲白日徂。

袁生馬射

生本五陵兒，驍雄主將知。弓彎明月抱，馬過浮雲馳。觀者咸稱善，敵人何敢窺。時平罷征戍，應不困邊陲。

夜　坐

生事日蹉跎，將如落景何。《馬蹄》持自誦，牛角叩仍歌。把燭秋蛾集，開簾夕鳥過。長風自寥闊，颯颯振庭柯。

寄張子魚二首

張衡吾畏友，今已賦《歸田》。讒口雖三至，嘉名每獨全。劍分終自合，寶棄復誰憐。道遠無由晤，含凄寄此篇。

其　二

骯髒時多忌，逢迎術轉疏。一朝懷薜荔，即日棄簪裾。把翰《思玄賦》，投魚隱素書。試看當路子，馳騖竟何如。

吊汪子

蘭芳元自禍，玉玷竟誰磨。逝水今如此，爲山復幾何。案餘螢照息，谷更鳥聲多。且未遊方外，臨尸詎忍歌。

溪泛咏水中月影

圓景懸初滿，澄川映頗宜。魚龍蟾并窟，荷芰桂聯枝。擊汰珠光碎，沿流璧彩隨。素娥非不潔，終夕浴漣漪。

春日學宫見雪

雪是初春積，人於此地逢。紆迴青帝駕，散漫素王宫。向晦能無味，當陽忽已融。映書貧士喜，何計緩東風。

初　　月

舉頭新月上，宴坐北堂時。入攬不盈手，窺妝衹肖眉。蓂生桂與逐，蚌實兔偏隨。清光勿恨少，向滿每由兹。

書館對雪示諸子

白屋初鳴霰，青衿此下帷。歡披謝客賦，苦咏曹人詩。莫逐輕盈性，須安寒素姿。林中有杞梓，今盡化瓊枝。

春日郊遊同所知

芳郊聯騎出，竹苑聽鶯還。共酌陶嘉月，相看憶昔年。病因春事減，窮益故人憐。衹恐聞鶗鴂，花間拚醉眠。

春遊贈劉子

時禽猶嘯匹，歡賞合携儔。未老縣車卧，乘春結駟遊。雲光馳翠巘，樹彩幕芳洲。飲興無令盡，明朝復此求。

病中得顏子書并見示諸作一首

卧病當寒景，[1]空齋正爾思。五禽終日戲，雙鯉遠方貽。久著《潛夫論》，初傳少女碑。君才猶不用，如我復何悲。

道院對雪

朔雪兼風度，玄宫此日開。飄颻萬鶴集，髣髴五神來。綴洞石垂乳，被巖瑶作臺。晚筵聞鳳吹，益信在蓬萊。

聞箏二首

楚館名娃出，秦箏逸響傳。徘徊芳樹側，掩映雜花前。雁促玫瑰柱，鶯喧錦繡筵。年來哀怨切，復此感繁弦。

其 二

花月可憐春，房櫳映玉人。思繁纖指亂，愁劇翠蛾顰。授色歌頻變，留賓態轉新。曲終仍自叙，家世本西秦。

遣 興

并介元殊性，浮湛非一歡。嘯歌聊自適，儕類肯相寬。努力時難值，驚心歲易闌。何能忘魏闕，自分老江干。

寄顏惟喬

竟日無歡緒，臨風懷所知。泥塗今老大，羽翼各差池。芳草未堪

① 病，淮刻本、湖北先正遺書本作“疾”。

折，浮雲空自馳。山中逢歲晏，何以慰相思。

喜阮子自蜀歸，寄贈①

昔厭蠶叢險，今耽漁浦深。狹中乖束帶，多病合投簪。予慕竹林侶，長瞻楓樹林。咏懷如有唱，莫惜寄同心。

遣　興

向人久落落，爲計竟區區。釣弋祇從好，林廬總冒愚。山風吹薜荔，溪月浸菰蒲。敢擬高賢跡，聊全不肖軀。

過范德和書屋，因出所作見示，留贈②

谷暖亂鶯啼，春晴酒爲携。芝蘭叨入室，桃李自成蹊。黄絹人皆獎，青衿孰可齊。聖朝經術選，安得久巖栖。

十五夜玩月同所知

南樓頻遲客，西囿復張筵。賞屬清宵厭，心從碧漢懸。玉輪光始滿，紈扇影初圓。竟夕渾忘寐，斜暉益可憐。

八月十五夜對月獨坐

月當三五滿，絶勝是今宵。夾露蘭光濕，含風桂影飄。謝客懷空結，西園誰見招。徘徊星漢側，吟咏亦逍遥。

---

①② 淮刻本、湖北先正遺書本“贈”下有“一首”二字。

對　雪

銀霰搴帷集，瑶觴倚檻揮。著梅花早落，入柳絮先飛。飢鳥不避户，[①] 涷雲偏坐衣。青陽雖稍近，終未勝寒威。

舟中對雪

朔雪度江樓，蕭蕭生晚愁。輕迴青雀舫，密隱白鷗洲。游女珮堪擲，宓妃瑲可留。無媒向空闊，含思對滄流。

春日重過曾園 [②]

名園重繫馬，麗日此開尊。凍解溪聲亂，暄回林氣繁。轉憐花識面，更覺鳥能言。衹恐春光盡，留連日易昏。

志感寄京邑友人

棄置已如此，飛翻知幾時。不材堪比櫟，陋質免爲犧。抗論復誰信，壯圖空自悲。敢云弦似直，實有髮如絲。

贈舒子二首

亦有振子意，其如吾力微。槍榆聊自適，[③] 濡沫暫相依。吴楚推儒行，風霜損客衣。生涯雖濩落，奇氣尚翻飛。

---

① 飢，淮刻本、湖北先正遺書本作“饑”。
② 淮刻本、湖北先正遺書本題作“冬飲曾園，今春日復往焉，故有此作”。
③ 槍，淮刻本、湖北先正遺書本作“搶”。

其　二

一從栖楚地，兩見改楓林。岐路興長嘆，江山入苦吟。交遊盡逢掖，登眺幾開襟。誰謂貧爲病，高風益可欽。

夜　坐

晚林虚白室，净几《太玄經》。養拙關幽獨，凝思啓性靈。空階沉霽月，縣牖内秋星。不寐時披户，流飈暗激螢。

江上送吴明府以讞赴沔陽

盤錯才能辨，明威獄可孚。非緣審虞芮，那得泛江湖。琴和雲間鶴，舄隨波上鳧。簡書雖可畏，魚鳥亦堪娱。

豫章陳生紀善堪輿，詩以贈之

汝擅青烏術，頻爲黄鶴遊。山川委情狀，歲月傍窮愁。善補神功就，能令鬼福酬。高蹤何所似，漂泊一虚舟。

春　遊

晴日動春沙，乘閒到水涯。開顔聊自媚，得意欲誰誇。躋磴時捫葛，尋源屢入花。江山憐病客，行坐惠烟霞。

奉酬皇甫百泉雪中見過，留贈之什三首

積雪惟僵卧，衝風故寵臨。飄揚狂客性，高潔直臣心。懷瑾鮮可

示，投珠誰見欽。賴諳消息理，庶緩《白頭吟》。

其　二

雪裏使君至，光增狐白鮮。玉珂鳴宛轉，瑶草踏夤緣。剡曲偶移棹，郢歌堪被弦。報瓊慚未可，寡和古今然。

其　三

含香辭漢署，投賦吊湘纍。白璧竟誰惜，素絲誠我悲。豈圖當雪夜，聊得協風期。丘也君能學，應知涅不緇。

贈廖子

嗟爾老風塵，名堪高士鄰。他鄉長作客，異術耻干人。月酌江城夕，花吟楚岸春。萍蹤任流轉，隨處有交親。

中麓二首爲李吏部賦

聞説湖山勝，[1]雲霞萬壑平。登丘望遠海，送目寓高情。鵬激天風起，烏隨曉日生。降神元有自，應繫百年名。

其　二

回望蒼烟合，從中素業留。高深開隴畝，伏臘感松楸。俯瞰朝暾上，晴看海霧流。主人栖省署，魂夢此相求。

① 湖，淮刻本、湖北先正遺書本作“胡”。

贈張子

自遂歸田卧，何曾入郭行。比鄰稀識面，州郡衹知名。但結漁樵侣，寧關婚嫁情。溪潭垂釣處，日見白鷗迎。

寧公房對竹

雙樹謁空王，叢篁隱上方。欲窺童子偈，因憩此君堂。法雨晴階濕，香雲午院凉。招邀竹林侣，同醉給園傍。

遣　　懷

齒髮今非故，沉冥朝復昏。扶衰綜上藥，謝客偃中園。通顯多相棄，《達生》聊可論。壯心隨草莽，末路信乾坤。

自團江赴黄，倏忽望見城郭，欣然賦此

野水平侵岸，澄江穩放船。櫓聲雜鼓吹，檣影曳雲烟。漫逐群鷗後，俄驚百雉前。長風如可假，乘夕向遥天。

與數客偶至一所，率爾題壁

兹地豈不邇，吾儕今始逢。林深睥睨入，徑古剪除通。壤石無他異，琴尊幸此同。一丘雖絶小，心賞獨難窮。

對 雨

晚岫雲全出，春江雨半吞。氣先占礎潤，聲急訝盆翻。簷溜争依户，渠流欲潰垣。吾方厭塵垢，天爲浄林園。

别墅邀賓

與客過林塘，留歡出所長。投壺按魯鼓，弄笛據胡床。屏跡愚爲谷，逃名醉是鄉。二三同志者，倘肯恕吾狂。

晚 泛

投林衆鳥疾，薄暮孤帆開。落日似相逐，前山恍自來。雲霞互明滅，風浪争喧豗。待月面洲渚，徒嬰逝者懷。

訪百泉先生

謫居皇甫子，獨步帝庭才。吏隱門常閉，賓朋徑始開。求羊非我輩，驅馬爲君來。向夕香風度，澤蘭誠可哀。

其 二

憐君公府内，而乃構幽居。暇日頻招侣，無時不著書。悲歌行自激，直道向人疏。放逐空嗟久，誰聞薦《子虚》。

初夏遊西山歸作

東陸銅渾改，西山石徑迷。暑輕經夏淺，緩步獲高躋。列岫映杯小，孤雲行几低。江天宵色裹，客散欲聞鷄。

陳　叟

固窮誰得似，汎愛竟何如。齊客空彈鋏，虞卿枉著書。徒勞門駐馬，無補釜生魚。寂寞人云苦，君顔日每舒。

其　二

生事緣儒誤，傷心近老貧。一餐資弟子，數口仰交親。身屬工詩病，人譏貰酒頻。時瞻户外屨，多是問奇賓。

與二客留酌竹圃

林當大道側，客出古城隈。欲就七賢飲，還邀二仲來。鳥聲流碧樹，人影墮蒼苔。不必淮南桂，淹留日幾回。

别業偶題

紛紛車馬地，寂寂丘園身。始悟閒門趣，非關遠市塵。入林先稚子，分饌及農人。日暮駕言返，涼風吹葛巾。

其　二

耽晴出今日，待雨耕後時。農事豈不苦，褊心良所宜。塵衿逢水浣，露坐任風吹。散髮烟墟裏，行歌誰復知。

贈别皇甫百泉

憐君辱刀筆，愛客具琴書。奇字人堪問，能名孰可如。鳥因求友至，羊以敗群除。飾吏須儒術，應知用不疏。

其　二

一從辭上國，每恨寡論文。與子時相見，令予日有聞。偶來珠復去，暫合劍仍分。倘賦相思曲，因風報楚雲。

其　三

赤壁嗟流寓，金陵喜量移。遲迴今日別，迢遞夏雲隨。故國三吴接，王宫六代遺。之官兼過里，去住愜心期。

其　四

江路指姑蘇，蘭橈入畫圖。客深諳楚語，家近聽吴歈。親愛唯貪聚，君恩實恐孤。過庭凡幾日，復作省中趨。

夏日山居即事

市逼村非遠，城紆路亦長。藤蘿青壁樹，雲鳥翠微堂。林日晴多蔭，溪風午薦凉。北窗時偃卧，人代接羲皇。

其　二

寂寂郊原室，悠悠野客心。蒼林鳴鶴起，白石飯牛吟。坐玩高雲變，留連片雨陰。回車山徑晚，多露畏相侵。

其　三

澗古苔長滿，林深徑復微。偶經松竹處，聊挂薜蘿衣。水鳥窺籬落，山雲拂檻飛。農人驚節邁，負耒夜深歸。

其　四

相過嫌俗駕，自贍愛貧家。陶令門前柳，秦人洞口花。試暄看野馬，占曙聽林鴉。耕稼誰云苦，吾生幸有涯。

其　五

開門臨巨壑，扶杖入平沙。雨後桑麻長，風前楊柳斜。仰天歌自勞，休隴聽農誇。應笑禳田者，[1] 篝車望已奢。

其　六

寂寞翻爲樂，漁樵更可親。林皋無俗務，草澤有閒人。衹欲全疏拙，非關慕隱淪。偶然隨稚子，驅犢古江濱。

别空山陳子

之子憶南州，行行且復留。頻年悲旅食，五月問歸舟。守黑雖卑術，談玄實雋流。秋風期返棹，遲汝上江樓。

園中作

林間先自僻，農圃近相安。不樹千株橘，猶滋九畹蘭。放歌山答響，得酒月留歡。就枕夜方寂，空齋聞遠灘。

得友人書，感而賦此

少日同聲者，書來衹數行。二毛知闊絶，雙鯉恨淒凉。久賤親交棄，無求老態狂。世情那可問，明發泛滄浪。

---

① 禳，淮刻本、湖北先正遺書本作“穰”。

閒　步

卜築蒼巖畔，爲園碧水涯。浴童依淺瀨，浣女散晴沙。中散林惟竹，東陵圃是瓜。村頭歸欲暮，巾服映殘霞。

寄友人

獨立向江天，相思隔暮烟。草《玄》從客笑，衰白故人憐。五嶽幾時去，一丘長晏眠。幽懷何所寄，叢桂晚逾妍。

别墅即事

衡宇終朝偃，鄰家此徑分。重林頻翳日，積水自蒸雲。村暝驅牛返，門閒啅雀聞。野人休錯訝，樵牧本吾群。

其　二

杖策携群稚，墟行野色開。泉因刳木引，徑以逐林迴。遠壑孤烟起，高城片雨來。所欣人跡罕，吟嘯興悠哉。

送十一叔入試

竹林頻接宴，草澤每憐才。匣劍豈終閉，囊琴今始開。南圖鵬激水，北首駿登臺。戰勝知能事，秋風揚策回。

贈東甌鄭磐山兼留其北上

挾册來何地，投詩謁我廬。能工四聲韻，兼擅八分書。貌與葛巾古，心從蓬鬢疏。君無羡京洛，且學楚江漁。

其　二

懷寶不獲售，栖栖客楚鄉。詞高凌幼婦，篆古逼中郎。相士因貧失，依人減醉狂。朱顔俗所薄，感激欲沾裳。

翟汝和雅善聲詩，兼工圖畫，[①]浪跡荆郢，高視時人，一方縉紳争先迎致，潦草點綴，價比南金，然汝和不屑也，今來謁予，詩以贈之

翟生負性氣，自許更無前。對客詼諧捷，評人美刺偏。頗爲豎儒罵，每荷名公憐。圖畫知非志，無令好事傳。

送戴中丞歸

落魄郢中客，銷魂澤畔吟。久捐和氏寶，且伏直生金。君勿憂多口，人當諒此心。行經武夷下，須上最高岑。

其　二

歸去豈不樂，聊爲留滯吟。竟何污白璧，暫亦鑠黄金。以我常失意，於君倍感心。讒人行且得，安可老雲岑。

泛鮑塘，塘在元祐宫前，用顔漢東韻，時顧司空、袁傅二中貴在坐

錦纜仙源接，銀璫帝邸來。鵔鸃臨水映，瀲鶒觸船開。秋篴清商發，晴宫紫氣回。再來桃水路，莫遣世人猜。

---

① 畫，淮刻本、湖北先正遺書本作“繪”。

其　二

玄宫金間碧，秋沼水澄清。槎泛還依斗，簫鳴且勸觥。�籠持棗獻，芳餌得魴烹。鶴駕何由假，招携仗友生。

生日有感，簡同館漢東、少泉二子

五十來年是，行藏往日非。因之念親舊，存者亦幾希。弧矢心猶壯，文章力已微。操觚從二子，衰薄藉餘輝。

贈王生

近識七山子，居然三楚賢。竹林時偃蹇，蘭澤恣夤緣。莫謂覆盆下，還期揚策前。谷回鄒子律，喬木看鶯遷。

奉别大司空顧公二首

公旦營《周禮》，諸生媿楚材。紀詳王迹起，閣重帝鄉開。獻歲書從入，乘春節與回。園陵望不極，淚盡漢江隈。

其　二

棄置時將晚，疏狂性莫移。頃緣外史召，得赴尚書期。《白雪》竟誰和，青雲非我思。泥塗荷知己，瞻戀不能辭。

賦石泉贈施子

施生美少年，結廬依石泉。掬泉淬寶劍，坐石鳴朱弦。自子表孤泒，從兹赴百川。臨流時洗幘，勺水漾青天。

奉懷賓雲

吾宗賢伯子，未老已懸車。黄綬不屑綰，清尊寧遣虚。羅傷廷尉宅，書滿鄴侯廬。鄰室如堪假，從君此卜居。

賦空山贈陳子紀有序

陳子紀客遊沔鄂，以堪輿家稱，然其人實儒生。雖迫貧驅，終歲奔鶩卒卒無須臾閒，而不廢詩。行坐輒口微哦，至斗酒暢酣則仰天掀髯，豪吟不絶，隱隱稍自矜許，似莫測。即其詩，往往中法程可誦。吾里二三輕俊，實不解詩，見其吟也，作勢狎之曰："客子卑卑，何得詩？"紀唯唯下之，稱不敢，而中實傲睨包笑。彼又善謔，括世俗諧語，應事出之，輕重悉得。予或憤鬱，與之談，輒解頤。此其藴藉，豈常調哉？嗟乎！古稱相士失之貧，彼皮相之士顧何能得陳子矣。今來，以其號空山，請曰："公知我，幸爲我賦空山。"遂援筆成此贈之。

已乖俗子調，遂結山靈知。獨往似逃侣，偶來非赴期。静聞魍魎嘯，動見烟霞隨。巖洞晚欹仄，言歸當勿遲。

贈戴醫

戴醫方弱冠，流輩不能如。何自授神術，非徒讀父書。其父弁，亦名醫，而瑛術實溢出，故云。衰殘年賴保，延致日無虚。尚有耽詩癖，煩君藥與除。

定惠院宴集四首

三載不一至，朝來當暮春。江山宛如昨，花柳幾回新。信美仍吾土，招邀且故人。相看惜一醉，無乃負佳辰。

其 二

石磴接巖扉，行行上翠微。賓朋花下至，雲鳥竹邊飛。韶景度欲盡，舊遊存苦稀。蘇公何可作，今古一沾衣。

其 三

結侶乘暄出，憑高望眼開。閭閻深負渚，阡陌曲侵臺。展席春雲映，歸軒夕鳥催。回看遽陳跡，相送轉徘徊。

其 四

佳境不可厭，芳時聊爾尋。一披遠岫色，兼會澄江心。放誕從吾適，遲迴屬所欽。不知同醉者，後此幾同臨。

府治内禮賢堂落成，桐岡君張宴於此，以招郡之耆舊；予固非其人，幸奉杖屨兹。九月八日吾輩亦就此供具，少展謝私。《詩》曰："躋彼公堂，稱彼兕觥。"此之謂也。乃即席賦詩四章

九日明朝是，先期楚客狂。競携田父醞，同上禮賢堂。灘響來官舍，雲陰過女牆。當闗幸不擾，緩帶罄杯觴。

其 二

逐侶入逡巡，琴尊就此陳。急娱朱紱客，預效白衣人。更迭前爲壽，流連晚益親。輿臺私借問，底事主爲賓。

其　三

吾儕每一見，輒頌使君賢。治出龔黄右，情將竹素偏。訟庭乘暇日，開閣禮高年。異代今朝飲，長爲故事傳。

其　四

高情報恐後，是日出田家。久擬輸芹子，何能待菊花。庖厨依粉堞，巾服映丹霞。款語須分記，明朝向客誇。

湖上言懷二首

依依一水上，况值沍寒時。非漁復非隱，自笑還自悲。應時修網罟，終日對鳧鷖。興至泛舟去，尋源歸每遲。

其　二

微利素不屑，衰年緣底忙。袛因迫婚嫁，遂爾逐漁商。貨殖豈吾道，浮沈聊此鄉。交遊從見絶，鷗鳥日相將。

病目小愈志感

病目經三月，兹晨稍辨人。直憐長夜旦，已負一年春。庭藥開應遍，園琴聽轉新。誰云今小愈，念往益傷神。

小齋執熱，躁鬱可知，風雨忽來，形情稍適。於是期故人之再至，望神女之少留，乃賦斯篇云耳

苦熱何能避，歡悰此暫裁。風因解慍至，雨爲濯枝來。脱帽披軒出，褰裳遶徑回。行雲忽不見，目極楚王臺。

一雨數日不絶，田畯抱病穫之憂。予聞而嘲之曰：“甫幸其潤，隨忌其淫，然則天之欲媚於人也，難矣。”感而賦此

沾灑初回槁，沉冥乃積陰。未成書喜雨，轉欲賦愁霖。天地竟何意，吾人還此心。安能即開霽，疇隴慰悲吟。

送鄭公北上

離筵開祖道，别駕向神京。飛輓玉程急，[1] 馳驅官况輕。處膏元不潤，濯水自知清。好爲司農道，蒼生望緩征。

李生向予言，曰妓有名秋水者，頗麗人也。戲賦秋水

楚客誇秋水，令予發興新。漢槎頻訊石，洛襪自生塵。日集鴛鴦侶，時來鴻雁賓。不緣風浪隔，長作問津人。

奉酬桐岡公病後見惠之作

多病身仍健，同聲思轉牽。暫能逃簿領，日每費詩篇。勿藥占非謬，加餐勉自憐。黄人争祝願，天眷使君賢。

---

① 飛，淮刻本、湖北先正遺書本作“蜚”。玉，淮刻本、湖北先正遺書本作“王”。

石泉施生從余遊湖上數月，忽中夜不寐，枕上聞過雁求曹之聲，悵然有懷郊郢故人，詰旦束裝，向余求去。余不能留，詩以紀別

歲暮何所適，孤帆遡漢源。汝懷中散駕，予愧孟嘗門。酒盡即分手，囊空唯贈言。如逢郢中舊，衰廢可無論。

雨中喜雲渠李子過訪山莊

老去交情篤，春來野興偏。忽聞衝雨過，遠候出溪邊。田犬隨人後，山雲落馬前。何能避沾濕，徐步聽鳴泉。

其　二

相隔祇旬月，今逢素髮繁。春林黄鳥集，晚岫白雲屯。韶景惜遄逝，昵交嗟僅存。留君宵共寐，往事夢中論。

桐岡先生遷滇南憲副奉贈[①]

郭公性本静，於此五年留。遷晚仍常格，途遥屬暮秋。冠裳父老乞，篇翰士人收。他日經行處，應難近竹樓。

① 淮刻本、湖北先正遺書本“贈”下有“一首”二字。

卷　八

詩

贈鄭少谷

汝昔辭郎日，堂齋谷口尋。經年種松菊，携客遠登臨。澤傍蛟龍窟，巖穿虎豹林。朝朝泛烟艇，夜夜宿雲岑。竟被蒼生起，俄驚白髮侵。屢遊天姥夢，時動越鄉吟。障貌東南美，琴留山水音。乾坤倦鳥翰，歲月狎鷗心。骯髒違朱紱，疏慵本素襟。異時筋力在，去矣極高深。

寄李子中

汝病謝含香，歸歟卧草堂。庭趨候杖屨，林憩訊松篁。種藥春登圃，尋源夕泛航。猶憐臺館地，不負芰荷裳。屈宋元悲楚，鄒枚舊賦梁。卑栖愁燕雀，高起羨鸞凰。琴憶風流調，詩留倡和章。因君嵩少去，吾亦念滄浪。

石　　齋

巨石連天起，崇威壓棟隆。[1]南陽卧龍地，西蜀草《玄》翁。洞鑿峨眉闕，根穿海竅通。過雲開錦繡，宿霧隱玲瓏。潤助琴書色，明添檜柏叢。春垣牽紫蔓，秋壁映丹楓。淇澳常如琢，他山信可攻。堅貞君子德，磊落古人風。錫磬懸周廟，爲渠峙漢宫。玉衡當萬國，蒼珮冠群公。鎮静爲磐久，精靈降嶽同。江河屹自障，瓦礫舊曾空。作礪商家日，和鈞夏府中。升堂愧未可，瞻仰借磨礱。

寄韓道人

吾愛飛霞子，飡霞卧蕊宫。時將黄綺曲，高咏紫芝風。洞草秋生細，壇龍晝護空。丹應九轉就，地與十洲通。玉樹扳何及，青牛望不窮。因君惠羽翰，自此脱樊籠。獨鶴冥冥去，相從碧海東。

四兄宅守歲

作客憐兄并，吟詩悲歲歸。久沉金馬詔，俱惜彩衣違。風户沙潛裊，春筵燭自輝。栖烏終不定，宿雁且相依。側識凌雲思，旋看比翼飛。盤椒遲明發，池草慰晴暉。

初至郡齋作寄所知

刺史章初綰，交遊迹已睽。質隨江北化，諸與汝南齊。牒吏窺松徑，輿人候藥畦。藉膏期不潤，戴李保無蹊。葵準公儀拔，棠如召伯栖。疏慵優記馬，奮激劣啼鷄。那敢蒼鷹效，頻將白鶴携。宦情緣病少，鄉夢被愁迷。投劾終如范，不堪誠類嵇。何年衡嶽上，初服遂攀躋。

---

① 威，淮刻本、湖北先正遺書本作“隈”。

遊鍊真宮

嬴女吹簫夜，青鸞作遠遊。已邀明月上，空遣彩雲留。石路遊人惑，瑶編方士求。桂巖間白鹿，蘭谷卧青牛。海嶽丹丘閟，風塵素髮愁。壇霞秋自落，洞日晝長幽。冠蓋乘閒出，琴尊倚道流。罷官終欲去，桃水弄漁舟。

已罷視事，上官密令拘齋中，禁弗得出，悵憶故山有作

弱冠才殊調，明時籍早通。蒼茫收印綬，留滯嘆萍蓬。變色休談虎，逢嗔失避驄。鵁鶄猜玉饌，鸚䳇恨雕籠。散帙窗前草，吟詩井上桐。風簷窺暮雀，月砌響秋蟲。隱霧徒慚豹，隨陽祇羡鴻。齊臣歌白石，楚客怨丹楓。籬采黄花候，山攀桂樹叢。羈心傍汝漢，回首隔雲夢。山水鳴琴外，烟霞岸幘中。安能似張翰，乘興去江東。

張子言家難，遠來視我，命酒偕酌，述往感今，殫陳苦狀，復劇談越中山水，約以釋縛後共遊焉

憶折燕山柳，驚看漢苑花。我今悲下獄，君已嘆無家。躑躅誠如此，依違并可嗟。遠遊緣避地，作賦擬《懷沙》。越國心常往，高談興轉賒。軒縈滄海日，觴泛赤城霞。遠水龍蛇渾，中原虎豹譁。明朝拂衣去，共子看浮槎。

獄中言懷呈諸知己

未敢言先閾，何由免後災。償金奚俟辨，亡璧竟難裁。畫地期無入，書空意頗哀。南冠琴奏切，北斗劍光回。雲路悲垂翅，河津忌曝腮。危機隨處有，蟄户幾時開。玉獻翻爲罪，珠投轉見猜。信然非木石，何以動風雷。實少龍蛇德，虚稱《鸚鵡》才。願吹鄒子律，一爲暖寒灰。

被繫以詩呈諸友

鬱鬱心難白，紛紛口奪朱。約威憐檻虎，局促效轅駒。門客寧持璧，鄰兒豈竊鈇。人言傳《大過》，吾志抱《中孚》。《孤憤》韓公子，《離騷》楚大夫。逢人多按劍，知己亦張弧。跡困神逾泰，時危德靡孤。參乎非不肖，慈母勿先逋。

出獄留别主人兼欲有貸

畏途殊倚藉，岐路暫相看。生死交情見，飄零客計難。原思寧是病，范叔果非寒。有玉嗟三獻，無金報一餐。涸鱗斗水活，窮鳥一枝安。莊舃吟何切，馮歡歌未闌。平生流水引，不惜向君彈。

過杞，同袁明府避暑學宫，席上贈袁明府及諸廣文[①]

過邑逢仙令，開尊藉廣文。宫牆迴赤日，冠蓋擁青雲。俎豆初筵秩，弦歌幾處聞。池芹香細細，庭檜鬱紛紛。鼓瑟窺賢撰，彈琴引帝薰。堂開矜鱣集，客散悵鳬分。百拜難成醉，殷勤此謝君。

---

① 淮刻本、湖北先正遺書本“文”下有“一首”二字。

南歸道上作

于役疲梁甸，言旋傍楚宫。蓬心漂泊苦，劍氣嘯歌雄。跡異周南史，情同塞北翁。悲風欽代馬，逐暖學邊鴻。家遠翻憐僕，途迷或訊童。從今歡税駕，達者豈稱窮。

初歸故園二首[1]

結髪負奇志，辭家作遠遊。一言侵絳灌，萬死脱幽囚。倚伏虚疑鵩，光芒隱射牛。敢云疲漢戟，實已敝秦裘。習隱希玄豹，忘機對白鷗。生涯惟素業，吾道已滄洲。

其　二

富貴雖非願，歸來猶抱慚。衹緣頻觸網，敢謂早抽簪。進退兩無據，迂疏七不堪。何妨流俗笑，擬向達人談。志業總虚擲，艱危誠飽諳。逃名栖市井，投跡慕江潭。

病後過王生宅

王生年最少，結屋面江灘。白鳥當階下，青山背郭看。軒楹抱水石，枕簟落風湍。草色侵書幌，波光蕩藥欄。緣君得無恙，來共把漁竿。

贈張汝霖北上

吾國張平子，風烟守釣磯。《思玄》才不忝，拾紫願多違。是出輸芹曝，非關厭蕨薇。交遊行贈策，妻子走牽衣。試問登燕隴，何如息漢機。貂裘季子去，駟馬長卿歸。薜荔懸初服，松筠隱舊扉。獨憐垂老

① 淮刻本、湖北先正遺書本題作“初歸故園作”。

日，更逐斷蓬飛。

寄劉松石

鎮擁三邊重，銜兼八座榮。韜鈐臨玉障，仁義即金城。神武雖無敵，天威亦有征。塞烟烽裏合，隴月笛中鳴。直應師方壯，恩驅命始輕。何云無上策，已見戢佳兵。虎豹争爲用，風雲立可生。書隨飛箭去，檄至倒戈迎。百勝非天幸，諸戎不日平。横行邊地拓，獨坐塞塵清。[1] 質子趨周道，降王詣漢京。歌鐘時自勞，戍鼓遂無驚。定遠元投筆，終軍枉請纓。不言防衆忌，求退爲功成。但使龍庭滅，寧邀麟閣名。

過陳處士故居

偶緣幽事步，因歷故人居。薄暮鄰家笛，流塵滿室書。琴亡人與化，舟去壑成虚。磯憶投竿處，林傷挂劍餘。空階積苔蘚，寒渚落芙蕖。《玄》草亭仍在，青雲業已疏。昵交存僅半，爲爾立躊躇。

懷京邑諸舊[2]

昔感同袍義，長懷結綬情。雲泥乖末路，江海畢餘生。忽睹繁華歇，寧期腐草榮。臨池思贈鯉，倚樹聽遷鶯。幸爾安愚拙，居然負聖明。因風訊知己，歌此代悲鳴。

寄應立齋郡伯

君家越嶠外，爲郡楚山阿。官已二千石，年初三十過。理人去泰

① 塞，淮刻本、湖北先正遺書本作“虜”。
② 淮刻本、湖北先正遺書本“舊”下有“園中作”三字。

甚，樂職布中和。操割方時少，循良較古多。一言唯有恕，衆口詎無苛。簪筆評因誤，持衡聽屬訛。遂令長者黜，將謂至公何。歸路經山海，幽居寄薜蘿。所歡息奔走，其憚費吟哦。去後思彌切，從前頌匪他。良規存故吏，遺植護新柯。愛比羊公碣，清傳漁父歌。唯餘田野議，功德庶難磨。

重晏魏子池亭兼約再遊[①]

與子接林間，頻過徑不除。歲華奄及此，物態已非初。流水逢君奏，閒雲向客舒。高譚俱用馬，偶坐或觀魚。席促情無間，尊移興有餘。歷畦窺種藥，經穴訊藏書。待月留應久，迷花出每徐。人嘲揚子宅，自負葛侯廬。不去憐佳境，重來慰索居。少年交易盡，長日會難疏。

自三台河泛舟至鳳巖

嘗蓄水雲興，兹乘風日和。纜牽仍擊汰，棹輟且隨波。竊慕太公釣，猶欽孺子歌。野風散蘭杜，潭影翳藤蘿。曲岸行逾近，支流入轉多。蟲魚衝艇躍，鳧鸖狎人過。漸覺傍洲退，迴看遠岫羅。詭容緣爽出，逸思向空摩。嚴子瀨若此，秦人源匪他。再來津恐失，歸路奈愁何。

題槎隱其兄爲索

秋城逢謝客，爲道惠連賢。湖海將書劍，風烟泛舸船。生涯如范蠡，遠意學張騫。歲訪支機石，予慚賣卜仙。[②]高蹤一回首，鬱鬱斗牛邊。

---

① 淮刻本、湖北先正遺書本“遊”下有“故有此贈”四字。

② 慚，淮刻本、湖北先正遺書本作“漸”。

文甫席上①

宴集當寒景，賓朋盡楚材。衹緣鄉土樂，翻重歲時哀。臘意懸江柳，春心倚檻梅。香醪非市得，珍果況閩來。甸雪冬堂净，城氛夜館開。自憐同落葉，誰爲暖寒灰。日月惟丘壑，英雄半草萊。平生鴻鵠志，燕雀莫相猜。

題陳子隱居

愛君多野興，築室傍溪源。霜月蘆花映，香風蘭葉翻。卧聞春水至，坐聽榜人喧。鷗鷺何多喜，龍蛇但久蟠。臨流傷逝者，達命願終焉。素業江鄉在，高情栗里存。楊林垂釣艇，苔徑讀書軒。雲疊窗中岫，霞開石上尊。蒼藤齊刺壁，緑篠半遮門。豈厭漁樵侶，惟耽場圃言。②園秋收芋栗，村晚納鷄豚。歲月老將至，襟期誰與論。應知巖洞裏，别自有乾坤。

席上贈吴氏賢子

豪士百憂無，生兒風骨殊。入門看寶劍，照室動明珠。盡日提携意，華筵賓客娱。千年龍有種，一曲《鳳將雛》。學步猶防蹶，看人豈解呼。暫時栖玉樹，他日取長途。垂老江湖上，生涯藥餌扶。一持還一笑，真足慰馳驅。

送蕭子歸

不謂風雲變，能爲江海行。鯨鯢駭浪日，蘿蔓附松情。開國梁朝

---

① 淮刻本、湖北先正遺書本“上”下有“一首”二字。

② 耽，淮刻本、湖北先正遺書本作“躭”。

系，承家漢相名。淹留聊隱豹，登眺幾啼鶯。夢掇廬山秀，帆辭洛水晴。嵩雲流古苑，河氣幕炎城。出璞寧三獻，驚人想一鳴。他時杖屨地，東道倘相迎。

李道士房呈張子

嗟我何多難，無時不憶公。蒼茫神劍合，羞澀客囊空。失路人俱棄，餐霞孰與同。何年當戢羽，萬里各飄蓬。楚澤行歌外，燕臺旅望中。斷金諧老友，煮石學仙翁。晝色翻階藥，宵聲響砌蟲。閉門苔蘚徑，露頂薜蘿風。洞裏燒丹竈，花間使玉童。十洲應不遠，從子謝樊籠。

經光山，晚宿寺中，王汝希過訪，喜作①

龍宫瞻郭外，鷲嶺落城隅。傍樹疏燈出，緣溪晚騎趨。珠林旋皂蓋，竹户擁緇徒。海内誰相假，君來意不無。屯邅勞藉慰，闊絶倍歡娱。萬里排雲翼，青春汗血駒。雅懷憐孺子，高論惜潛夫。蘿月紛紛白，松雲黯黯孤。蒼茫登覺路，悵望出迷途。日月辭三殿，風烟下五湖。辛勤陳往事，邂逅即良圖。後會應無定，寧辭酒重沽。

季夏遊赤壁偕子言諸公

六月軒楹敞，三分割據雄。江迴城抱日，艦火岸餘風。詞賦留天上，旌旗在眼中。霸圖俱已歇，幽賞幾回同。檻外鳧鷗亂，尊邊雲霧通。松杉盤虎穴，臺榭接龍宫。早歲辭朱紱，兹遊感數公。願言携桂楫，常此狎漁翁。

① 淮刻本、湖北先正遺書本"作"下有"一首"二字。

卷　九

詩

視江子疾，樓上作

朝回駐馬問江生，病愛樓居面雨城。涼晝白雲流翠簟，清秋玉露望金莖。馮欄轉動層霄興，伏枕翻思萬里行。天遠時危俱涕淚，南山空羨紫芝榮。

雨中宿張子言家，因示我苦雨之作

高士衡門遠市開，閒官羸馬踏泥來。雲重檻落秋城色，溜急階傳暝蛩哀。隱霧即看文采變，愁霖真羨古今才。滄波共看浮槎去，[1] 肯傍燕關望楚臺。

遊西山作

西山憶昔宣王幸，[2] 幸罷千巖御氣留。金界尚看金殿峙，玉泉長接

① 看，淮刻本、湖北先正遺書本作“着”。
② 王，淮刻本、湖北先正遺書本作“皇”。

玉溝流。君王水石遊人重，畿甸烟花賦客收。天上翠華無復度，五陵松柏迴含愁。

送劉郎中養病歸

日含鷄舌侍龍顔，多病連章暫乞閒。解印忽看辭漢署，拂衣長嘯出燕關。爲郎苦節雲霄上，倦客春心藥餌間。帝里故人臨路訊，冥鴻何日向鵷班。

京邑言懷寄所知

十載爲儒愧未成，一朝謁帝荷知名。每緣簪組思初服，轉向班行憶舊盟。斥鴳蓬蒿聊自適，爰居鐘鼓但悲鳴。寄言漁父莫相笑，早晚滄浪歸濯纓。

裕州命下，悵憶故山有作

吾家村巷枕丹溪，野色平開萬木齊。晝卧雲林啼虎豹，春隨烟艇散鳧鷖。符從天上新分竹，杖憶山中舊策藜。早晚便應投劾去，鷦鷯元慕一枝栖。

獄中作

嚴譴當年出漢京，幽囚今復滯梁城。計疏妄擬城狐獲，[1] 謗重俄驚市虎成。削木倉皇期勿對，戴盆天日豈能明。鄒陽痛哭題書地，今古誰憐共此情。

① 妄，淮刻本、湖北先正遺書本作“忘”。

出獄後作

孤危心迹竟難明，俯仰悲吟恨未平。失馬詎能窺倚伏，解龜聊得廢將迎。嵇公鈞弋從吾好，翟氏賓朋任世情。未信星辰虛寶劍，且從江漢濯塵纓。

經汝陽，雨中馮太守邀飲

廨宇雲深五月寒，眼驚簷溜忽鳴湍。不緣地主賓筵盛，那得天涯旅況寬。散帙但吟《神女賦》，移舟須上使君灘。聞歌漸覺鄉音似，家近寧嗟行路難。

初至故園作

久去園廬頻入夢，乍瞻桑梓尚含凄。朝簪昔忝雲間出，世網今逃鳥任栖。舊製芰荷猶在笥，不言桃李更成蹊。且便越舃謠吟苦，敢擬蒙莊得喪齊。

即　　事

楚國村墟烟霧裏，春天門巷薜蘿間。柳條到地可攬結，燕子定巢頻往還。新水潺湲遵故渚，歸雲縹緲戀家山。生涯甘傍漁樵侶，世事虛傳鵷鷺班。

寄顏惟喬

平生坎壈真憐汝，一代文章實起予。處士尚憂江夏禍，長卿新著茂陵書。白雲在眼期乘鶴，滄海無心學釣魚。楚岸風花暮無數，看山何日枉吾廬。

寄吴子

汝謝郎官今十年，家貧樂事未全捐。門前已有先生柳，郭外元無季子田。吊古遠遊張樂地，尋幽還上問津船。瀟湘樓閣晴無數，春日留題遍楚天。

夜酌龍蟠磯頭

大江之半石嵳峩，石上樓臺蕩碧波。沙净鳧鷖依檻泊，月明舟楫逼筵過。中流擬接鮫人室，深夜猶聞漁父歌。危坐轉驚銀漢上，幽栖翻厭碧山阿。

江子景孚書至，云將以使命下沔鄂，訪予大江之濱，因而寄此

久即林皋耽習静，每從京洛念離群。仙人黄鶴長相待，學士銀魚未可焚。舟際岸桃晴映水，屐邊巖桂晝栖雲。呼兒預飭登臨具，翹首星槎候使君。

春日過四兄溪邊草堂，奉懷一首

已傍烟霄開畫省，獨留雲壑掩柴門。天邊鴻雁春先起，江上鳧鷗暖自喧。馥馥汀蘭愁賦客，萋萋徑草怨王孫。謝池莫漫懷群從，漢署長應奉至尊。

寄顏子

爾家何在漢川湄，碧石青蘿晝雨垂。溪聽采蓮諸女曲，山謡攀桂八公辭。即同沙雁防矰繳，爲愛江鱸理釣絲。貧病經年思見面，鶯花三月與君期。

室　成

十年踪跡困塵埃，小構堂齋闢草萊。康樂石門躋險築，少陵茅屋避諠開。畹蘭籬菊幽香入，烟柳霜梧歲色回。燕雀衡門焉足賀，求羊三徑喜頻來。

許武昌邀飲西山寺中，席上贈郭、吴二部使

邑宰張筵臨澗壑，省郎并馬入烟霞。慚予一著登山屐，愛爾雙停上斗槎。石磴坐來秋蘚漬，金宫禮罷夕陽斜。冠裳暫喜同香岫，燈火先愁散遠沙。

其　二

軒騎并從金刹駐，弦歌遥向碧山聞。巢邊鸛鶴窺遊客，行處漁樵識使君。絶壁松杉含晚照，緣巖樓閣綴秋雲。賓朋萬里過逢地，惆悵風前落葉分。

寄江夏白鶴子

吴郎自號白鶴仙，老去清狂更可憐。詞翰獨矜《桃葉》咏，賓朋多慕竹林賢。悲歌擊劍臨風起，痛飲登樓對月眠。跌宕飛揚寧自惜，奇蹤俠氣任人傳。

答許子

衡嶽崚嶒落楚空，瀟湘秋水與天通。已從波際瞻遊女，更向雲間禮祝融。萬里烟花詩卷裏，十年歧路淚痕中。擬將壯觀供傾蓋，莫遣浮生嘆轉蓬。

病卧書懷

深秋偃卧大江濱，撿點襟期愧達人。[①] 猶計桑麻元逐世，竟嬰婚嫁豈閒身。風城去雁寒逾急，霜户鳴蟲夜轉親。遲暮不堪仍疾病，夢魂時復落風塵。

秋夜宿龍蟠磯寺中

三山海上但虛聞，兹境真憐禮佛勤。石勢參差蟠水府，金光縹緲出江雲。龍宫深壓黿鼉窟，鷲嶺孤迴鸛鶴群。向夕繩床難假寐，天花汀葉鬥繽紛。

蚤出待許子

閒居盡日栖林谷，遲侶侵晨出郭門。沿溜舸船穿宿霧，枕山樓閣上朝暾。交遊四海誰能念，出處當年子試論。久息漢機甘落魄，無煩楚些續《招魂》。

① 撿，淮刻本、湖北先正遺書本作“檢”。

舟中聽張子魚歌，奉贈[1]

清秋染翰在江船，留客高歌對酒筵。風振雲林時颭颭，岸迴石瀨故濺濺。丹霄鶴唳牙檣側，碧海龍吟玉斝前。已激壯懷頻鼓鋏，不勞别調更鳴弦。

過周子書屋

名園曲轉清江上，精舍遥連翠岫傍。閉户時人占豹隱，抽毫流輩讓鷹揚。父貽素帙頻開篋，賓問《玄經》屢命觴。虚白向宵如晝色，鄰燈何必借餘光。

送内兄謝虞輔之任

一官特起中丞裔，故里頻留弟妹情。老憶射屏曾中雀，春憐出谷忽遷鶯。箕裘坐使家聲振，彝鼎行將祖德鳴。岐路柳條那忍折，門闌蘿蔓故争縈。

秋泛三台河同魏、范諸子

賦客蕭晨此并來，衰年勝地幾傳杯。蒹葭水落魚龍冷，島嶼風驚雁鶩哀。漁艇縱横秋岸合，遊軒雜沓暝原迴。疏林忽送青天月，沙色波光萬里開。

---

① 淮刻本、湖北先正遺書本“贈”下有“一首”二字。

宴月川宅留贈①

將軍好客暮相延，銀燭朱光散綺筵。勸飲鳴弦憐《子夜》，談兵拔劍睨遥天。朔方戎馬驚心後，南國賓鴻短髮前。莫遣壯懷隨逝水，擬圖生像上凌烟。

寄馮三石②

馮公性氣本飛揚，歷詆酣呼衆莫當。處士久緣才見忌，步兵聊寄酒爲狂。一丘曲折藏花徑，萬卷縱横堆草堂。獻歲風烟倘乘興，隨君理棹下滄浪。

冬夜懷童子

四海何人契最深，百年幾度遂追尋。褊心自信朱絲直，病骨誰憐素髮侵。干主無能行抱甕，思君不寐起鳴琴。風江歲杪舟難進，書報吾生久陸沈。

夜酌舒、陳二子

江城暝色静柴扉，遊子冬殘悵未歸。過雁夜分猶共逐，飄蓬天末故相依。壯心久客羞彈鋏，高義今誰爲解衣。酒罷出門俱勿嘆，古今奇士遇全稀。

① 淮刻本、湖北先正遺書本“贈”下有“一首”二字。
② 淮刻本、湖北先正遺書本“石”下有“一首”二字。

胡、謝二子過訪

結廬非僻晝常閒，桂樹中庭幾自攀。乘興不期朝命駕，聞歌未竟夜留關。一觴草具來堪數，三徑花深出每慳。少小相看今已老，君如不飲負衰顔。

戲柬落魄子

落魄先生太古民，頻年寄食楚江濱。浮踪暫止終難定，野性從來豈易馴。垂老獲妻寧計醜，浹辰喪女頗傷神。田文好客黄金竭，每食無魚幸勿嗔。

懷鄭子

鄭子客遊淹吾廬，詩詞間作真起予。憶當出門與結束，欲别上馬仍躊躇。計日能迴楚水棹，經年竟斷燕關書。人生岐路恨南北，塵暗望眼何由舒。

病中武昌二客過訪，詩以贈之

雙扉寂寂候暄開，二客翩翩并馬來。雪岸叢梅行故傍，風江亂葉去仍猜。壺觴力疾歡難竭，林谷經寒響易哀。他日如追今日興，吾堂須記古城隈。①

① 吾，淮刻本、湖北先正遺書本作“古”。

宴集楚藩樓上作

別館張筵臨水上，危樓改席向天中。窗含江漢澄流盡，檻俯衡巫遠勢通。鳴珮忽沾神女雨，披襟時拂大王風。梁園勝事今非異，楚國文儒古亦同。

村　　晚

天時人事催寒景，坐嘯行吟到夕暉。錦樹高原去鳥疾，蒼苔小徑行人稀。牧兒谷口驅牛入，獵伴沙頭得雁歸。雙户畏人時獨掩，寸心回首願多違。

春　　陰

兩月陰霏苦不開，一春門巷客稀來。風花狼藉惜將盡，烟草微茫望屢迴。萬事日非長閉户，百年今半且銜杯。江湖遠適非吾興，泥淖深栖衹自哀。

病　　起

經旬伏枕艷陽天，病起藤蘿遶户縣。少日親交魂夢裏，一春花鳥淚痕邊。緣溪力薄依人步，課圃情多警豎眠。天遣此生無俗累，書籤藥裹任年年。

病起過魏園二首

卧疴顔鬢憐予改，力疾池亭爲子來。隨處琴尊臨水石，任情歌吹入莓苔。禽魚狎客晴偏聚，花藥娱人晚競開。共惜群芳行欲歇，莫辭中夜醉方回。

其　二

病後名園擬散愁，春晴聽鳥特相求。月前敢料能今晏，年邁偏令重昔遊。搦管訊花吟復立，扶筇經樹步仍留。平生霄漢誰青眼，一斥江湖已白頭。

山莊漫興

青松鬱鬱屯青靄，翠竹森森傍翠微。近日頗諳農圃學，衰年寧負芰荷衣。風簾乳燕銜人入，霧渚驚鴛挾子飛。且對春光成一醉，莫將身世恨多違。

席上贈方士

仙客芝田傍白雲，偶遺鶴馭到人群。酒酣射覆多奇中，歌罷談玄總異聞。仗劍向幽驅鬼物，焚香當晝下神君。人間妙術渾難盡，欲續《齊諧》志怪文。

病後客過有贈

病骨旬時虛酒筵，壯心激烈嗟暮年。秋堂過客擊柝後，寒渚哀鴻吹笛邊。尊罍當户映初月，松桂傍人生夕烟。與君一醉緩世慮，深夜敢辭吾欲眠。

試　巾

老態侵陵短髮知，强顏結束試巾時。向人雅協漁樵侶，顧影何慚丘壑姿。新月舉頭從一墮，過雲送目任長欹。古來高士誰堪效，折角風流是我師。

客有以琴書謁予者，賦此贈之

逸客野服自何所，抱琴搦筆叩我扃。朱絲試彈《清廟》曲，白鵞聊寫《黄庭經》。委心天地盡吾土，浪迹江湖真客星。眼中二藝誰過汝，有此已足垂芳馨。

移　　菊

老營秋圃心偏愜，曉趁春陰手自移。欲保弱荄全宿壤，旋鋤蔓草插疏籬。餐英望飽三閭腹，縱酒謀充九日資。直與烟霞添晚色，更鄰松竹稱幽姿。

江上待友人不至

失侣哀鴻號近渚，超群良馬出長途。經年書札離心滿，竟日帆檣望眼孤。雪後江湖翻浩蕩，春來雲雨益虚無。不堪惆悵燕京别，兼阻提携楚地娱。

周都閫歸長沙，寄贈一首

將軍長揖出江城，笑解兵符野服行。制敵無慚古名將，談經元逐魯諸生。桑榆日短歸何恨，薏苡天高謗莫明。衡嶽洞庭收壯觀，玉關銅柱謝浮名。

贈李子

青春君已動才名，歲晚官卑俗所輕。車案囊螢元世業，翟門羅雀自人情。貧緣嗜酒愁心失，病屬攻詩老態成。莫謂儒冠身竟誤，由來清苦是家聲。

談生墨竹，人擬夏卿，點染石蘭，猶稱獨步；予欽絶藝，聊贈斯言

畫師好手久寂寞，晚有談子能孤騫。心機妙入此君室，足跡遍謁諸王門。自從屏障得汝筆，忽驚瀟湘來我軒。更煩拂素寫蘭杜，靈均千古留芳魂。

贈玄谷子

日者在昔多隱賢，年來似子稱通玄。予今五十豈知命，汝困湖海空談天。閉肆潛窺斗宿外，被褐長揖公卿前。吾鄉名流頗氣岸，往往卷内留詩篇。

館賓李子之歸也，詩紀别懷兼訂來約

歲晚江寒木葉稀，一尊臨水送君歸。携書莫厭生涯薄，拂劍頻驚壯志違。絶壁孤雲開曙景，亂山匹馬傍殘暉。相期轉眼王正月，笑領諸孫啓竹扉。

贈邵格之

清江落日片帆來，野老柴門向夕開。四海風烟雙短劍，百年天地幾深杯。圖書静室幽人興，鼓角寒城遠客哀。旅雁賓鴻隨去住，楚雲吴岫各徘徊。

宴集赤壁書懷

春深遊興屬芳洲，選地張筵對狎鷗。赤壁徑盤危磴出，青天城抱大江流。乾坤久厭三分業，山水仍含萬古愁。客散晴沙樓閣晚，佛燈漁火共悠悠。

過玄妙觀有贈

神君樓閣枕江濆，鐘磬時時霄漢聞。仙至忽逢青鳥使，賓來頻舉白鵞群。當筵揮灑皆成雨，煮鼎飛烟盡化雲。雙鬢向衰渾欲盡，洞天石髓若爲分。

遣　悶

萬事驚心傷老大，一春生理屬艱難。鶯花歷亂轉無賴，林塢栖遲殊未安。學圃避人長抱甕，應門報客旋求冠。年來相信唯鷗鳥，引子窺魚近釣竿。

其　二

病起衰顏聊自媚，春深笑口向誰開。五男不學從渠懶，三徑俱荒阻客來。日展琴書娱潦倒，雨抛巾舄漬莓苔。交游物化今餘幾，倚杖看花首重回。

夏日宴集宋寶山別墅，留贈三首

先生堪擬葛天民，築室郊原遠市塵。客款閒門驚稚子，自分餘酌到農人。朱華冒日明棋局，翠竹含風撼角巾。不睹少微雲霧裏，楚江誰信有垂綸。

其　二

城闉未盡忽田家，心遠林塘近不譁。往事仍栽彭澤柳，故人分種洛陽花。圃内洛陽花二種，陶子移自桂林者，故云。看山倚杖移長晝，拂石開尊駐晚霞。莫道尚平婚娶畢，更勞耕稼送年華。

其　三

丈人屏跡此林中，開徑唯將蔣詡同。地静鳴笻窺鸛鶴，日高隱蓐任兒童。巾車欲返貪乘月，枕簟頻移遺就風。向客舉觴渾不盡，料君餘興屬鄰翁。

贈鄭子南濱

昔辱風塵爲傲吏，近精詩賦擅宗工。多情好客頻謀醉，苦節逢人不諱窮。事去壯心存老驥，愁來矯首向冥鴻。慚予幸托交游後，鄉里聲稱迥未同。

贈陳子槐野

蚤歲君才過一時，儒冠白首竟傷悲。圖南久擬衝天起，戰北從知值數奇。閉户交游今漸絶，傳經童冠日相隨。老夫偃蹇同心事，携手蒼山歌紫芝。

對鏡自嘲

晨理白髮臨青銅，乍對翻疑何處翁。童心未除驚貌改，壯志不就悲途窮。五嶽擬遊誰縮地，一丘偃卧閒書空。極知老醜安用爾，攬衣起舞仍豪雄。

對鏡自慰

年當知命轉多憂，蒲柳俄驚颯已秋。衰鬢自今慚朗鑒，褊心元不怒虚舟。雲霄日起非先達，泉壤年來半舊遊。老子生涯良已足，加湌痛飲莫他求。

竹樓重修落成，桐岡郭君以詩見示，作此答之有序

竹樓之敝，其來久矣。桐岡君治黄之二年，百姓之急既紓，境内之廢漸舉，遂因財力之餘，新而葺之，覆易以陶，榜仍其舊，匪乖作者之意，聊爲可久之圖。蓋精藴之求嗣，豈色象之是泥哉！君每退食自公，則登兹遲客。或凴欄寓目，或抽翰泄悰。湍瀨滿聽，蒼翠漬几。乃知江海之興，悉歸廨宇之間；魚鳥之娱，雅佐羔羊之節。兹吏隱之攸寄，非塵坌之能逮也。况登高能賦，共推大夫之才，而欲報不成，將難郢曲之和乎。

竹樓占勝城頭出，郭子爲邦海内聞。仍貫舊題應不改，治絲新政自無棼。雲霄懸榻緣高士，島嶼開簾近使君。誰信喧囂官舍裏，烟霞與客日平分。

寄答王子新有序

昔淹梁獄，獲交子新。於時厥考視學中州，君方貴遊，况當英妙，而予辱在糞土，乃能抗違衆怒，顧我圜扉。見其儁才偉質，綽有父風，况又旁通六藝，下逮諸家，妙善悉臻，雅俗兼舉，良由神解，匪假師資。予固意其驥群必空，鴻逵夙漸矣。未幾，予遂竄伏江濱，君亦栖遁白下。予已長爲不然之灰，而君竟托於無用之木。乖蹇之跡，偶爾齊同；昭曠之懷，曾何芥蔕。所嗟吴楚殊方，衰頹各迫。

愧乏嵇公之駕，[1] 勇絶伯子之弦。忽攬贈言，茫如見面。因念分携以來，二十六載矣。一時昵交，半化異物，而吾與子新雖困蓬蒿，猶免溝壑，豈非邅如之稍幸，不足之可矜哉！難爲俗言，聊用自慰，悲懷强抑，報章晚成。

河上逢君英妙年，吾家逸少早知賢。別來落落貪毫素，客過時時問草《玄》。岐路飄零交有自，殊方遲暮見無緣。開緘忽憶艱難日，一度長吟一悃然。

壽孫毅菴京兆八十，公常爲給舍

丈人七十棄簪裾，十載高踪海上廬。謝客風流詩卷裹，鏡湖烟水釣竿餘。中朝諫草焚應盡，南國甘棠愛不疏。莫謂石床眠已穩，直愁門外候安車。

奉贈桐岡郭侯考績北上

依依山郭枕江流，藉藉専城頌細侯。高士獨過頻下榻，公即竹樓爲禮賢堂，復扁其下曰下榻處。自公多暇一登樓。深恩久結黄人愛，苦節真分漢主憂。躍馬忽看朝帝去，攀轅何計望君留。

秋夜奉簡湲川先生舟次，兼酬留贈之作

獨舸高秋動旅寒，晚憐旌節駐江干。城迎月浪層層白，岸匝霜楓裊裊丹。夜玉光留居士里，沙鷗眠傍使君灘。不緣病卧妨尊酒，秉燭常陪挹渚蘭。

① 嵇，淮刻本、湖北先正遺書本作“稽”。

病後答友人

一畝居連郢客鄉，三年愁隔漢川長。青山各有幽栖志，《白雪》遥傳寡和章。自傍雲霞開藥圃，不將塵土灑荷裳。洞庭雪後烟波闊，花底乘舟到草堂。

偶　　題

病起江湖復早春，黑頭何愧此閒身。行歌白石嗟齊相，笑咏滄浪憶楚臣。拄杖雲中穿薜荔，鳴琴烟裏坐松筠。溪邊不必秋風起，自有魴魚色勝銀。

卷　十

詩

贈張子

愛爾清狂甚，兼之才調殊。不須愁貝錦，已是握靈珠。

放　魚

欲作銀絲鱠，翻憐錦鬣殊。滄波放爾去，何用報明珠。

月夜嘆五首

度牖含風色，懸樓轉雪輝。天邊照羈羽，不比鵲南飛。

其　二

明月歲如此，青楓再改顔。故山有叢桂，悵望幾時攀。

其　三

莫謂高栖穩，高栖翻累軀。清光逼禁樹，樹樹有驚烏。

其 四

玉關同一照，玉鏡幾回圓。莫作征人婦，高樓長自眠。

其 五

萬古《關山》曲，仍傳笛裹風。中宵報烽火，殘魄倚張弓。

雜述八首

冬林覆草閣，兀坐雪雲停。避世栖金馬，無人知歲星。

其 二

日高不盥櫛，搔首行且歌。飛來避繳鳥，戢翼盼庭柯。

其 三

予本瀟湘客，不作瀟湘遊。援琴奏流水，寂寂帝妃愁。

其 四

南人慕炎方，歲宴寡所歡。雖有千金裘，不禦北風寒。

其 五

出門乘款段，中道值權璫。點校四五徒，前驅何爾强。

其 六

清晨謁承明，百官仍依依。迴立訊中使，君王何時歸。

其 七

對酒願一醉，醉後忘悲辛。憐予亦楚産，不似獨醒人。

其　八

哀歌撫劍匣，雄劍且莫鳴。風雲倘不負，仗爾事橫行。

溪邊草堂雜咏六首

鼓楫遵花嶼，捫蘿憩草堂。門添新竹檻，壁挂舊荷裳。

其　二

芋葉深藏徑，荷花淺覆艭。階除馴白鳥，村巷接清江。

其　三

觸荇鳧雛没，穿籬竹笋苞。渠壅更鑿石，屋破自誅茅。

其　四

日出扉初啓，風生席屢移。當窗交碧樹，隔户響黄鸝。

其　五

晨徑露縈草，午園風振條。鸕鷀窺浦溆，翡翠集蘭苕。

其　六

孤石堪垂釣，清流可濯纓。沿洄終日興，偃卧百年情。

元夕雨四首

元夕人間重，冥冥暮雨聞。眼前歌妓散，疑是楚行雲。

其　二

結伴非無約，張燈亦有情。春光妒羅綺，不放此宵明。

其　三

歌吹催春事，風光預可賒。請看飛雨度，點點著銀花。

其　四

遊女江皋上，纖裳霧雨垂。那能惜羅襪，緩步踏春泥。

卷十一

詩

燕京元夕曲

大道朱樓錦繡圍，歌鍾萬户競春輝。樓前火樹嶙峋照，化作紅雲片片飛。

其　二

香車一一渡星橋，翠袖雙雙引玉簫。但訝遊人争辟易，不知夫壻漢嫖姚。

其　三

萬柳千花巧自妝，春風吹散綺羅香。誰教月色模糊甚，惱殺幽并遊冶郎。

送人遊越中五首

寺閣巖樓望不稀，越王城畔早春歸。尋溪放舸烟花豁，立馬聽鶯醉落暉。

其　二

雁蕩汀洲天漢流，奔雷噴雪下龍湫。北風晴霧濛濛合，倚石捫蘿迴自愁。

其　三

華頂晴登挹彩霞，雲君仙子列如麻。琅玕芝草幽難掇，來往時瞻白鹿車。

其　四

合沓巖巒生紫烟，赤城遥見石梁懸。攀松帖岸窺難下，鶴駕鸞驂度羽仙。

其　五

挂席東南萬里迴，海潮八月拍天來。巨鼇一涌三山動，五色樓臺中自開。

送李中丞三首

晴旭烟郊列騎迴，中丞春旆拂梁臺。金符玉節層霄下，甸雪河冰萬里開。

其　二

九曲風濤迴自驚，黄河天畔繞孤城。中宵笳鼓揚帆渡，萬古鯨鯢避楫行。

其　三

夜月轅門鐵騎寒，龍旗千隊指樓蘭。丈夫莫負封侯骨，破敵歸來望玉鞍。[①]

偶題三首

莫謂娥眉不受憐，宫中元自妒嬋娟。亦知白璧終難擲，何事青蠅但屢煎。

其　二

洞庭南望結愁雲，杜若江皋秖自芬。[②]賈誼上書憂漢室，屈平投賦吊湘君。

其　三

寶匣誰當垂拂拭，龍文夜夜斗牛間。可憐日月雙埋劍，實想雲霄一賜環。

贈董氏兄弟

我愛謝家雙玉樹，雙凌雲日散光輝。佇看北極隨鵷鷺，倘念南山老蕨薇。

聞恩詔有感四首

天書十道出楓宸，紫極回瞻御氣新。浩蕩遥緘三殿雨，霑濡長作萬方春。

---

① 破敵歸來望玉鞍，淮刻本、湖北先正遺書本作“須斬胡頭掛玉鞍”。
② 秖，淮刻本、湖北先正遺書本作“紙”。

其　二

姬年八百未爲多，虞日謳歌許更過。已擲風雷開蟄户，更添江海接恩波。

其　三

天地重開日月移，幽人感激中興時。湘纍莫漫題芳杜，漢皓何須咏紫芝。

其　四

春風翻自朔方回，恩澤遥從北海來。涓滴須令沾涸轍，吹噓合遣到寒灰。

卷十二

文

仕　始

陳子守滁，别王子。

王子曰："仕之始也，不可不慎也。夫君子庸以驗術矣，履以稽終矣，造以考成矣，入以要至矣。"

陳子曰："請問焉。"

王子曰："定方以志，濟事以才，固守以力，含美以幾，終始之道也。"

陳子曰："請問焉。"

王子曰："端委嫌於似，變化神於交，向往起於微，性真奪於勢。是故貞者以獲戾也，佞者以蒙澤也，鮮弗惑矣，故曰定方以志也。敏者集乎殷也，强者勝乎重也，通者乘乎時也，振者懲乎弊也，故曰濟事以才也。夫傑而持摧之，或折矣；奮而立撼之，或仆矣；恬而居誘之，或趨矣。是故相時而逾汙也，[1]邇成而寖弱也，故曰固守以力也。毀階於譽，忌啓於妍，怨深於劣。夫君子明而却視，[2]實而虚中，矯而遜出，

① 逾，淮刻本、湖北先正遺書本作"渝"。

② 明，淮刻本、湖北先正遺書本作"任"。

華而襲處，故曰含美以幾也。夫志定非才不濟矣，才濟非力不固矣，力固非幾不全矣，故曰終始之道也。”

明　天

胡子敏而淑，惠而整，孑而和，疏達而信，邃而坦。國人曰：“世之榦也，邦之貞也，楚之哲也。”

天佑之，人庸之，試不利，得令而往。國人曰：“天何常！人何公！胡子之良而胡塞之也？”

王子聞之曰：“胡子有是也足矣。夫人之惜也，天將異施。夫執情以逆天，見之拘也；刻運以盡神，説之膚也；膠常以憒變，臆之固也。故變則不齊，不齊則神，神則不測，不測則天。不齊終一，不測終明，是謂終定乎人。故天爲人宰，人爲天心。故愛憎屯亨，其道一也。是故千夫羡之，不如一人惜之。夫澤浮而羡，羡爲屯足；道屈而惜，惜爲亨根。故君相法天以用天下矣，哲人法天以治其身矣。是故抑以試量，量裕而升；約以見貞，貞結而遂；艱以養譽，譽彰而拔。咈人以神其道，是謂君相之法。不盈其亨，不戚其屯，唯確唯一，登於大成，是謂以天治身。”

力　難

子延令麻城，聞命愀然，曰：“予何以堪？”

王子曰：“子何懼子地也？夫不度之國，習僞之民，漸靡之俗，君子之所憫也，志士之所力也。夫憫以立仁矣，力以立功矣。仁立者戴矣，功立者録矣。故治難而奸廣者，君子之資而志士之藉也。夫棄惡無仁，避難無功，無仁無功，民且疾之，將疾民乎？故善治者，無擇而有方，矯時弛術，可以濟矣。夫多防啓伺，急繩導逾，深文滋巧，縷約益亂。故杜伺以忠，閉逾以度，屈巧以信，一亂以簡。忠所以存也，度所以節也，信所以孚也，簡所以持也。果而能忠，果而能度，果而能信，果而能簡。忠以撤防，度以緩繩，信以寬文，簡以省約，是謂矯時弛術，其何不濟？夫身可儀，民乃式；志不携，績乃成；不惑浮言，守乃確；懼不克，衷乃審。故曰‘子地也，子何難焉’。夫族而解者，刃之利也；革而貫者，矢之良也；痼而愈者，醫師之神也。夫歷險邃智，負重奮勇，遭敵裕謀矣。聞之云：‘始之戚戚，其終也愉。’”

闡　　來

周子名季鳳，字公儀，號來軒。

石磯子以語克躁子，克躁子曰：“唯唯。予聞之矣。夫來有二道焉：爲世重也，爲我重也。我足世需，則來有不能爲世重者乎，不然有能爲世重者乎？世足我庸，則來有不能爲我重者乎，不然有能爲我重者乎？夫《韶》之致鳳也，是鳳爲《韶》也重也；鳳之儀《韶》也，是《韶》爲鳳也重也。故爲《韶》也重者，爲世重之謂也；爲鳳也重者，爲我重之謂也。故察於此二者，可以知人矣。是故憫覆而拯者，聖人之仁也；度德而進者，君子之審也；昭亂而逝者，達士之潔也；臨難而避者，憸人之戾也；非分而據者，貪夫之溺也。聖人於是乎以成化，君子於是乎以立功，達士於是乎以令終，憸人於是乎以僨事，[1]貪夫於是乎以蹈逆。於來之道，有察不察者也。是故貞以成德，智以辨微，脩以永世，儉以遠危。察乎二重之道，而履之無違，將有在於公乎！”

石磯子曰：“然！夫貞則動以正矣，知則會不爽矣，脩則行必飭矣，儉則志不淫矣。是能爲世重，是能爲我重。聞子之言，庶幾知公矣。”

① 僨，淮刻本、湖北先正遺書本作“憤”。

致 辭

惟歲丁丑，惟時仲冬，惟日晦，惟劉母初度，惟子姓跪爵，惟姻婭咸造，惟史氏致辭，曰：

聽予言，罔弗聰，予乃誕，悉帝之秘，俾罔惑。惟帝有嘉，罔不錫爾衆。惟衆弗迪，庸弗迓，厥修曰：帝傾厥敷，惟爾承。乃心乃克自羞，乃罔爽厥衷。帝庸錫之嘉，惟命罔不修在德，惟錫罔浮，浮乃誕，弗祥。庸益厥罰，惟運罔淳，罔在季，惟人乃古。昔弗穀，罔弗折季，乃迪厥躬，乃罔弗受，厥嘉弗穀，乃弗折迪，罔受厥嘉，匪厥常。惟明信厥常，罔慄慄於厥愆。惟施靡不定，在初罔可襲爾，庸殫厥心。惟施罔易，惟爾感，惟劉哲。自昔暨有家相，厥夫子生，生罔不欽，乃底厥成，撫乃子姓，惟仁，罔有陰，厥生子姓。惟毋恃胥，以康戚疏，胥宜曰良，克綏厥居。帝乃錫嘉，曰："其永生，慎乃度，毋惑累乃績，毋墜確乃常，毋沈於靡經，乃罔不修。越耆躋耄，罔艱於履，罔眊於視，罔憒憒於志息，罔索惟充，毋庸襲命，其自凝，尚其期頤哉！予弗匿厥指，尚聽予其有永。"

倅 全

張子倅全，乞言於王子。

王子曰："若知仕者之難乎？將長吏乎，抑倅者乎？"

張子曰："長吏哉！萃州之政而盈縮焉，非敏不濟；萃州之人而旌別焉，非明不察；萃州之僚而率先焉，非和莫協。故長吏，政之總也，民之則也，僚之式也，莫難焉。夫倅，聽而言，象而行；俞而行，否否而止也。是故言州之理，倅也逃矣。"

王子曰："否。意而施，無折也；虞善而圖，鮮不竟焉。長吏曷難？夫倅，爲之或厄其後矣，委之受命而食愧焉。是故紆徐曲折，托之長吏而達之民，不隱也；民用賴焉，弗識惠所自，不暴也；長吏專其良，不忌也。是不亦難乎？故倅之道有三：一曰同寅之恭，二曰惠民之誠，三曰推善之量。夫恭則不隱，誠則不暴，量則不忌。知斯三者，可以倅矣。豈惟倅哉，施於天下將裕乎。”

歸　省

徐子歸。

王子曰：“榮哉，兹行。”

徐子曰：“何哉？子所云者，吾以懼焉，而敢榮也？夫榮者，情之繫也；幸者，機之適也；感者，仁之厚也；報者，施之稱也。情莫榮於信衷，機莫幸於獲間，仁莫大於恤其家，報莫難於恩之異。吾無以勝此矣，而叢集焉。戴惠而往還，無以爲覿；緘澤而私公，無以爲啓。宜子之榮之而予懼也。快其蒙是，歸以昡屬，疏者趣之，汙也。人親也者，冀其子之弟也；而亟歸以光，望之薄也。子何榮焉？”

王子曰：“善。夫厚，世之紀也，人之經也，國之命也。訓世以偷，其紀壞；導人以競，其經亂；立國以貪，其命促。往而復，意之真也；激而奮，德之深也。故爲國者，厚施以自封也，敦俗以勸忠也，則化溥矣。化溥則功建，功建則治成，治成則名立。子言善，可以别矣。”

徐子行。

秘　奇

張老神於數，然於世無遇也，問於夢澤子。

夢澤子曰：“天道忌彰，神道忌明，人道忌露，物道忌華。乘而除之，其道彌光。故實者或侈其衷矣，浮者或恡其慧矣，佐者或邅其履矣，劣者或淫其祉矣，闇者或相其行矣，覺者或違其睹矣。此六者，數之爲也，乘除之道也。故天道貴微，神道貴妙，人道貴襲，物道貴質。

存也闔其門，發也諱其端，運也藏其輪，竟也化其積。夫天神人物之道，畢於數矣。知而違之，有不值其忌者乎？夫子之於數也，悉其定，不滯其交；窺其跡，不玄其宰。天地以子不得隱其度，鬼神以子不得隱其情，人以子不得隱其紀，物以子不得隱其態。夫測深析渾、好揭玄以示者，忌之歸也，宜子之不達也，是所謂乘除者也。是故君子沖以爲體，直以爲用，邃以爲宅，默以爲章，恍惚以爲象，希夷以爲形。以索以存，不苟示人，百福其凝。夫子信之矣。”

疾　瘳

王子謂仵子曰：“子疾且瘳矣，何爲乎歸？”

仵子曰：“子疑予乎？予語子。予聞之：病國者六，病君者八，病民者四。淫爵、褻刑、毀階、裂憲、離德、竊權，六者病國莫大焉。比佞、疾貞、玩戎、親險、樂田、厭政、損威、勖慝，八者病君莫大焉。效逆、捐廉、滅義、嗜利，四者病民莫大焉。故君子之仕也，非以榮而已，將以瘳之也。吾聞之：救過之餘，不可以拯累；咎吝者，不可以造吉；習行者使負，鮮不蹶矣。今吾有大疾五，不見於色：慵廢業，直忤人，亢戾俗，言泥古，潔取謗。夫仕者之謂何？將上下之疾是務去，而予身之不瘳，其何能爲？予之歸也，屏慮而寂處，勤作而和衷，拔固而行恕，其愈也而復焉。夫行意者不畏議，濟大者不輕以試矣。予先大夫曰：‘裕而施，毋範人以慾，其允有功。’予弗敢辱先大夫之命。”

王子乃謝曰：“予鄙人，誠不足以知子。”

功　慶

百粵之役，周君從焉。既平，以功自千户擢君指揮。鄉之人曰：“是能榮吾里也。”往賀之。

長者令王子言，王子乃言曰：“吾聞之：會以行志，志以立功，功以差賞，賞以趨世。故上世無功，中世有功，下世幸功。何謂無功？分均無競，道厚無機。無競，無勝亦無負也；無機，無襲亦無喪也：是謂無功。何謂有功？智爲世謀，勇爲世力。謀以屈愚，亦以崇秩也；力以集事，亦以庇身也：是謂有功。何謂幸功？附貴爲援，行賂爲藉，倚文爲僞；級以勢攘，賚以貲豐；行者亡，居者封：是謂幸功。故無功之世，鮮不亂矣；[1] 有功之世，鮮不治矣；幸功之世，鮮不亂矣。三者時之爲也。苟非賢豪之士，其不免矣。君也旅進而不失其貞，居恬而不棄其會，拜錫而不雄其成。進不失貞，正也；恬不棄會，智也；錫不雄成，謙也。正以始之，智以爲之，謙以終之，是謂有功矣。要之，不苟趣時者，其貞賢豪之士哉。是故其成可賀也。"

韙　歸

胡子國華之以疾歸也，國人疑之曰："避咎而規全，匪國是圖而虞其軀，衆而效之，國何利焉？"

王子謂胡子："吾與也，宜令胡子之志諒於人也。"乃爲之言曰："吾聞諸君子曰：'進退，身之準也；治亂，時之會也；得失，道之符也。'故君子道以制時，而進退其身，孰能逾焉？不然無則，無則必亂。身且亂焉，其能濟乎？是故崇聖録良，伐奸寵惠，君子於是乎躋秩而協諸謀，以贊治也。吏怠法存，上冒下直，君子於是乎犯忌觸危，力而振之，以拯亂也。患釀諫翳，己弱勢强，君子於是乎卷術括機而去之，以守正也。夫治則贊，亂則拯，不能則去，道之中也。治不能贊，亂不能拯，不能而不去，世之乖也。夫醫，生人之術也。主人疾，召醫而視之，其不能也，而請去之，俟主人之他召也：是誠於生人者也。夫御史，官有醫之道者也。故留者不盡韙，去者不盡不韙。國而皆留者之不盡韙也，其爲國之不韙也，不亦多乎？國而有去者之不盡不韙也，其

① 亂，淮刻本、湖北先正遺書本作"化"。

爲國之蠹也，不亦多乎？夫譽恬者以抑競也，人猶逾之，矧誹恬以助競乎？”於是疑者釋然，賦詩而別。

胡子聞之，曰：“王子之言過矣，王子之言過矣！予實疾。”

重　師

曾子如陳。

王子謂之曰：“嗟乎，師道之廢也！秩之弗崇，易以陵；勢之弗張，易以抗。上陵而下抗，故居者易焉。夫士，國之材也；師教之，有司舉之，天子官之。故師，材之源也。易以居焉，何以教？教之失則，何以舉？舉之匪人，何以官？官之無良，何以治？故治罔功，由官否也；官無良，由舉冒也；舉匪人，由教弛也。故師也，莫重焉！易焉以居，昧其職也。予聞之，師道有五：一曰正習，二曰勤業，三曰介守，四曰崇恬，五曰篤善。夫言侈而道費，象莊而行邪，枝繁而本剥，是以正習之爲貴。遊以棄時，惰以玩歲，[1]是以勤業之爲貴。義接而賄行，與市焉，而以訓，誰則能之？是以介守之爲貴。群而修，以俟舉也。失者睹獲，羨生焉，其趨乃壞，是以崇恬之爲貴。夫右賢左劣，植率仆梗，乃能勸矣，是以篤善之爲貴。行此五者以教，可以淑士矣。士淑，舉用以臧；舉臧，官用以良；官良，治用以昌。故師也莫重焉，其何以易？兹行也，惟吾子之振之也。夫陳，大國也，子振之，四方則之，師道其興乎。”

申　贈

許刺史顔子行，其友吴子、劉子、儲子、王子、熊子往送之，咸贈以言。

① 惰，淮刻本、湖北先正遺書本作“隋”。

吴子曰："許其生乎？夫許，梁之近地也。自吾過之，[1]見其民病矣。曰勢者不法，將毒是滋，而守者弱，莫之與捍也；非惟莫捍，且縱之；非惟縱之，且利焉。夫剥子以食盗，非仁；媚惡以覆身，非勇。非仁莫恤，非勇莫力，能以守乎？子仁而勇者也，兹行也，生許必矣。"

劉子曰："夫許，上有郡，下有邑。夫事上者下之則也，虔於大吏以令其屬，其誰不從？"

儲子曰："吾聞之：革俗者不恤其議，立則者不虞其梗，謀大者不速其成。子志之也。"

熊子曰："請無勖其優，效其乏。夫任力者以奮攻者也，盡情者以深蔽者也。故不務濟而急聞，敗之道也。君子剛以柔克，明以晦神，是故往無不利。"

四子言畢，王子趨而進，曰："美哉言乎！吾無以益矣。吴子之言，惠而孑；劉子之言，順而理；儲子勵其作；熊子邃其思。顔子服之，萃兹衆美，克其剛，蓄其明，振其勇，敷其仁，以和其上下，懲其習俗，臨其民人。許也幸哉，有兹刺史！"

振　　弊

王子謂徐子曰："夫懷遠，弊矣。承弊者必力，子行慎哉。子之力也，何憂乎弊？子之不力，雖弗弊，其將及夫！徐子志予言：審而謀，儉而欲，正而度，諳而動；毋率情而揭隙，毋瘁衆以澤身，毋夷介以服汙，毋競俗以隳義。故覲美虞危，精微竭矣；抑汰崇貞，生植溥矣；守則革逾，紀綱立矣。致軀以遵職，冒罰以寬民，措設理矣。故略而寡思，足以勖攻；侈而淩財，足以喪守；怠而解法，足以撼衆；枉而趨便，足以屈道。是故約而出之，存乎審；裕而蓄之，存乎儉；介而持之，存乎正；次而舉之，存乎諳；運之不已，存乎力。子之力也，獨懷

① 自，淮刻本、湖北先正遺書本作"日"。

遠賴哉？而及者廣矣。且子行也，以親老故。夫以官榮者薄矣，力乃職，以令名貽焉，榮也不既多乎！”

惠　遠

周子按貴州，别王子。

王子曰：“今夫伊邇之區，閑法而昭情。窮陬之生，政不易逮。長之不仁，有忿焉，誰與號之；有號焉，誰與理之？夫忿而不理，且梗衆也；梗而深忿，大亂乃生。此無故，遐者易亂，棄以重之也。今夫一職曹居，愎者知忌，寡務參謀；妄者知審，獨任上制；肆者知畏，合衆而監。假之大柄非人而遣，其害滋多。此無故，專者易恣，權以重之也。今夫矩之而循，習化者也；威之不悖，既植者也。衆之不率，大師克之。不務與息，亟矩而威焉。夫久躍之獸，卒而羈之，狂頓必矣。此無故，新集者易恐，擾以重之也。夫百粤遐矣，子職孰專焉。且新集之衆也，慎之哉。夫遐而棄，不可以廣；權而恣，不可以任；夷而士責之，縶而敵驅之，不可以寧。故吏否必擊，其將濟乎，其惠暨於下矣；事舉必咨，其將濟乎，其思協於衆矣；覺附必輯，其將濟乎，其隱賴於上矣。夫惠，戴之結也；思，啓之端也；隱，命之繫也：三者，國之紀也。子正而能讓，簡而安。有此德，[1]以施三紀，其何難焉？”

禮　成

歲戊寅，春正月，周王使李士光來朝，成禮而歸，問於王子。

王子曰：“子知子役之重乎？予語子：昔先聖王之有天下也，參之化運以準天也，昭之軌物以明民也。準以象微，明惠弗哲，下之於民，民焉宅之以永世也。仁於有邦，諸侯是比。同姓之國，猶與暱焉，以庇

① 淮刻本、湖北先正遺書本“德”上有“四”字。

本也。是故歲以標紀，紀以閲歷，掄正而崇終，盡則始與天下新，於是乎變定而候弗爽。揭則以命，亟易而有常，於兹有生，惟正朔是依，莫或逞焉，於是乎志定而動弗爽。受朔之期，外内之臣奔走焉，聽新政也，於是乎度定而承弗爽。子也朝正而來，役莫重焉。周，同姓之國也，抑子於周復戚焉，是天子之所暱也。故守禮弗失，如時而至，藉主之悃者，行乎其順也。觀則於天王，還白其君，發乎其忠也。翊主惟力，務與時新，究之於孔淑弗溺，其襲爲諸侯，先兆乎其倡也。”

績　　成

許子爲御史，三年而績成，其僚友往賀焉，令予言績成之道。

夫事有宰理是已，時有制己是已。賊理而圖，曰：“吾且集焉者，事役也。”失己而趨，曰：“吾苟濟焉者，時使也，君子弗爲也。”夫事紛而理約，時靡一而己有常也。是故君子務宰也，務制也。蓄之以爲發也，和之以爲直也，通之以爲定也。發由蓄，以爲弗膚也；和由直，以爲弗撓也；定由通，以爲弗固也。其觸也，將有建也，猶思焉。其當也，乃建焉。何居？取諸蓄以爲發也！其激也，將有奮也，猶存焉。其平也，乃奮焉。何居？取諸和以爲直也！其變也，將有執也，猶審焉。其適也，乃執焉。何居？取諸通以爲定也！是之謂宰者立而制者獲也。宰立者以役事，非事役也。制獲者以使時，非時使也。庸是，試焉而折焉，成也；其不庸是，試焉而成焉，敗也。故正而弗成，君子弗忌；成而弗正，君子弗趣也。許子正且成矣！兹舉也，匪賀其成，賀其以正成也。[1]

① 臺灣圖書館藏淮刻本卷后墨筆批語：“是卷大約倣《管子》《左》《國》之詞，尚少一味神氣。”

卷十三

文

務　輯

昔大盗之起也，權地之要置戍焉。故武定，亦兵備。盗平，議者曰："尚奚恃是而令擁乎？汰之。"兹其故，卒負悍弗縻，退無以業，弗帖於理，[1]齊民威之。守臣恐，請曰："願得重臣者之鎮之也。"上命御史王某往焉，曰："余一人弗重，吝汝以捍兹土。惟兹有衆，汝寔能庇，俾無悖無失，厥恒余一人，無愆於兹土。寔汝左右，同在朕側。"

御史行，有言之曰："子也釋近職而事於兹，天子亦不子靳而使焉。子於天子，石也。石不自啗以惠，諸人豈毒之乎？夫悉上之意而務布之，俾淑者仗焉，而逆者悔，臣之良也。兹行也，兵之乎，抑與輯也？兵之匪仁，豈天子意？卒而務輯焉，負罪之民語之曰：'吾不兵而汝輯，其誰信然？'則兹土之民何賴焉？且夫悍卒弗試，而弗能生釀焉。而盗悍，亦材也，豈易克也？務克者不昭其棄悍而負罪，昭棄示之，彼懼不免，其何不至？是之謂益其奮而固其黨，何克之能？爲子也，其務信撫，密内而疏形，以弛其志；非大不淑，獲以免，以解其從。兹衆也，

① 理，淮刻本、湖北先正遺書本作"里"。

且以捍兹土，又何患焉？夫禦患者，究其由作，而權其術，鮮不集矣。齊民之謠曰：‘麓有虎狼，咆哮如狂。碩人禦之，爪牙弗張。麓無駭獸，惟碩人之良。’予也豈以不克懼乎？[1]”

即　　卑

詹生貲而官，人曰：“詹生才，汝邃汝業，俟汝叙，豈不汝顯庸？星史下秩也，矧其貲獲，才者即污。”予惑焉。不然，譬美媛焉，乃弗蒙大垢，翳其妍，用無以憎士，則病者乎？

詹生曰：“敢謂才？然聞之矣：聖哲柄世，俶儻協謀，亦惟是身之美而權之，以享於天下。無所浮衆，曰彼利我享兹重秩，其宜夫。是用能終食而免戾。匪是而享，予朝夕懼其覆也。予偃仰焉，而即兹秩，且懼浮，其何敢侈？亦曰得予分也。敢謂才？”君子曰：“韙哉，詹生之言。混世者以全真也，昭潔者以標疾也。必矣才而卑，且曰分也。濁其迹，美其衷，吾於詹生知免矣。”

先　　禮

劉子節推揚州，[2]夢澤子謂之曰：“夫揚，侈區也。財侈斯用侈，用侈斯情侈，情侈斯争侈，争侈斯獄侈，獄侈而理者難焉。吾終告子，賄於勢而令之屏，其不度也必恃也，恃而不度，法爲撓矣。夫法，善者恃也。善而失恃，恣不度也。勢覆豪，法病善，民何賴焉？然則執之難。翳詐而伺詐，狀若愚；伏强而攻强，疑於怯。然則昭之難。務執也，務昭也。曰：‘匪刑其可刑，叔世尚也。淫刑而逞，淑慝偕慼，雖獲焉，末矣。’然則仁之難。三者難於非人者也，君子弗難焉，予豈患子？若

① 乎，淮刻本、湖北先正遺書本作“子”。
② 揚，淮刻本、湖北先正遺書本作“楊”。本篇下同。

夫擇隙而肆意，弗臧也。在法無名，莫能罪之，務執者且惠，緣督也。度上之逆，反情以投，務昭者且惠，巧中也。不刑以臨，怙惡所利，豈能得其不忍蔽而與息乎？務仁者且惠，頑衆也。是君子之所患也，子其圖之。抑聞之：刑，禮之弼也。禮以閑民，閑而且越，刑加焉。侈者越禮，禮之不立，而侈是刑，是毀閑焉。而治其越，無濟之事矣。子其先禮。”

遐　致

《望雲》之什，壽詹母也。孰爲之？詹母之子暨詹母之子之友爲之也。孰倡之？詹子倡之。孰和之？其友和之也。

曷爲乎倡也？曰：“詹子如京師，適其母夫人誕也，則曰：‘跪而觴，惟我孟我季；侑而幣，惟我一二婣婭暨我里孺；而嬉以娱，惟我從子。’則又曰：‘我先君子逝，惟我母氏。母氏耄矣，能幾誕，而兹弗能觴也。且我童而業，兹艾矣，弗能官也，用憂我母氏，矧未撫我嗣息。’於是泣而賦。賦者何？賦其感也。然則衆和也何？感同也。感何以同？均人子焉。有弗感者，無親也。”

曷爲乎雲而望也？曰：“燕、楚之不逮，匪朝夕達也。彼雲之悠然，倏忽而燕、楚可也。望而思，庶與倏忽乎，是其感也。”

何以祝？曰：“錫我母氏修筭，松若柏若。及我官而康，純嘏是膺，嶽若河海若，其罔有既。繁我胤，芝若蕙若，茁而秀，無折。”

然則孰聽之？曰：“天聽之。”

曷爲乎天且聽焉？曰：“至誠動天。”

正　復

蕲指揮李氏某，惟厥先有顯庸，授兹秩。暨厥祖會荆難免，戍於邊，終焉。濫坐也。父早世，君童，仲父立撫之，曰：“嗟哉！先世之勛而弗享也，非罪之坐而不務去，予病焉。”悉狀焉，請上憐之。命有司復其宜，[1]旋累授者再免。衆曰：“兹已矣。”乃仲父益力請如初，再復。賀者曰：“仆而起，再仆再起。惟汝仲父良，艱而濟。惟汝先世勛，實腆足庇焉。是故神實嘉而宥，豈專人之圖？惟汝有淑質，用能凝其先澤。”更祝焉，曰：“繄自兹迨其末裔，無咎。”

王子曰：“兹里言也，予不欲侈。予言：其大夫法，國之衡也，而欹焉，其不行矣。無故，勢者竊之以恐衆，巧者奸之以完軀。於是乎不恃正則，而期以賄成，將萬無覆也。君子且不欲，矧不終免，兹辱之大者。何侈焉，予之請也！予不聞地者誰，而竟以濟。是唯天子鑒其情，有司正其濫，法之不欹，予是爲國侈，其何暇私李氏！然聞之：以正獲者不覆，雖覆，可無罪，無罪而覆，猶未覆也。李氏之慶，莫大於是。予以是賀。”

良　　振

夔乏進士業者，曰：“匪人，兹土之靈實閟。夫靈，人之乘也。闒茸獲乘，奮無難焉。乘之弗强，良且蹶矣。不然，夔豈無良焉，而久汩汩也？其何忍重忝夔之士，俾弗醜於四方？”史占之，曰：“吉！其將復。是謂嶽扃其英，澤緘其精，闡於既盈，群士其升，乃公乃卿，乃今而後，莫之與京。”

明年，吴子厭之焉。夔之人曰：“史言然，靈實啓之，豈專吴子良？”王子曰：“不可，其何以賢哲之務而令史者神焉？靈之啓人歟？人之啓靈也。夫君子勤其德業而俟焉，惟已之足恃。譬農夫之力畝，暇問豐凶。是神且聽於我，其安聽神？夫德，澤之基也；業，取之藉也。非德非業，靈安助之？夫鄙者實弗飭，辭曰‘是靈之閟也’，用善其劣，幸者淫祉，假神以侈，其何崇誕以滋俗也。夔之士其務武吴子耶！是惟

① 宜，淮刻本、湖北先正遺書本作“官”。

德業之務。肖焉，將弗舉，可也。舉而弗吴子，用愧焉，其無曰‘靈之啓也’以病談者。”

歸　故

吴子令遂安，王子曰：“遂安往稱儉而淳，兹不然矣。羡者階侈，不守於閑而欲務濟，奸國之憲，以賈戾而嘗，其軀犯而能竊，上用翳焉，諺謂賢也。夫儉，刑侈者也；詐，讎淳者也。是唯勢，丘澤不若也，而卒以及，何居？令者謀促，恃其不越而弛度，以臨不虞，後至氣蕩其真，及於浸淫。彼其宿昔之釀而一朝逞焉，其患且倍。譬不隄而咎其决，曷可免矣？且夫聖哲權世，明察濟偏，齷齪守故。寸魚之罟，施之鯨鯢，裂綱毁紀，無難焉。轍淪矣，驅車而循，豈御之得不溺？往聽而與更圖，濟之道也。抑聞之：旅在逵而迷，指之其室而令之歸。邑之舊也，子務歸之而已。故崇實抑華，滋其蔭也；修軌辨物，閑其恣也；[1]樹惠伐頑，昭其向也；明德揭典，衛其侵也。然而不復者，否也。且子贍而鮮嗜，通而不歆，峻而寡争，儉而淳，子之有也。布子之有，而舊是復，何憚於遂安？”

仁　理

齊魯之民，冤於理，錢子往焉。

人曰：“錢子諳法而明文，移以其優，蔑弗獲矣。”

予曰：“信然。民且重冤，何能獲焉？雖獲必亂。夫憫冤而使也，亦唯昭其恕思而務求百一之生以畀焉，豈其顛越而因以執之也？不然，授之民命而令嘗其術，譬驅利獸而内之囿，俾搏且噬焉，其無乃非仁人之意也乎！夫矜諳者不度，恃明者不疑，不度不疑，其何以獲？彼耻

① 閑，淮刻本、湖北先正遺書本作“閉”。

不獲，而務逞焉，民且斃矣。無故悦而意舍之，憎而意繫之，上下其真，而文法之務就蠢蠢之民，曷能與知？故慘刻之聲，哲人惡之；鷙悍之吏，聖王必戮；狼戾之長，庶氓慼焉。且夫滯法者情遺；情遺，法亦弊。任文者實病；實病，文爲虚。是我且爲牿，其能臨民？兹役也，實唯憫冤之故，亦曰試之矣。知其仁，仁能度能疑，明斷生焉，庶其有獲。若曰文法一，獄史辦之矣，豈以待錢子？”

因　貧

正齋先生往治山東之賦。

先生曰：“兹土貧而務徵焉，艱哉！”

王子曰：“夫貧，乃無患矣。吾聞之：含玉孕珍，山乃穴；修鱗巨介，[1] 澤以肆；既植也可材，衡虞困焉；羽毛中飾，肉中豆，獵子必求；麗綺緻紈，織人弗食。故沃者速磽，豐者致約，蓄者誨取。區以富聞，民乃禍焉。嗟哉！今之世，不法而誅，四國病矣。兹土後，匪貧曷免？豈天實嗇之，弗以禍也？故鮮利之區，天之宥也。是故兹行也，弗艱者四焉：一曰儉斯淳，淳斯度，度斯理；二曰無慮賄；三曰計之不煩；四曰可訓勤焉。夫貧，首四國而誅後焉。既利矣，先生其毋務腆殖之，俾以富聞。天之所宥，先生其忍禍焉？”

先生曰：“子言激哉！貧而幸之，曷可説矣？”

居　讁

西渠先生讁且行，有問於予者，曰：“先生樂乎？”

曰：“否。”

曰：“戚乎？”

① 修，淮刻本、湖北先正遺書本作“甘”。

曰："然。"

曰："獲戾以貞，犯衆之忌，有是節也，終吾身恃矣。蹶而虞，一厄沮喪，意免而值者則，然先生豈有是焉？"

予曰："否。夫舉國之憲者，期必濟也。而弗濟焉，雖弗懾，抑豈其願？其曰將以獲戾，而成吾恃焉，是利弗濟也。夫憲，天下之紀也。舉之弗濟，憲且墮焉。墮國之憲，而崇吾節，然且利之，其不可矣。且黜身非辱，寵道爲榮。榮辱之端，君子審焉。豈身黜是虞？道用抑焉是戚。夫有敵而伺吾，吾惟弗攻，攻之不克，敵且張矣。故擊惡者必斃，不斃，藉其恣也。吾節務成，而貽惡以藉，憂其在兹。夫虞蹶而戒者，怯也。幸弗濟以昭吾節，視怯均焉。先生其能樂之？"

訓　　立

吴先生名山，宅之陰，有山峙焉，三峰而中峭若立。先生曰："是愜吾衷。"以號焉，曰立齋。

予乃序曰："夫飭躬蹈世者，莫如立矣。夫唯立，是謂道根。道根，是謂物宰。物宰乃克，克乃不拔，不拔之謂能永存，永存者純。是故豐侈情，約悴志，幽惑智，紛亂思，重撼守：夫五者之謂物交。物交者，吾以觀吾立，立乃克，不立乃不克，不克者亡。夫道，或戚或敵，或主或隸，或扃或闢。戚其良，敵弗張，爲群物疆。衆物之疆，備之弗忘，主於一，隸乃役，爲群物辟。群物之辟，乃登無極。扃而持，闢惟時，爲群物機。群物之機，握之不違，夫是之謂能立。能立者豐莫侈，約莫悴，幽莫惑，紛莫亂，重莫撼，夫是謂物莫之克。夫率者不擇，不擇者執妄；弱者不固，不固者渝。昭的曰明，守固曰貞。貞且明，爲立之根。立之根，是謂强之衛，辟之翊，機之門。不然，且愧兹山。"

勖　　審

袁子令郟。

王子曰："郟之治，子必優焉。吾不贊子優，勖子以審。夫車以載，無弗勝也。不脂轄，不行，泥也。利刃日刺，無鋒，竭也。群孺之嬉，屢叱之，弗畏，或以侮，威瀆也。寇入室，燭之，寇匿，用其明也。勇夫不戒，僵於尫，易尫也。故忌通者速滯，亡蓄者取窮，懾衆者啓頑，悉情者誨奸，怙勁者基折。故固户利樞，無弗通矣；堤之始决，無弗濟矣；雷霆卒然，無弗震矣；衆躁静觀，無弗昭矣；强力疾形，無弗仆矣。兹行也，予於子，憂不通，不憂不執；憂不蓄，不憂不敷；憂不輯，不憂不威；憂不晦，不憂不明；憂不襲，不憂不力。"

神　　難

予獄既久，請於神曰："蓋聞之：洞舛者，靈也；贊貞者，天也。故哲領不折，妖體必離，亂魄見褫，欹衷每迷。故刺聖之刃必斷，毒賢之鴆必覆，掩正之綱必裂，墮良之穽必夷：是神職也。予之獄也，奚罪？"待命移時，倦肢憒志，恍兮忽兮，聆神之難。

一難曰："醜士懟妍，修夫短讎。東家之宴，西鄰怨詛。是故握珠懷珍，而贊瓦礫。彼有跛鼈，稱之駃騠。鄰姬之瞽，而曰是則明眸。汝也蒙垢在伊，讓其不滌；彼髮不括，若己蓬首。是瞽鄰姬、明跛鼈而擲瓦礫也。汝奚無罪？"予曰："天之畀予，厥鑑湛湛。乃緇其素，詭中以容，則予豈敢？予不知罪。"

二難曰："據崇者卑附，操首者尾隨，宅腴者瘠依，言勢忌失也。虎豹違山，見威於犬；悍夫不戒，或孺襲焉；鸞折其翼，而鳶啄腹。汝乃捐華背要，而昔心不移。夫捨陵趨壑，誨擠者也；去重即輕，勖擲者也；服冕不則，命裂者也。子失勢矣。固昔憎所乘而往怨所便也。汝奚無罪？"予曰："勢若龍蛇，誰與執之？且棄耻若疾，掩耳冒詈，貪主人之利，而憚進苦劑，予未能也。予不知罪。”

三難曰：“虎搏鄰牛，操弧弗射，非己利也；虞人布羅，獲禽丘若，見者弗禁，有在野也；餓腹可飽，忍割朋肉，痛弗切膚也。故攘鄰之膏，以赴盗火，庇己而已。子則塞勢者之賄，奪肥乎大嚼之口而飼之人，貽國人以富而甘以其身賈戾。夫存鄰牛而射虎，逢虎之怒；惡禽斃而毀虞羅，遭虞之疾。是眩者爲也。汝奚無罪？”予曰：“梟搏鷄雛，其母奮翅，知不能庇，愛弗已也。夫聞啼助戮，良所弗忍。予不知罪。”

四難曰：“衆直頌行，不勝單佞；十堯崇治，一桀潰之；黠夫伸舌，惠口是屈。故堅榦不伐，决張不遏，[1]鑠焰不撲，族骨不解，奔飆不障：虞反傷也。而子務勁者之摧，而孱士之庇，汝奚無罪？”予曰：“吾寧吾步之蹶，誠不能使勁者之肉孱也。且覆惡以求立也，德强以避抑也，曷可説矣？予不知罪。”

五難曰：“不拔之道，存乎托也。衆植其援，以備攻也。王屋之鳥，弋人弗射；皇囿之兔，獵子不逐。集瓚之蠅，忍而弗擲；若木之條，引手莫牽；蓂莢生陛，弗剪弗踐：其附然也。故陽區無凍蟲，仁壤無槁品，[2]潤國無燥類：附之及也。子膚托而孑援矣，[3]汝奚無罪？”予曰：“予聞之：健夫終日立，不倚不僵。衆恃而不怵，非夫也。予不知罪。”

六難曰：“世有尊官，莫知其名，手握雷電，奔轟閃耀。旭昃倏忽，殊態改視。傴僂而趨，償以最考。唯唯將事，是爲豐績。磬折之腰，壽其文組。如醴之輔，頤禄是永。故勁項者辱，剛膝者斥，毅面者黜，符中者完既泄之孔，忤臆者扇不薪之焰：是天下之至威也。汝乃規守矩執，恭不逾憲，不省己倨，咎人之僭，兹構之由也，何謂無罪哉？何謂無罪哉？”

---

① 張，淮刻本、湖北先正遺書本作“漲”。

② 槁，淮刻本、湖北先正遺書本作“稿”。

③ 孑，淮刻本、湖北先正遺書本作“子”。

予乃俯伏嘆息，茫然汗洽，駭然股慄，厥罪自知，無復以對。神不復難。

基　進

石泉閴而邃，宜業；沃也，宜田宜木；坎而澤，宜漁；萃諸麗焉，宜娱以憩。蕭子宫之，以命焉，曰石泉子。

人曰："務趨者不假恬，耽進者不媒退，志舉者不藉伏，致章者不倚冥。故干霄之木，弗綴欹岑；振雲之翼，孑叢靡戢。靈鮪不宅潦，珍綺之鬻也忌貧里。是故以寂求聞，惡弗聞者，道之左也；却步矣，謂弗遐即者，術之乖也；蒙重疾沉者，願之反也。子其試矣，豈其悦試而違念以階？"

蕭子曰："否。夫金革之韻，宅於虚。大輿税轄，脂以俟乘。弧弛也以勁張，利刃必衣。故不退者不進，不恬者不趨，不伏者不舉，不冥者不章。故儉取之庫，每盈不市之珍。族構萬金，美媛不窺户，君子求焉。競首據腴，鮮不逢抑，子疑予乎？[①] 予兹試矣。"

仁　撫

李中丞撫遼東。

王子曰："夫遼，邊障也，[②] 亦以障吾區也。夫惡越者垣焉，求弗能越也。戒越可越，滋越也。求弗伺也，以無隙。揭隙以示伺，是疾焉，爲誨之矣。故自障者，障彼也。[③] 不然，以藉也，其能障？夫障，虞遐昭隱，則知良；摧强襲悍，則勇良；奮將激卒，則信良；奴知隸勇君信，則仁良。故仁，衆之附也，知之府也，勇之地也，信之囿也。夫子

① 予，淮刻本、湖北先正遺書本作"子"。
② 邊，淮刻本、湖北先正遺書本作"夷"。
③ 彼，淮刻本、湖北先正遺書本作"夷"。

之往也，其務仁之乎？仁吾區而已。豈彼是仁，[①] 顧彼其曷可斃盡矣？[②] 無務斃之，務殖之。殖彼利，弗吾斃也。譬虎也，備而已。無或怒，其安噬悍夫焉？格而斃之，或以傷，以傷者下也。格而斃之者，中也。無怒者，上也。豈虎是仁？仁吾軀焉耳矣。是故以戰，戰不若以無戰；戰以勝，勝不若以無勝，勝釁而已之不若無釁。一仆不若衆植。故仁人讎功，無功之功，曷可尚矣？是障之道也。故曰：自障者，障彼也。[③] 夫河洛罔不仁，夫子兹往也，絕域之氓，[④] 其河洛矣。且夫改轍而馳，不易其御，乘之良也。然難矣。難，裕本也。兹役也，其以難夫子而裕之乎？”

①③ 彼，淮刻本、湖北先正遺書本作“夷”。
② 顧彼，淮刻本、湖北先正遺書本作“夷也”。
④ 絕域，淮刻本、湖北先正遺書本作“羌夷”。

卷十四

文

夏令上

中和之區，違邑遠而介於他封。遠，故不度閑焉，而易以亂；介，故他逋者藪焉，而互爲主客。止一二獲，則黨爲賄而免，反捕者坐是，故盗也滋多。夏侯至，自羅，當其劇也，戚焉，曰："弗身衆，弗奮也前！"衆曰："侯也前，其誰敢不奮而從？[①]"執其魁數十人以歸，狀得，以聞中丞。中丞曰："才矣令！"迺行慶，辭。以語王子，曰："吾實父母，是不務與輯，俾以盗獲，吾則用愧。且慶也，其謂非功？吾則治之，使盗焉，因以爲戮，是吾罪也。不譴而慶，行罪以蒙慶，其何以堪？抑是以風后之人，歆賞而趨。唯其執也，不虞其冒，其罪亦惟我。"

王子曰："夫子仁矣。仁之於盗也，豈將縱之仁？抑亦執之仁。夫盗，民之毒也。盗之不執，民用困焉。德盗而讎民，其不然矣。天地之於物也，務生而已。或霜雪焉，鮮不摧折，豈物是讎？所以生之。故良農不愛莠，聖人不假惡。姑息之政，實以階殺。夫假仁之吏，務爲區

① 不，淮刻本、湖北先正遺書本作"有"。

區，小人幸焉。然其竟也，雖唯小人，亦豈終利？覬免而犯，終以不免，是縱之也，爲殺之也不亦多乎？知不獲免，犯之弗輕，是殺之也，爲縱之也不亦多乎？故曰：‘慈母有敗子，而嚴家無格盜。[①]’侯也，其允有功，何賞辭焉？”

夏令下

盜既平，大中丞嘉焉，諸生進而賀。

王子聞之曰：“渺哉，是曷足爲君煩焉！今有大盜五，尚幸君之除也：一曰胥史之盜，二曰鄉曲之盜，三曰邦國之盜，四曰言語之盜，五曰仁義之盜。胥史之盜八，鄉曲之盜十，邦國之盜九，言語之盜四，仁義之盜十有一。左激、詭投、竊發、巧中、傍構、陰庇、舞法、深文八者，胥史之盜也。誇族、怙强、負貲、并弱、閉施、腴責、武斷、力攘、棄典、狎公十者，鄉曲之盜也。陰伺、崛乘、移權、貪要、揚險、黜貞、首災、幸亂、崇怨九者，邦國之盜也。違衷、捐實、遺直、務甘四者，言語之盜也。履僻、蹈凶、匿情、衒世、擬聖、附賢、信蓄詐、怙宅競、[②]讓基取、特扇從、隱乖顯十一者，仁義之盜也。五盜并興，翕翕紛紛。教化不流，綱紀失平，瑕瑜偶貢，獎詆浮真。天下之盜，皆其緒醲而涓出者也。皮之不去，毛奚拔焉？蒂之不刈，條奚剪焉？五盜之不除盡，若類何益矣？是故君子識本執樞，推始稽成，大盜不起，天下皆寧。”

述　　慶

謝母七十之誕，筵既秩，群觴焉，母愉而觴也。母視聽毋愆，[③]話

① 盜，淮刻本、湖北先正遺書本作“虜”。
② 怙，淮刻本、湖北先正遺書本作“恬”。
③ 毋，淮刻本、湖北先正遺書本作“無”。

言弗訛。堂室之級，步弗持也。諸子若諸子姓也，官者既績，居恬以豐。稚業無惰，嬰善孩也。衆侈其成，莫究由臻。

予乃曰："無侈焉，予言其秘。夫祉，天之握也。天也，其祉閉以自封乎，亦將衆之庇焉？其庇也，或吝也，何居？視其致也。弗吝而庇也，卒末之稽，違其始眷，俾受者不錫，是德而懟，弗竟，何居？視其享也。是故淫暇無純，窖履必覆，謙受日益，忲與不終，天之道也。其反之舛也，君子將薄而浮焉。是懼其暇，侈己以懟乎。且夫修不在筭，延非世也，其深矣。君子鑒深而德是務，不惑其舛。故敦己基聞，虞其替也。世贊其淑，史氏紀之，壽之上也。畏戾而飭，思贍其躬，不覬其傳，壽之中也。匪敦匪飭，犯忌而行，宜促而長，奸天之筭，壽之下也。母幼而婉，父母嘉之，里之女則之，是以女壽。歸而順，無制也。舅若姑安之，夫子宜之，里之婦則之，是以婦壽。老而貞，以訓子，若婦若孫率之，里之母則之，是以母壽。謂修不筭，而延非世也，其將在兹。其耄耋而期也，寔其致而享也。匪致無臻，匪享或替，母壽在德，暇侈其他。不然，有非耄耋而期也，其謂非壽乎？母值天之正矣，其將無筭！"

上　池

丁子文啓讀《秦越人傳》，至越人遇長桑君，出其懷中藥，飲越人以上池之水三十日，視見垣一方人，乃嘆曰："神哉！吾恨不能長桑君遇，而懷中藥之飲，奚有於越人？"因自命上池子，曰："尚庶幾哉，其覯見之。"

或嘲之曰："聖人不語神，君子不志異；達士之想弗虛，而真人之求必獲。覬一於萬，丐罕於常，其左矣。"

夢澤子曰："不然。是存乎人。夫尾跡而步，非良武。易轍而馳，武之得也。聞聲而肖，非良和。改律而奏，和之協也。故比鄰寡仁侶，而遐方有德朋；朝夕乖良覿，而間睽有真契。丁子之意，其將在兹。是故水不盡上池也，亦盡上池也；客不盡長桑君也，亦盡長桑君也；我不盡秦越人也，亦盡秦越人也。是存乎我而已矣，是存乎心而已矣。我能越人，即不長桑君覯焉，而上池之水之飲焉，求弗爲越人，弗能也。我弗能越人，即長桑君覯焉，而上池之水之飲焉，求爲越人，弗能也。故我神則神至，我仁則仁歸，我慧則慧附。其思也，天或啓之，亦自啓之。弗自啓，天弗啓也。故師曠雖聰，不能鼓無聲之石；九方皋雖善相馬，不能易駑駘之骨而爲騏驥也。是在我而已，是在心而已。不然，以竹木求上池，不已疏乎？以邂逅求長桑君，不已艱乎？以蹤跡求秦越人，不已泥乎？”

慈　慕

《慕慈》，哀劉母夫人周氏者也。

母，今郡守涵江君其子焉。母之卒也，訃自閩，君仰天泣，幾絶，曰：“嗟嗟傷乎！予之罪也！夫予之罪也夫！乃予何用生爲矣？予之仕也，母留，乏定省者九越歲。[①] 每書致弗欲仕，而願朝夕省，則曰：‘勿歸。我健無恙，無念我。俾我覯汝成。’用兹輟歸圖。而今也有兹，故也是予之罪也夫。嗟嗟傷乎！予何用生爲矣？”國人哀之，乃爲賦《慕慈》。

或曰：“孰則慕焉？”

曰：“言君慕也，乃國人亦慕也。”

或曰：“何也？”

曰：“國人之慕也，以君故。”

《傳》曰：“深山大澤，實生龍蛇。”人之不祥，而以胎禍。故鳳不字梟，蘭不茁蕭。瘠土之植無腴，而甘株之實無苦，其由然也。婦人之行，無閫逾也，其曷能顯於世，用彰厥子？覯厥子，知母已。

① 定，淮刻本、湖北先正遺書本作“焉”。

君之治黄也，不以民封己，不以奉賈秩。覿君儉，已是故母之儉也。己不以撓撼守，不以誘易趨。覿君貞，已是故知母之貞也。己不以賢蓋人，不以疵敗良。覿君弗妒，已是故知母之弗妒也。己不以毛務益其績，不以口惠愚其民。覿君弗煩弗欺，已是故知母之弗煩弗欺也。已數者，君之良也，而母出焉，是母之良也。慕君，斯慕母矣。故國人之言曰：“嗟嗟傷乎！是國人之罪也夫！天乎！其曷不壽母而奪吾君？”是故言善者稽其世，贊德者本諸先。“己之不臧，先世弗揚。”嗟乎！讀此詩，知孝矣。

修　　學[1]

嘉靖乙酉春三月，柱史東萊王公秀巡黄，首廟謁焉。謁既，周而視，鄰之築犨宫之左右限，是故宫之垣却二隅，而隘其前後也，加侈焉。曰：“何有於兹？而夫子之宫之儉，其務廣焉。令後之當也，無乃不可乎？”

或曰：“民居也惡奪。且彼安焉，而病以徙，艱於從，從且心懟。”柱史乃進郡守劉公友仁曰：“聞郡有隙，以易之。夫鄰也，僻；隙也，市。市易僻，且倍焉，其誰弗從？”卒如議。居者謀曰：“棄僻而市之，即是利我，奚徙之難？”柱史復曰：“兹會也，其不可再矣。蓋聞之君子：徂議而貽衆以議者，非悉也；畏議而輟務以不集者，非勇也。且夫忌動者無佚，愛費者無輯。後兹會也而以圖，其晚矣。砌也敗，以滋蔓，宜除。垣也及肩，俯可窺，宜益。廡之覆也疏而滲雨，則潦徑之，宜茨。欞星之門，邇闤闠，宜却。狹者宜擴，[2]迂者宜遂，亢者宜虧，坎者宜培。會也弗可再矣，然費也侈，奚辦哉？將官乎？而儲無贏矣。將氓乎？而誅無則矣。”守曰：“請融之。官無出，氓弛供。郡有盜艘

① 《湖廣通志》卷一百八題作“重修黄州府學記”。
② 擴，淮刻本、湖北先正遺書本作“拓”。

可公沽，敢沽以充。”柱史曰：“善。”乃登。

期日，飭有司，具徒卒，度可不，巡丈計，陳畚挶，堅綆縋，蘊沙礫，隆瓦石，棄穢積，夷亢祟，繕庛葺，撤礙滯，遂屈曲，溝淖溢，邃池儲，拓鋭側，表衢路。時餼給，數視責，董者不威，役夫謂平。於是乎砌無敗，於是乎垣無卑，於是乎覆無滲，於是乎却其門而喧囂遠，於是乎除其鄰而左右恢，於是乎直其隅而前後當，於是乎道其湫而爽塏增，悉柱史畫授而守也承焉。

工既，歲值大比，學之士當選者四，而魁一。柱史乃喜，進諸生而言曰：“子知之乎？風之壞也，非以競故。夫競也，豈惟仕，士亦有之！夫群而習也，劣者妒賢；隊而選也，失者讎獲。不修之務，而妒以讎，趨乃壞，君子恥之。故敦本刊華，厚其儲也；去佻祟貞，慎其發也。觀善則摩，逢抑則奮，務修而已。忌不衷留，士之良也。士，處子也，不女於閨而婦於室者，鮮矣。且夫治之無良也，是無良吏故。吏之無良也，是無良士故。士之無良也，是無良師故。故師，天下之本也，不可不慎也。”於是諸生唯唯，再拜謝而退。

茲役也，以六月己亥始事，九月甲子落成云。

節　録

母談氏，陳君禮之妻也。其母方娠，[1]父謂其母曰：“若女，必勿舉。”俄夢德媛庭降已。稍長，負異慧。女事無訓，飾憎冶，步弗裾，駭也。禮父異禮，而儷之難。聞母之賢，請焉。占之曰吉。是謂玉英綺藉，健篁倚柏，摧引無折，馨流芳接。

將歸，或曰：“何不裝務？”母曰：“吾聞之，前者或却，約焉基豐，惟其立也。不立之務而侈以歸，恃侈而怠，寔墜之速，其何能競？”

① 娠，淮刻本、湖北先正遺書本作“振”。

歸矣，舅姑而下皆宜之。逾年，生子武。

五年，禮卒。母仰天而泣曰："舅若姑老矣，武少祚微，天其不振陳。天也振陳，武無恙。"札母之母，憐母幼而寡，諷之曰："雙鳥于洲，或射其雄。孤雌哀鳴，孰我更同？"母曰："雁無再隊，君子攸取。人不鳥如，胡不遄死？"竟不奪。事舅姑倍禮。武日立，舅姑喜，曰："嫠也善事我。我是以無禮憂而有婦孤之娛。"以宴會請，輒謝曰："未亡人悲衆之樂耳，幸勿以樂悲我。"每忌，哭之痛，謂終身之喪也。

訓武複述往狀，武哀母少歷而務寬其晚，母老以愉。

正德改元，會寬典，求天下婦之節者而表之。里之人謀聞母，母泣曰："吾分也。不偕以死之，愧而忍以活，復聞之，是以愧聞也。且吾求吾分，而聞以愧我，其非我心。抑世之婦或乏純節，子若孫誣稱焉以爲仁，吏議不核而賄之圖，惟其誣之遂。吾懼世之人將附吾於無核而賄爲之爲公典羞者。"乃寢。卒之先一日，謂武曰："明旦吉乎？"曰："吉。"曰："吾行矣。"曰："母行何之？"曰："省汝父於九京。"目遂瞑。

論曰：非節之難，節而不欲以聞者之難。夫淺夫朝飾行而夕惡聲之弗彰也。彰弗逮行，厥修以弛，寔君子難之，况於婦乎？旌淑之典，世不恒舉。幸一舉焉，奉者無良，假以稱欲，爲婦所不屑。噫！其不屑也，可以愧世之急聞而私以乘上之典者矣。

月　　槎

客曰："月槎，仙事也。吴子擬之，其不比矣。"

夢澤子曰："不然。龍蛇之蟄，不擇泥淖，貴在莫測也。故古今豪傑非常之士，或起於屠釣，或隱於商販。何則？物色不足以盡神，局促不足以語變。故蓄玄之士不厭乎喧囂，盗似之徒或耽乎闃寂。蓋内輕者必假乎外，抱真者無藉乎跡也。東方朔謂金馬門可以避世，又有謂終南山爲士夫捷徑者。夫然，庸知仙者之非尋常耶！尋常者之非仙耶！吴子，吴越人也，慷慨倜儻，若燕趙士，是風土不足盡也。性氣自負，然耻任俠，曠達而弗爲惡，邇利而弗貪，是蹤跡弗足盡也，蓋龍蛇而變化者，殆仙者流歟？方將揚帆鼓枻，窮深極遠，日出入乎江湖浩蕩之中、烟霧窈窕之際，則尋源訪石，恍惚遭值，安知其不繼騫而遊耶！子謂弗比，過矣。”

贊　恒

吴母七十之辰，子姓謀觴焉。母戚，子應進曰：“父弗庇，早而應棄，母恃以立。往應小裕，將逞焉，見母紡，曰：‘奚賴兹而以勤乎？’母曰：‘非汝知也。夫豐大之積，其由也細。吾匪衣憂而勤，惟墮業是懼。業而墮焉，憂其將及。’應退，而惟戒弗侈紡，心以賈裕實。母致兹誕也，謀以娱母，母之戚也，應懼，弗順而納於戾。”

母曰：“否。汝父之捐也，惡弗從？忍焉而存，汝之故。以汝立，惟汝父貽。其敢貪夫之德而己務侈！且汝兹而觴也，何以壽？謂裕乎？而父弗覿也，惟我戚。謂筭乎？而父弗偕也，亦我惟戚。戚以娱我，其惟汝亦弗欲。”族黨之人咸勉焉，强而觴，觴弗屢。

君子曰：“恒哉，母也，壽其在兹。吾聞之：婦也者，慧而不順，慧則不比；順而弗貞，比則不正；貞而弗恪，正則不共；恪而弗恒，共則不永。故恒者，善之歸也。善而無恒，不可有也。故天失恒，俄而傾；地失恒，頃而陷；人失恒，忽而殞。暴國無脩紀，仁裔無促運，磽區無腴植，豐林無纖株，其致殊也。致之不一，恒弗恒也。母慧而順，貞而恪，誕而夫、子之戚，是謂歸之以恒。夫能永其善者，壽之地也，是足壽矣。《詩》曰：‘俾爾戬穀。’言善也。又曰：‘無不爾，或承。’言恒也。”

揚　　義

予於楊翁見六義焉：館一焉，井一焉，橋一焉，倉一焉，冢一焉，學一焉。

築宫邇逵，舍人執供，賓至如歸，征無旅困，於是乎見館義焉。度泉而鑿，族汲無竭，惠渴之澤，淵如醴如，於是乎見井義焉。矚彼溪梁，先構積頹，旅病寒涉，力而新之，旅裳無褰，於是乎見橋義焉。無年艱食，出貸棄責，豐儲待需，貧族是賴，於是乎見倉義焉。大疫布虐，委骸斥原，置山以歸，貧骨不暴，於是乎見冢義焉。里俗顓蒙，窶子無訓，憫愚分淑，禮傅收誨，於是乎見學義焉。

嗟乎，仁哉翁！是何可弗述矣？夫君仁謀世，吏仁謀國，民仁謀里。故觀世以國，觀國以里，觀君以吏，觀吏以民。故好刑之國，民多暴；好利之國，民多貪；好佞之國，民多諛；好名之國，民多僞。故里有仁民，明君之所寵，而良吏之所禮也。翁所行事，豈不篤行仁義於其里者哉！是曷可弗述也已？予見近世佻夫薄子，往往毀仁詆義，指善人之瑕疵，忌言其美。嗟夫，若翁者，豈可指詆弗論述哉！

知　　備

方母吴登六十，其從子之子濂因吴子以告曰："濂幼，而母棄濂。大母賢吴，而濂托吴撫。濂齊己出，是故濂恃焉而若弗母失。稍長，則曰：'吾，婦也，不有婦仁。兹子也，吾以其幼也，且其母棄也，且其大母之托也，而恩之惟不竭。是虞夫慈母有敗子，而豢廝寡攸成。嘻嘻之家，不免於吝。過慈之人，重以勿訓。蒙乘其驕，基敗寔侈。且其大母謂吾庶幾乎其免於不德者，是用托焉，而以病，其惟方氏之先亦弗悦，督就傅。'濂亦懼吴負，而勉以立。他善夥，更仆莫悉也。"

王子曰："止。知母備矣。"吴子曰："語節焉，知何備也？"王子曰："仁無異施，德無殊致，故悖公之臣必忍於室，篤親之人不佻於里：

言仁一而德同也。能閨斯能室矣，能室斯能族矣；能女斯能婦矣，能婦斯能母矣。是故母知備也。”

吴子曰：“德備者，福備乎？”

王子曰：“然。福莫備於德矣。履兇蹈逆，宜促而延，即壽焉，君子弗壽也。人壽有既，善壽無既，至德不忘，令聞無窮，壽之至也。”

吴子曰：“善。”歸而語濂，俾以壽。

述　政

趙君自黄之貳移尚書郎，黄人愛，莫借焉。

夢澤子乃爲之言曰：“嗟乎，今之弊，吏二而俗謂良也：一曰畏吏，二曰怒吏。何謂畏吏？舉虞其咎，執辟其怨，遭事首鼠，苟而日月，而傳視官，惟其私之善而已：斯之謂畏吏。何謂怒吏？不能其上，奴遇其屬，怙愎以逞，而人莫之堪，微沮焉，拂衣起矣：斯之謂怒吏。其畏也，是惟救過不暇，而何理之能？其怒也，擇而官之，冀其圖也，而以憤，誰則懟焉？兹二者，俗謂良焉，而予弊也。布君之履而袪之，可乎？君之莅黄也，守乏而攝焉者過半。是故國人忘其貳也，君忘其攝也。長吏之臨也，弗毁閑以務悦焉，上不諝簡，禮而褒之，弗恃而倨，殷務荐至。是惟他有司宵續不給，徐而措之，不疲而輯，更而爲衆虞，後至則曰：‘咎惟身焉。’其利也，引寮以分推而不有。於胥，無愛以小賄，覺曰：‘胥也，而士責之過矣。’杖而釋之。胥憚，莫繼犯。故郡之門無書扃，入者不何，而胥貧，亦無賄敗。胥德焉，曰：‘賴以免戾，君實庇之，其敢懟？’於里之俠不假也，侈而逾，修軌以幅之。里之悍少誣右之良。或曰：‘必窘右君。’曰：‘右，民之望也，矧其良？’一而裁之，其何能平直右而罪誣者！夫其不毁度而諛也，其不辟咎也，其不暱胥也，其不俠之假也：是非僻而畏者也。夫其不恃以倨也，其不有譽也，其不微疵之指也，其不執而窘右也：是非僻而怒者也。是故君之治屬安焉，而長吏宜民德焉，而群胥不怨，孱者藉焉，而右不病也。是而進之，其天下將裕，黄何得專君焉？”

達　生

常春子往見夢澤子，問生之道。

夢澤子曰：“子聞之乎？務生者，乃無生。無生者，生知無生之所以生，乃無無生矣。是故或翕之，或張之，或藏之，或亡之，或執之，或失之，或閉之，或取之，意而已矣。無或翕之，無或張之，無或藏之，無或亡之，無或執之，無或失之，無或閉之，無或取之，適而已矣。故天運有恒，神祐有常。天不可奸，奸之者怒；神不可竊，竊之者殃。罪莫大於奸天而竊神；欲莫重焉者，其長存而務久其視也。故重欲者速罪之本也，能以生乎？且夫不祈而培，祈之弗隨。違意而施，孰執其機？惟有至人，棄膚引深，不以紀延，不以軀存。是故或生或死，或壽或夭。或生，或生而死；或死，或死而生；或壽，或壽而夭；或夭，或夭而壽。不慼其失，不貪其存，是謂識天神之根。識天神之根，謂之達生。”

請　年

夢澤子見丹崖子，請年焉。曰：“七十矣。”

曰：“夫子之獲兹也何以？”

曰：“下士聞道，鮮不大笑。子能無笑，予將子告。予聞之：德我者仇我，仇我者亦德我。恩我者害我，害我者亦恩我。生我者賊我，賊我者亦生我。百樂我德，亦我仇焉；百憂我仇，亦我德焉；百欲我恩，亦我害焉；百惡我害，亦我恩焉；百骸我生，亦我賊焉；百毒我賊，亦我生焉。故羨生於乏，乏生於羨；輕生於重，重生於輕；暗生於明，明生於暗；槳生於槁，[1] 槁生於槳。務執者或失，無執者無或失；務取者或奪，無取者無或奪。故知其無者有有之用矣，知其虚者有實之用矣，知其退者有進之用矣，知其弱者有强之用矣。故目視强則盲，耳聽甚則聾，心思過則亂。是故事天者務嗇，修命者務閉。嗇云者非徒嗇其欲而已也，亦將嗇其智焉耳。閉云者非徒閉其欲而已也，亦將閉其智焉耳。嗇之又嗇，亦無嗇嗇；閉之又閉，亦無閉閉。嗇嗇既無，乃登無嗇；閉閉既無，乃登無閉。無嗇無閉，天地不違。日月爲衛，萬物皆隨。亦既無始，亦既無終。”

夢澤子曰：“夫子之言至矣。吾聞之：疾者，促之本也；遲者，延之基也。夫子晚而薦焉，復晚而官焉。富不棄儉，老不倦理，仁者之心也。復從事乎至人之術，長生久視，其在兹乎。”再拜，爲壽而去。

紀　賀

周君樓於第之内，樓即崇據勝，登吉萃良，延爽棄湫，納麗祛閴，敞而爲堂，沉而爲室，折而爲隅，委而爲傍軒，軒爾逌，逌爾衙，衙爾宜陟、宜眺、宜祀、宜宴。其落也，客往觀焉而賀。

孟子曰：“振矣，周氏！君大父官柱下史，聞直焉。百粤是藩，仁不令斬，父宦弗逮於兹，實培夫直世之榦也，仁澤之基也，以是貽，其曷弗享？且夫不植，胡穫？君之穫也，其惟先植。”

胡子曰：“豈專其先之貽？亦其良也，而克享焉。夫并蒂異榮，均土殊茁，氣豈擇施，材也罔類？抑樹者，期蔭也，而或剪焉。蔭其可得，君弗剪矣。”

劉子曰：“惟君之二三昆季，或令或推，爲時顯庸。君也弗庸，不怨其劣，居之愈恬，是之謂能恒。恒以業者，其何弗成？”

方子曰：“吾聞之：基廣者不圮，棟厚者無折。君其免矣。”

---

① 槁，淮刻本、湖北先正遺書本作“稿”。本篇下同。

陳子曰："君世基德而棟善，君實昌之，樓也象之。"

賀子曰："君無汰志，[1] 無侈容，無張辭，羨於積而儉於欲。"

嚴子曰："欲之弗既，祉之不窮。當其享也，猶在君之裔乎。"

言畢，周君再拜，謝曰："孟子述先以啓我，胡子贊今以勖我，劉子昆季以進我：皆數世之仁也。方子知吾免，陳子冀吾昌，賀子成吾約，嚴子祝吾延。予也匪材，敢不夙夜竭力，以無墜先世之令德，以無忝諸君之訓辭！"

① 汰，淮刻本、湖北先正遺書本作"忲"。

卷十五

文

來　雨[1]

謝君令蘄水，壬午春，三月不雨，民戚，曰："何以播？"君步自邑壇，禱焉，雨。

越四月，不雨，民戚，曰："何以植？"君步自邑壇，禱焉，雨。

越五月，不雨，民戚，曰："何以穫？"君步自邑壇，禱焉，雨。

邑人歌之，是爲《來雨》之章。

王子聞之，曰："歌也，足爲長民者風矣。帝也，豈民棄？夫錫蕃育庶，靡不民焉。供是務殖也，或雨靳焉。食且不粒以斃，務殖之，而復以棄也，其否也矣。是孰用棄？棄吏也。吏也者，族氓而臨之，殆爲帝殖者乎！不德而賄，帝其曰：'吾且氓殖，不有於氓之室，而吏橐用盈，是以吾殖賄也，故靳焉。不愛棄民，昭吏棄也。君之政也，聞之矣。'敏而思，達而執，肅肅而惠，法不右貸。其仆也，勁者先，苟民庇焉，不惜冒罰。邑人宜之，乃大吏亦靡不禮。帝其曰：'令良，吾氓殖焉，令不有也。禱輒雨，豈惟殖民？不吏棄焉，昭其良也。'《傳》

---

① 乾隆十四年、光緒十年《黃州府志》題作"贈謝爵來雨序"，光緒十年《黃州府志》"序"下有小字注："爵，甯州舉人，嘉靖元年知蘄水。"

曰：‘禮有祈焉，有報焉。’夫傴僂而趨，匪其衷也。即湯焉，以其軀犧巫也，感而酬，豐品是事，而幸帝之私也，謂帝需乎。君也不然，乃不雨，曰：‘予也。帝何意焉？’其雨矣，曰：‘帝也。予何力焉？’夫始，不奸帝之命；既也，不有帝之功也。是謂對帝之休，帝其永庇之矣。”

鄉　選

張子汝厚選於鄉，過王子，謂王子曰：“吾聞君子之於國也，忠不必已。夫獲而行，協焉而以布，俾上下之人咸享焉，豈曰匪欲？其或不然，惡詭以容負，而終則耻弗表，於是乎附之可者而迂致之，已實用藉。是故惟上下之獲享也。利猶已出，忠之爲也，公以行之。子甫而試，頃而斥，吾虞子之衷之抑也，且子不欲。夫詭而復，惡夫負者，吾非可者。然舊於子，盍吾附焉？吾以其子藉乎。”

王子曰：“然。計之矣。落不諭升，北不謀取，逐不議復，擲不談舉。予也一出而坎纆，吾武不驟而蹶，自信而衆莫之假焉。一言觸長吏，細人乘之，吏議不核，而當吾於免親與不暱，國人謂狂，兹棄之道也。且拾瀋以滌，索亡羽而登之翮焉，欲其軒舉也，否已。子，務進者也，而不醜予棄，是拾瀋之類乎。雖然，思而淵者，非造次之啓也；決而灌者，非崇朝之蓄也。屢趨無蹶，步終無良，棄而反之，取之道也。子也其務弗吾類，無弗利矣。”

張子曰：“何有於兹！君子務忠而已，無忌無慕。子，吾藉也，其忍負子！”

江　孺

江孺之亡也，父哭之哀。黄人傷之，曰：“嗟嗟，天乎！其足以惑矣。夫侈慧者靳祉，予知者褫筭。夫侈也，何靳也？夫靳也，何侈也？

夫予也，何褫也？夫褫也，何予也？不然，俱天之良也。愛也，胡弗愛也？弗愛也，胡愛也？是故衆莫解也，智者莫以諭也。”

王子聞而膚説之，曰：“不偶者數，弗齊者神。故寸或逾尺，末戾其顛，旦料昏違，倏否俄然。是故重壤襲玉，而沙礫售；毒卉不殺，蘭乃霜悴；鸞翼則折，鴟鳶霄翔；時颸霽曦，或不終旦。是弗偶者，數也矣；弗齊者，神也矣。故謂殤莫壽焉，誕也；彼明喪焉，過也；哀而節焉，韙也。觀於此者，其以感也夫，其以慰也夫。”

成　梁

南湖廣而下，流必歸焉，漲則澤也，落復淖，無春冬。且要也，旅衆舟弗給；其甚也，輿輟載徒。弛負盈途，懟征邇望而遐即也。

尹侯覺按武昌，過焉，曰：“兹病也，將莅者無良而以貽乎？無良者之莅也，唯已是封而暇旅恤。否者，藉以益，或核焉，因以譴，於是乎有舉焉。而長吏疑將有良焉，虞核者之已疑也，避弗集。且夫舉大謀廣，不畏單議，惟無己以從事。其諒也，且績，我何罪？不諒蒙焉，弗績而罪，旅之利也，我獲實多。是故懼弗集也，遑恤其他。”

武昌令陳君章聞之，曰：“邑，吾莅也，以病旅，弗與祛也，際舉而弗贊也，余實耻。”進而亟稱韙。尹侯曰：“協矣。”遂事。事材匠，輪良轃，作計永，官弗費也，民弗輸也。逾月，事既，民弗知也。核者弗罪而謂績也，旅也稱仁。

王子曰：“善哉，尹侯之舉！夫視涉猶己，發乎其衷，仁也。謀而務集，議不憚浮，勇也。抑令事也，侯舉焉，不推。令視侯之舉，韙而不忌，公也。三者，吏之良也。并以莅，旅其歸乎。”

善　居

吾聞宋君之居，勝可述已。

誅蒙荒庸基焉，拓窘僅庸充焉，相宜不庸奠焉，薦爽塏庸布焉，鳩材美庸族焉。以户、以堂、以樓、以室、以覆、以塗、以墉。户也，丕丕然崇乎爾；堂也，增增然廣乎爾；樓也，級級然拔乎爾；室也，沉沉然邃乎爾；覆也，整整然次乎爾；塗也，委委然錯乎爾；墉也，登登然掔乎爾。亟而事焉，遄而既焉。於是川不愛蓄，山不有儲。紓靈貢麗，匝乎其居。侈哉，居乎！抑君子有大居焉，而宫不與焉。爲君言之：

"夫君子之道，居心爲上，居身次之。居心之道，亦或基焉，亦或充焉，亦或奠焉，亦或布焉，亦或族焉，亦或覆焉，亦或塗焉。敦仁累厚，毋邇於佻，保而不弛，虞逾其作，所以基也。多聞善敗，畢載靡覭，捐隘騖宏，無或纖棄，所以充也。履坦以征，弗比於淫，末便弗遷，計惟其永，所以奠也。是以周旋，措不違矩，擇義稱事，非韙不留，所以布也。遐括近舍，遜中以出，抱而不有，比善媢賢，所以族也。進則却視，動與省俱，思贍其躬，庇不厭複，所以覆也。錯而展之，弗愆儀則，表達其有，覿者謂文，所以塗也。得其基，斯無圮矣。得其充，斯無匱矣。得其奠，斯無側矣。得其布，斯無悖矣。得其族，斯無賊矣。得其覆，斯無滲矣。得其塗，斯無鄙矣。夫如是，不户而崇，不堂而廣，不樓而拔，不室而邃，不墉而掔，居之大者也。是而悖之，[①] 弗替弗輟，世世之居也。宋君有焉，是故勝可述已。"

六　善

吾讀秦公《安楚録》，見善者六焉：一曰仁，二曰省，三曰任，四曰和衷，五曰知，六曰遜成。

夫苗患自昔，恃而悍，逞無期。夫悍且恃，弗易攻也；弗期而逞，弗易備也。不攻而備，民之病也。弛而病民，國何賴焉？於是乎見仁矣。

① 悖，淮刻本、湖北先正遺書本作"惇"。

無之歲殺，[1]舉慮匱，矧戎是侈，虞侈而輟，寇之利也。無以充侈，將自屈也，於是乎見省矣。

聽而無擅，臣職則然，及而將乏，戎之變也，請則逾期，已則乘會，是而避擅，害不滋多。權而遣之，衆皆厭焉，上莫疵也，於是乎見任矣。

害一而三儆蒙，一舉而衆攝焉。均而議之，莫或主也；違而自庸，疑之本也。疑而不協，亂且中生，何能輯戎？協以袪疑，其何不集？於是乎見和衷矣。

未試而授，授當其才；未履而虞，虞當其勢。婉出則曲比，直發而徑中，於是乎見知矣。

績成不據，拜錫若畏，引儕分譽，於是乎見遜成矣。

抑兹淺之言公者也。恤殺釀厲，仁人不有；重費墮圖，儉者不爲；忌專失會，恭臣不事；雷同而僨，貞夫不隨；計務己出，大智所黜；退以居功，老臣艱焉。故殺以已殺之謂仁；費以止費之謂省；專而不害，莫指其專之謂任；不一而圖，卒趨於一之謂和；用己亦用人之謂知；惟以益國力而無己之謂遜成。於斯有覿焉，斯爲見公者深矣。

報　政

劉子治黄，甫三年而政成，朝以報焉。

或曰："政成何速也？"

夢澤子曰："不急聞。"

或曰："聞之不急，政何以成？"

夢澤子曰："聞之急也，害政滋多，今之仕者曷能免矣！夫急聞之吏，匪國家之計而速化是圖，是故務愚其民而上用誣，故作不謀便，而惟往莅者之賢，取其舊而更之，不虞其習也；出言如醴，複複婦仁，聞

① 無，淮刻本、湖北先正遺書本作"嘸"。

者甘焉，惟口而已，不虞其衷也；蓄疑過深，幸於輒中，似而執之，不虞其失也；匪梗務夷，而惟右抑，其或乘之，衹以窘良，割之不愛，不虞其愎也：兹急聞之道也。是而布之民曰愛我，而復以薦大吏曰良，是不亦愚而誣乎？是故劉子弗忍爲也。劉子嘗語我曰：‘王不蓄伯，德不假權，僞不可久，譽不虛傳。’利不倍不換往，益不備不革宜。作而不集，寧息；創而不比，寧循；入而不獲，寧失。故好更者，亂之本也；賈惠者，怨之機也；矜明者，蔽之地也；怙强者，濫之所也。治絲者不理而紛之，鮮弗亂矣；或乞焉，口惠而實不繼，鮮弗怨矣；寇入室而燭之，藉之明而誨之匿，鮮弗蔽矣；惡蕭艾而令除焉，弗絕，[1] 且蘭及，鮮弗濫矣。是故君子作而思便，有弗便，弗作也；惠而思實，有弗實，弗惠也；執而思得，有弗得，弗執也。天地之道，存乎易簡。君子則之，動罔不慎。兹公之心也，政之由成也。公雖弗聞，急聞其可辭矣。”

篤　本

賈子，黄人也，而家於燕。其先世皆葬黄焉。始祖勝葬賈坳，六世祖興甫仕元，葬泉嶺。明之初造，五世祖忠往歸焉，累官指揮，則自雲中反葬楊泛。忠子恒，恒也死事，後是無復反葬也。而守者浸弱，業也他有。有者不仁，暴而據之，於其巔也屋焉，於其側也竊而葬焉。枌檟見誅，山麓不完，守者莫何，靈也用悸。

賈子適滇，道黄，拜墓下，愴然悲焉，曰：“嗟乎！狐死首丘，代馬悲風，羈鳥商號，故栖是眷。操而南音，土風之係也；病而越吟，悰寄之由也。是故太公封於營丘，比及五世，皆反葬於周：聖之準也，仁之則也。恒之後無黄葬者，力也，乃心未一日去黄也。鄉人不仁，而暴吾祖，吾敢不讎？暴而不讎，罪浮於暴。”聞於官，官曰：“有弗讎者，

① 絕，淮刻本、湖北先正遺書本作“色”。

無祖也。”直之。於是乎鬻之田也歸，於是乎竊之藏也徙，於是乎童之山也植，於是乎裂之陵也完，於是乎涣之族也收，於是乎怖之靈也妥。

君子曰：“仁哉！賈子！禮樂在兹，樂樂其所自生，禮不忘其本。”

重　棄

南冥子視學於蜀，謂夢澤子曰：“吾將旌才而斥否，無假焉。以爲之何如？”

夢澤子曰：“否。夫遺礫委灰，金夫是括，蓄之廣也；弱荄纖株，雨不擇潤，惠之普也；美女乏飾，鑒弗革妍，照之良也。何則？棄灰無熾，斷株不屬，去婦無還，古之憒也。是故聖人責功於過，君子修吉於悔。終履之祥，初凶畢贖，末路弗傾，往趨悉庇。是故有過舉，無過擲；有過取，無過遺。夫是之能使才者録而登，不才者於才也，士之賴也，仁人之慮也。”

能　壽

歲庚寅，吴侯來守黄，拙逸翁偕。季夏二之日，爲翁七十誕。侯謀壽翁，言於夢澤子。

夢澤子曰：“吾聞壽有三：一曰壽親，二曰壽國，三曰壽民。壽民有七腴，壽國有六永，壽親有三雋。七腴：一曰衛良：遵軌而孱，佻夫見藉，是翼而屏，俾公之恃。[①] 二曰病暴：裂約毁閑，武臨於里，是疵而誅，弗達其逞。三曰長厚：宿舊守實，餘聲愧偷，是禮而比，覬爲俗先。四曰窒賄：狡胥善窺，舞公以市，是隄而遏，貪源畢塞。五曰澡枉：往吏愎斷，翳情伏誣，是任而伸，勿泥其積。六曰敦本：上蒙下

① 恃，淮刻本、湖北先正遺書本作“特”。

罔，取具於文，是省而刊，惟實之力。七曰慴微：奸人釀釁，伺而崛乘，是剪而夷，圖之於易。六永：一曰重更：新鋭喜事，朝弛夕張，是静而持，時趣弗逐。二曰平怨：秉議失協，駢懟互擠，是和而釋，無深其敵。三曰耻訐：媒短發私，朝堂日訟，是擊而息，大體務存。四曰振遺：微疵遐擲，指論在疑，是酌而舉，匿瑕彰瑜。五曰虞隱：或所忌言，人襲不備，是度而防，變無逾料。六曰全渾：核責作新，象促而隘，是濟而舒，以累長祚。三雋：一曰娱志：隱尚不宣，弗得弗懌，是意而求，頁當其微。二曰贊德：棄仁墮義，修箅爲奸，是諭而承，引之攸好。三曰貽譽：已修不表，孰揚厥先，是保而傳，往聲滋著。七腴曰仁，六永曰忠，三雋曰孝。予於侯，於柱下史見六永焉，見忠焉；於守見七腴焉，見仁焉。夫忠與仁，所以爲孝；壽國與民，所以壽親。”

嘉　　政

觀風者嘉嚴君之政而禮焉。國人以聞諸夢澤子。夢澤子曰：“政可聞歟？”

曰：“可。夫黄，繁獄之域也，夫子聽焉而優。且多習訟者也，情跡乏核，則躐而愬以下覬，聽者以其自也而曲庇焉。聽者匪人，忌忤而務媚，得而不執。夫子不然，惟得而已，不虞其忤。上亦遂之。國也蝗，委捕焉，曰蝗異也。異由政，政之不求而捕是務，捕以已異，爲劇之矣。乃省咎去敝，精禱迹阡，量獲差賞，有轍之原，蝗無留也。麻之學宫邇河，漲而衝圮新宫。[①]學士謀徙，長老曰：‘地則靈而徙焉，不可。且不防而徙，衝復及，其能亟徙？亟徙，將棄。’邑則曰：‘誰能河，夫子乎？’大吏聞之，因以命夫子曰：‘弗費，莫輯矣。’乃命虞誅材之能久者，遵岸之足，布而入之，出其顛腹實礫焉。巨石藉而疊，岸立若磐。鑿支河二，其傍分其衝而殺之，水至三注。邑之人幸焉，

① 新，淮刻本、湖北先正遺書本作“親”。

曰：‘微君，學宫魚人矣，[1]室廬其濺沫矣。’玆而後，其名嚴河。三者，政之大者也。”

夢澤子曰：“政止是歟？”

曰：“何爲其然也？讒口亂聽，枝論奪本，斯其爲訟也大矣。饕餮是肆，魚肉我良，斯其爲蝗也大矣。暴客伏姦，伺焉而決，斯其爲河之患也大矣。夫子惟是之務息也訟如，是之務捕也蝗如，是之務防也河如。”[2]

夢澤子曰：“政止是歟？”

曰：“何爲其然也？利義戰心，互勝不下，斯其爲訟也益大矣；私妄族據，蝕我善萌，斯其爲蝗也益大矣；奔欲潰理，隄之莫遏，斯其爲河之患也益大矣。夫子惟是之務息也，奚啻訟如？是之務捕也，奚啻蝗如？是之務防也，奚啻河如？”

夢澤子曰：“韙哉，國人之言！玆政所由來矣。其見禮也，惟以是歟！”

問　俗

微山子之監於楚也，訪夢澤子乎江之濱，問楚之俗。

夢澤子曰：“古也怨，今也豫。吾欲子之祛其豫焉而怨之復也。”

微山子曰：“何也？夫拂焉則怨矣，暢焉則豫矣。豫之實難，其有不獲怨乎？”

夢澤子曰：“古之怨也厚，今之豫也佻。吾非進怨而疾豫也，進厚而疾佻也。夫帝妃之求，怨矣；冀夫之覿焉，所以爲貞也。屈子之騷，怨矣；冀君之諒焉，所以爲忠也。宋玉之辯，怨矣；冀師之明焉，所以爲義也。申胥之哭，怨矣；冀國之復焉，所以爲仁也。貞、忠、義、

① 人，淮刻本、湖北先正遺書本作“入”。
② 河，淮刻本、湖北先正遺書本作“何”。

仁，所以爲厚也，今也豫而已。言訟則豫焉：腆致厥誣，伏詭淵如，公禁之施，因以爲利。言胥則豫焉：惰農棄耒，困士讎誦，隊丐奴希，狡子盈籍。言鬥則豫焉：遠徼之俠，介乎他境，纖釁稱兵，司敗莫問。言攘則豫焉：江湖盜實，魚鳥其居，舟子威之，旅寢無寐。豫於訟，斯嚚矣；豫於胥，斯污矣；豫於鬥，斯梗矣；豫於攘，斯亂矣。嚚污梗亂，所以爲佻也。豈惟是哉？怨者其思深，豫者其思淺；怨者其欲儉，豫者其欲侈；怨者其守固，豫者其守渝；怨者其辭信，豫者其辭游。是故帝妃之怨亡，或豫以棄貞矣；屈子之怨亡，或豫以棄忠矣；宋玉之怨亡，或豫以棄義矣；包胥之怨亡，或豫以棄仁矣。是故吾欲子之祛其豫焉而怨之復也。”

微山子曰：“子誠楚人也，其言也楚。吾則爲皇錫極，俾民無或作怨，無或作豫，咸歸於極。”

衍　　畜

予既覯微山子，因得其父野塘翁之爲人焉。

翁嘗爲沁水令，寇至莫支，免。免矣！或曰：“垢也，其滌諸！且見滌者矣，藉之可白也。”不應。

夫豈不能於寇者而坐不支以免也，將求爲自廢者歟？夫以其力也，而垢務滌無難焉。矧垢同而滌者可藉也！顧弗之白也，將求爲自污者歟？夫其不支以自廢也，將雄而雌守者歟？夫其不滌以自污也，將白而黑守者歟？翁其知畜者乎！而謂壽不在兹乎！吾聞天長地久，天地所以能長久者，其以能畜。日月不畜不明，雷霆不畜不震，川瀆不畜不流，玉不畜不輝，蛟龍不畜不神，鷹隼不畜不搏，虎豹不畜不變。故日月必代其變也，或食或晦或虧；雷伏於澤；川納不棄潦，玉璞藴焉；蛟龍必蟄，其蟄也，或於泥淖；鷙鳥將擊而戢其翼；豹霧而隱：凡以畜也。故不抑不揚，不冥不章。才不畜必匱，力不畜必屈，智不畜必窮，業不畜必隳：四者不畜，必無以迓休而延祐。是故達人知之：不盡其才，爲弗匱也；不盡其力，爲弗屈也；不盡其智，爲弗窮也；不盡其業，爲弗隳也。能盡不盡，凡以畜也。畜也者，百福之地也。是故自振者，人廢之；自廢者，人振之；自白者，人污之；自污者，人白之。畜不？畜也。天以畜，故能長；地以畜，故能久；人以畜，故能壽。若翁者，其明於天地之道，而達於長久之機者歟！且將與天地爲長久者歟！

勖　　濟

殷子之父縶非其罪也，殷子謁予而問焉，曰："何以居此？"

曰："以喪禮。"

曰："何以濟此？"

曰："以喪人。"

曰："言何不祥若是？"

曰："是祥也。夫喪禮以自居也，非顔面之但瘠也，樂旨之但屏也，戚焉耳矣。喪人以求濟也，非藉援之但强也，請緣之但備也，深思焉耳矣。《傳》曰：'居父母之仇，寢苫枕干，不仕。'戚之謂也。又曰：'亡人無以爲寶，仁親以爲寶。'深思之謂也。"

曰："是以居而濟也，其有信乎？"

曰："信矣。戚之積也，天且感焉，奚有於人深思之積也？國且復焉，奚有於家？故索屍以號，塞垣爲隳；賤臣叩心，霜隕炎節：戚之應也。抑欲危處，會稽之耻雪焉；十九年於外而卒以反國：深思之成也。"

曰："是而且不信也，奈何？"

曰："日月其終晦矣，是則非人不祥，天實不祥。"

善　　遷

瑞昌學宫隘而湫，堂廟逆。

己丑冬，柱史傅子之按兹土也，謁而陋焉，以諭令若師曰：“人且病之，其能妥神？士之久而弗當於選也，殆兹故。之以其，盍圖之？”謀於柱史穆子、秦子及諸藩臬而協，以檄郡守馬子。馬子曰：“邑，吾莅也，而以他勤乎？”進令若師而申之，畫而授之。

基卜焉，而獲其舊，云“景泰”，而上學宫之遺也。違邑而近路，達於河，川原匝麗。相者曰：“是宜宫，且舊也。”人曰：“舊，其棄也，而即之。即人之棄，其無遷矣。”相者曰：“地則良，彼失而棄之。而復之，譬斥而返，[1]彼其蓄而一朝闡焉，其振且大，吾見學士之群而升也。”

於是表以辨方，度以知受，懸賈致材，雖他之産，族而趣之，掄良於工，良無他適。其荒穢也誅之，或藴祟之，其迂也遂之，其鋭也擴之，其淖也導而祛之，其坎而下也，客他土以實之，其或亢也，以其土他客也而夷之。人曰：“基舊也，而爽塏若是。”

於是中而廟，左右而廡，主稱皆制。是而面則儀門，外則泮而梁，又外則三門。是而負則堂立若廟，齋立若廡。儀門而傍則鄉賢、名宦偶而祠，堂西而後則射圃，齋西而外則宰牲所。外是則廨宇六十楹，悉是而外則廣垣以括。人曰：“基舊也，而構創若是。”

於是官不言匱，私不告勞，董者稱平，核者莫疵。庚寅之春，亟有事之。辛卯四月，遄其落之。落之有四月，學之士陳子賓興焉以應之。人曰：“基舊也，而發秀若是。”

於是馬子之僚林子以聞於夢澤子，夢澤子曰：“兹役也，可以喻道矣。夫覬其庇而幸其應者，非也。吾聞士之於道也，固安之難而猶遷之難。夫聖哲遐逖，往指日乖，守殘執謬，有而不疑，是而安焉，奚安之貴？其或不然，虞利而趨，計便而作，背於聖則，輒變以狥，是而遷焉，奚遷之貴？若夫不爲習泥，不爲時乘，先王是程，歸於古始，遷之善也，乃可安也。兹役也，陋而遷焉，遷惟其舊，殆象之矣。是故可以

① 返，淮刻本、湖北先正遺書本作“遭”。

喻道矣。抑役有其念之，莫與倡也；有其倡之，莫與贊也；有其贊之，莫與任也。念而弗倡，不可始也；倡而弗贊，不可遂也；贊而弗任，不可成也。倡以始念，贊以遂倡，任以成贊，諸子有焉。無寧役，道其賴焉。”

林子曰：“役而弗述，不可稽也；述而弗文，不可永也。述以稽役，文以永述，吾子有焉。無寧役，道其賴焉。”

紀　遊

辛卯秋七月，磐濱李子、龍津黄子按黄，以暇日遊武昌之西山。玉泉張子、五丘王子及予從。

既渡，沿迴江岸，初經市井，隨迹原隰。故阡新術，遞歷互出。古松夾道，輿行松間，風激木末，響中笙簧，雲陰藉裾，山禽逐蓋。既出九曲，道中宛轉，盤折登頓，欲疲曲竟，古碣不屋，剔蘚考刻，感慨陳迹。遂乃憩花宫，登萃景樓，搴蘅掇藻，駢秩賓筵，饔子割鮮，魴鯉雜薦，鼓吹墀列，歌聲近筵。數觴且輟，攀磴緣蘿，直至絶頂，率情草坐，命酒藉石，袖拂烟霞，喜鷺驚鴛，悉出尊俎之下。面挹大江，帆檣陸離；遥覽白雉山名，倦雲歸岫；近引寒溪，迅湍赴曲；俯睇故城，頹雉積莽。吟謝客之詩章，撫孫權之劍石。豪華狼藉，俛仰愴神。遂奮起迴立，觴轉若環，勸酬不文，謔浪無禁。已而落照在山，候吏催暮。於是二君遄歸，予三客留龍磐磯。宵酌磯頭，臨流洗爵，忽見江光霞色，窈窕微茫，超然有塵外之想。惜二君之不偕也。

遊之明日，磐濱君賦之，屬諸君和之，以及予。予曰：“古稱‘登高能賦者爲大夫’，予山人也，不能賦，請爲君志之。”

志　雨

吴侯治黄之壬辰，春不雨。至首夏，炎曦布威，廣澤化陸，坌揚於畆，潦除於池，霄漢滌雲，林麓忌焚。居者病汲，引者競滴，畯不在田，農不手耜。且麥秋也，逋民族攘，客據主場，炊烟在野。是故困不專貧，憂不但智。

國人謀而請於侯曰："其使巫。"

侯曰："天則不雨，而望之巫，愚。毋乃已卑乎？"

曰："某水之淵，龍宅焉。其怒，諸雨可致也。"

侯曰："人則不能，而索之龍，於以致之，毋乃已疏乎？"

曰："數富之實，而罪其出，惟賑之俟。"

侯曰："公則不儲，而恃富之藏。彼實應且懟，抑澤未寠及，而首以懟富。是以期濟也，毋乃已艱乎？"

曰："然則何如？"

侯曰："咎在予，即予求之，其可矣。"令於國中：市不屠，道不除，輕罪弗縶，纖訟輟聽，貶食省用，已徵减從，去蓋謝乘。禱於壇，昕夕至。其衷疚，其辭傷，其容若將隕越於地。

國人曰："君無病乎？其何以小人之故而病吾君？"

侯聞之，曰："民病是虞，吾何愛焉？"如是者日行之；不雨，旬行之；不雨，月行之。乃令於野曰："脩而隄防，達而溝洫，監而竇，視而築，展而具，宜而種，時雨且降。"令之明日，壬寅，雨至。甲辰，陂池滿受，原野流溢，山麓改色，田畯在田，農人倍作，婦子喜饁，逋者反其室廬，攘者修讓，悲吟者歌。

國人曰："君實生我，敢不拜賜。"

侯聞之，曰："天實悔虐於爾有衆，予敢或奸？天則生汝，而疑於予，誣矣。"

君子謂吴侯於是乎能格天。夫格天者在實，非文之能。夫侯，始而罪己，中而疚而不已，終而人功之，懼其誣己。夫罪己者凶而不委，不委則日遠於戾而納於順，未有順而不應者也；疚而弗輟，履之以恒，未有恒而不動者也；天功不攘，弗侈弗張，答休以遜，未有遜而不益者也：三者，格天之實也，吴侯有焉。雨也，天豈侯是私？

衍　　號

夫九嵕，秦之名山也。陳子，秦産也。陳子之以九嵕自係也，其有契乎。

今夫山，土石賴成，擁重結頑，然而林麓雜負，秀色可攬，是質而能文焉；奠形莫遷，朝代坐閲，然而出雲吐氛，轉盼各相，是恒而能變焉；犯霄峭起，争長大華，[1] 然而承藉無選，足邊藪澤，[2] 是高而能下焉。是故陳子見其質，不遺其文；見其恒，不泥其變；見其高，不棄其下。是故其爲學也，先王之是準也，逖典之是程也，而圖牒之必手也，葩藻之必掇也，是質而能文焉；其爲政也，軌度之是秉也，德違之是辨也，而過故之必悉也，乖格之必達也，是恒而能變焉；其爲德也，賢哲之是齊也，儔與之是邁也，而顓蒙之必諏也，單孑之必禮也，是高而能下焉。夫質以爲文，其文也，所以有其質也。恒以爲變，其變也，所以有其恒也。高以爲下，其下也，所以有其高也。

九嵕有焉，陳子似焉。《詩》曰："惟其有之，是以似之。" 此之謂也。抑豪傑之生，其必鍾焉，陳子九嵕之鍾乎！《詩》曰："惟嶽降神，生甫及申。" 此之謂也。予於陳子望之也九嵕矣。《詩》："高山仰止，景行行止。" 此之謂也。"

明　　慶

黄貳守蕭君遷司徒郎，或問於王子曰："國人慶乎？"

曰："不。"

曰："何故？"

曰："其君子明於其政，而冀其顯庸，曰：'君之良也。六年而遷，其晚矣。' 其小人幸君之足賴，而欲私之以終惠焉，曰：'吾母也，俾

---

① 大，淮刻本、湖北先正遺書本作"太"。

② 邊，淮刻本、湖北先正遺書本作"逮"。

不吾是子，孰令借之？借孰聽之？’是以弗慶。”

曰：“於子謂何？”

曰：“其弗慶也，慶孰大於是？何則？夫子之政，不近名而近民，爲廉也弗爲矯，爲直也弗爲激，爲嚴也弗爲苛，爲寬也弗爲弛，爲明也弗爲察，爲敏也弗爲驟，爲斷也弗爲愎。是故其於民也，無或陰焉，無或窘焉；其於屬也，無或馮焉，無或暱焉；其於長吏也，無或逼焉，無或媚焉。夫其不爲矯之類也，其於名也不亦不近乎？夫其爲廉之類也，其於民也不亦近乎？夫其不名近也，是以後聞焉；而竟聞也，乃遷。夫其民之近也，是以民望私焉；其竟弗能私也，乃懟焉。是故晚而遷者，養君之譽也；不以君私黄者，國之公也。”

或以王子之言聞於國人，於是乎君子不以其晚恨君之遷，小人不以其私幸君之留。今而後，國人無弗慶者。

卷十六

文

平　寇

長沙之寇釀而竊發，楚人恐。大中丞翟公有憂焉，曰：“亂其萌芽，是而不翦，長此安窮矣？”或曰：“無年，其俟諸公。”曰：“亟而圖之，予猶晚之懼也，而以俟！夫俟，資之蔓也。蔓而圖，費且侈。且夫謀大者斷乃成。”

於是請用兵，[1]取其鯨鯢而戮之。功既成，以聞，上嘉賚焉，曰：“微瓚，朕其無楚憂。”公北向稽首，謝曰：“君之靈也，二三臣之力也。臣何功之有焉！”

夢澤子聞之，曰：“公蔚豹變之文，負鷹揚之勇，即撥亂世反之正，且無難。矧此纖醜何足爲公頌焉？[2]公袪大賊五，非國人之所知也。夫兵革之賊，可執而誅也，非賊之賊。不可得而誅也：一曰民之賊，二曰吏之賊，三曰政之賊，四曰學之賊，五曰德之賊。今夫修任俠之行，敗長厚之俗，尼化誨之流，工庇覆之術，冒殊死之實，而無小辟之指也。是故公觸忌諱，而司敗莫何。然不何，則君上最病：此民之賊也。亡棄

---

① 用，淮刻本、湖北先正遺書本作“而”。
② 醜，淮刻本、湖北先正遺書本作“虜”。

禮節，而務邪媚道；夷廉耻之界，狥世俗之好；締縉紳之譽，而失閭閻之心；姓氏沸於表薦，[1]而民莫愛焉。夫吏以民設也，民莫愛，則上下安賴？然又莫得而廉之也：此吏之賊也。談政者鮮執體要，而文法之務飭焉，微有舉措，必稱周官，羞比漢室，從而跡之，反出近代下，然猶翕翕然謂善也：此政之賊也。綴學之士是信，末師而違於道真，造支離之辭，乖風雅之旨。然猶守殘保陋，持堅白，不相下也：此學之賊也。恬而宅競，恭而蓄倨，讓而基攘。比聖附賢，心之則蹻跖矣；言性語命，履之則貨賄矣：此德之賊也。夫賊於德，求學之弗賊，弗得也；賊於吏，求民之弗賊，弗得也；賊於民，求無兵革之賊，弗得也。故兵革之賊，賊之微者也。自公之莅楚也，隱無遁情，狡無完魄，民有賊焉者鮮矣；媚不蒙褒，貞不逢抑，吏有賊焉者鮮矣；名不遺實，敝不掩良，政有賊焉者鮮矣。高必準古，卑不逐時，學有賊焉者鮮矣。言必稽行，貌不違心，德有賊焉者鮮矣。故公德之長也，學之準也，政之式也，吏之表也，民之風也。行此五者，於天下無兵焉，可也，矧惟楚邦？《詩》曰：'文武吉甫，萬邦爲憲。'此之謂也。抑是役也，帝賚而不愛，公讓而不有。《詩》曰：'我有嘉賓，中心貺之。'又曰：'公孫碩膚，赤舄几几。'此之謂也。"

哀　　引

先大夫沈公之卒於潭也，潭之人久而思而祠焉。其孫柱史君以觀風，至祠謁焉，愴然悲焉，踟蹰焉，摛文以奠焉，迺若弗能去之。聞者感焉，爲賦詩焉，或以傳於王子。

王子曰："是詩也，其傳矣。"

曰："何也？"

曰："見大夫之仁焉，見柱史之孝焉，見楚人之厚焉。夫執法之

① 姓，淮刻本、湖北先正遺書本作"字"。

家，務持一切，嚴而少恩；甚者意爲之出入，賄爲之重輕。故當其身在位而民病之，去而幸焉。其既去也，則復至之，恐也。況夫遜德不磨，流風激人，長老能述，子弟率從，奔走無斁，報薦是隆：於是乎見仁矣。今之子若孫者，先世雖有德美，不知也；即知之，弗能稱述也；甚者不淑，以隕其家聲。是故行乎墟墓之間，心弗能爲動也，愛不加於枌梓。況夫感慨陳迹，俛仰生悲，長歌之戚，從夫涕洟，積思廉逸，遐軌不遺：於是乎見孝矣。今之世，鄉鮮不佻之民，上無舉故之議。[①]是故於其長也，視若過旅焉，懟則指詆焉，無忌也；朝綬不綰，暮揖不至，[②]於其既去也，若棄遺焉，不顧也；詰之姓氏，不識也。況夫申之祠祀，伏臘是供，發之聲詩，引慕莫窮：於是乎見厚矣。夫以大夫之仁也，雖非其孫，有不表於後世者乎？而況柱史之賢，足以濟美乎？夫以柱史之孝也，雖非其祖之遺也，[③]有不大其先世者乎？而況大夫之仁，足以自締於人乎？夫其仁且孝之聞於人也，戾夫爲之含凄，殊俗爲之失愉，而況夫哀怨者，楚風之遺乎？又其今昔浸潤其澤者乎？羊公之碣，見者淚墮；今也潭，其峴首矣。是其後有墮淚者，不專羊公也。二妃求舜於蒼梧之野，染淚於筠，久而不滅；今也潭，其蒼梧矣。是而後有斑在筠者，不專帝妃也。《招魂》諸作，哀些之音，觸之者鮮不嗚號焉，欷歔焉，喪失其所歡，今也其《招魂》之嗣響矣。[④]是而後有以哀些吟者，不專屈、宋輩也。大三者，皆楚之遺也，而是編也該焉，是故知其傳也。”

七　申

嘉靖十有五年仲冬十有四日，翟母太夫人年八十有九，楚父老大

① 上，淮刻本、湖北先正遺書本作“士”。
② 不，淮刻本、湖北先正遺書本作“弗”。
③ 遺，淮刻本、湖北先正遺書本作“貽”。
④ 響，淮刻本、湖北先正遺書本作“嚮”。

夫搢紳先生之徒，儼然造夢澤生而言焉，曰："自母之子中丞公之撫楚也，羔羊之節，風於下僚；[①]露冒之惠，兼於隕落；汪濊之澤，逮於昆蟲；懷來之政，被於荒廓。而又優跅弛之士，消懻忮之俗，[②]棄委瑣之文，策罷駑之足。是故三年之間，菑害莫逢，螟蝨避稼，猛獸避畜，貪綬不綰，凶領不屬；雅行者無淪胥之憂，[③]當辟者絶失情之獄，耄耋有養，而孤獨者獲恃也。公之壽楚也至矣。夫飲水者必德其源，飫實者必懷其柢。故任姒篤周，[④]咏嘆於詩人；孟陶啓哲，炳載於列史。母誕公以壽楚，楚人德公而遺母，是昧於本根，而爽務報之由也。母之誕也，敢謀壽母。"

生曰："客言誠是。然河海之施，非涓流所報；累重之感，非緒譔所陳也。"

客曰："用情者無嫌於細，貢實者不務於誇。故芹芷之美，[⑤]獻之至尊；澗溪之毛，羞於王公；《瓠葉》在《雅》,《采蘩》在《風》。吾儕楚産也，闡地之有，演楚之遺，于以藉手，公堂是躋。"

生曰："可得聞歟？"

客曰："鵠山之下，漢水經之，春夏之漲，横流溢出，入泱漭，鶩陂池，洶涌澎湃，泌瀄靡離。乃使異術之士移醴泉於中流，不假營於康狄，而陽侯效幻，罔象冥推，瀲洌濺醇，膠盭沸醨。鵁鶄鳧鷟鴻鸛鵠鵮之屬，唼喋其中者，悉委羽偞池，欲去而不能奮飛。於是千夫引之，萬斛爲罍，維北有斗，以酌以斟，跪奉母前，萬壽是稱。又使參佐賓客之流，盡其餘尊，作情啜之，萬之一分，而逡巡欹側，嘘唏煩酲。此天下之至飲也，可以壽乎？"

生曰："滋味之侈，未足壽也。"

① 僚，淮刻本、湖北先正遺書本作"寮"。
② 懻，淮刻本、湖北先正遺書本作"冀"。
③ 淪，淮刻本、湖北先正遺書本作"薰"。
④ 姒，淮刻本、湖北先正遺書本作"似"。
⑤ 芷，淮刻本、湖北先正遺書本作"子"。

客曰："夫楚，淵澤夥複，古稱多魚，鰅鰫漸離，鰒魠鰨魼，鱧鯇鰋鮎，鱺鰝魴魾，潛處族滋，接尾摩鰭，雖有博物智給之士，未能縷名悉數而不困於知也。於是川澤之虞，縱大罟，曳脩綱，罩罶綸餌，織繫倉皇，突施緩布，纚屬低昂，蛟龍失勢，鱣鮪改窟，鯨鯢辟易，陵窘踏促。雖有蘊神俟昇能爲風雲者，莫不摧鱗折翼，呀嚇寂伏，掉慄而屢驚。然後選肉而取，色腴命登，乃使饔子，提刃睆臨，揮拂鸞切，五味雜陳，糅雪縷銀，累纖襲輕，厚薄中倫，調以易牙，烹以莘臣，衆賓旅進，薦之玉盤。毋少啖之，怡精和神，其膏鯹之棄，沾於萌隸，莫不厭飫而忭欣。此亦天下之至甘也，可以壽乎？"

生曰："暴殄之遺，未足壽也。"

客曰："亭皋相望，隈隩曼延，江蘺荃蕙，槁本射干，蘼蕪留夷，揭車木蘭，鮮支若蓀，蔣苧青蘋，茈虒布濩，[1]咇茀賁緣，掄株律葉，衆掇時搴。於是截霞爲裾，裁虹爲佩，廣約準材，軋芴縫製，郁郁菲菲，應颸披靡，吐芳揚烈，氣飄不止。乃有仙姝靈媪，感而下之，留軿駐軒，鸞行鳳隊，滯眷而不騫。此天下之至馨也，可以壽乎？"

生曰："服御之奇，修姱之飾，未足壽也。"

客曰："瀟湘之岸，篦篷篁篠，攢立叢倚，戍排戟起，側綴支委，窊隆突夷，浸淫不已。其上則勁梢直節，干霄拔特；其下則蹇産蟠結，輪囷而莫測。秋潦回湍，漱滌蝕切。夏則烈日炎飈之所激也，冬則飛霰素雪朔氣之所肅也。朝則希旦之禽，先旭群鳴；暮則羈雌窮獸，憩根利深。物感氣蒸，色質間成，逾玉汏金。乃使操斤之士，入林而求之。斷龍斬螭，九節是宜，刻鳩其顛，老人所持，出入指爪，鏗然有聲，[2]神物馴狎，百怪莫侵，容與相羊，遊於帝庭。此天下之至珍也，足以壽乎？"

生曰："衰憊之資，毋健若飛，未足壽也。"

① 虒，淮刻本、湖北先正遺書本作"虎"。
② 鏗，淮刻本、湖北先正遺書本作"鑑"。

客曰："聞之傳記，襄王之所夢，交甫之所覿，信列仙之佳麗也。爾乃應期而至，或自漢濆，或自高唐，飄若鴻舉，矯若龍翔，倏然鸞峙，的然珠光，睇盼緜藐，引握無方，縱蹻迅躍，微埃弗揚，若驚若狂，若露若藏，若執若忘，便嬛渺茫，體約縠素，齒出宮商，轉黛流目，清歌侑觴。於是折若木以却景，抑羲和以緩轡，歡悰未渫，蘭燈屢繼，睹者忘疲，聆音失味。此亦聲色之至娱也，可以壽乎？"

生曰："妖冶之極，清虚之累，未足壽也。"

客曰："將使屈原、宋玉、景差、唐勒之徒，推本二儀，極命萬卉，《丘》《索》所遺，《爾雅》所棄，比事綴辭，引物連類，競藻摛麗，英華各致，高思薄天，深構入淵，搜隱理紛，雋取鄙捐。於是贊西池之會，誇東海之籌，紀莊周之椿，演箕子之疇，五色參錯，星緯屬絡，情象纍貫，精采揮霍。其觀於人也，高者生敬，卑者氣奪。其亟變而屢易也，異態如夏雲，又如天孫運杼，色縷繽紛。其或采諺陳謡，撲指直載，田父里媪，亦得而解；其奇出而誕就也，或倚相所未讀，揚雄所未識；其冥求而幽闡也，鬼魅黯窺，跳號頓立，駭情跡之莫秘。此亦詞賦之至偉也，足以壽乎？"

生曰："幾矣。"

客遂推而進之曰："未既。此騷人之餘習，未足論於道也。將使大雅君子，刊華就實，理《詩》《書》之文，繹羲、孔之旨，取母之徽懿，合而擬之，萬不一失。故其利柔順之貞，通黄中之理，敦《樛木》之仁，正《家人》之位，婦道母儀，俱舉并飭，行無可選，事不假飾，信閨閫之永範，名賢之仰成也。乃知福惟自求，嘏非倖致。夫金母壽而德罔聞，敬姜賢而子不逮致。[①]秦漢以來，圖牒所載，嫠嬪窶姬，緣困而亮節，偏行而著名者，安得而邁乎？"

言未畢，生乃避席而起，斂衽而立，曰："客向所言，爛漫尾屑，

① 致，淮刻本、湖北先正遺書本作"彼"。

耳目之娱，世俗所悦。今將考祥於履，稽旨於德，[①]不朽之圖，丈夫之業，億萬斯年，有引無歇。僕雖不敏，敢附下客。”

長　厚

易公爲藩於楚有年矣，今以中丞往撫河洛。

夢澤子曰：“公之藩楚也，政務體要，寧固根抵，畢誠靡他，吏民化之。逋蕩者趨於敏作，詐諼者效於悃愊，饕詖者敏於廉讓，恣睢者檢於約束。非有過求驚邁之施，而近自親暱，遠至荒徼，上自王侯，賤至廝輿，莫不雅服重藉，人人意滿。用其情實，信鎮俗之資，矯世之賢也。夫近世言政之家，其失可知也：大抵以神自蓄，鋭師刻隱，務爲操切；喜日計之績，棄祀代之謀；工括摘之慘，病覆蓋之厚；獎名法之家，後仁義之用；論短則兼棄其長，指瑕則并抵其瑜；刈蕭而蘭及，誅莠而禾逮。於是速化之術興，詭衷之議售。取具於文，避窮於口。實匪異等，妄出羽毛。一有疵失，善爲衣飾。要在倖獲，[②]久而不止，潰决無所。兹周秦之末軌，苛責之顯失，庸人之所矜，智者之深危也。夫攻玉者以石，浣布者以灰：賤可資貴也。雖有褊心之人，無所怒於虚舟：觸出無意也。是知兼容者益世之猷，虚出者伏暴之本。故《書》稱：若有一个臣，斷斷無他技，惟其休休，有容，賴其保我子孫黎民。而漢初大臣，皆長者少文，耻言人過。若公者，非其流與？况今總連帥之司，操變化之柄，固作率之所由，風聲之肇始也。中土士民，翕然響隨，百倍荆郢，何也？任重則易施，令專則易下也。他日宰都，[③]執宅端揆，正玉衡而平太階，還世於胥庭，流功於金石，國倚老成，天壽平格，休美夥膺，頌贊難殫。《詩》曰：‘布政優優，百禄是遒。’公其有之。若夫國子遺猛政之訓，宣孟改冬日之和，斯弛張之權、直枉之用、不及之

① 旨，淮刻本、湖北先正遺書本作“祉”。
② 倖，淮刻本、湖北先正遺書本作“不”。
③ 宰都，淮刻本、湖北先正遺書本作“都宰”。

濟，非長恃之善物，又公餘事也。”

德　　壽

歲丁酉九月十有七日，閩田母夫人七十之辰。其子桓山氏官於楚也，則謂夢澤子曰：“吁，予之不能觴也，子盍昌言？”

夢澤子曰：“然。吾聞以筭壽者，下也；以善壽者，上也。”

曰：“何如？”

曰：“視母攸履，稽昔載籍，其備矣。夫其秉婉嫕之性，勤古行之覽：其慧也，擬諸大姑。[①]釐坤承之制，遠宴私之容：其敬也，擬諸德耀。愉嘀厲之姑，謹扶將之節，周床笫之役，其孝也：擬諸龐姬。宜饋饁之政，愛繒帛之施，惜鷄鶩之食：其老能勤，貴能儉也，擬諸敬姜。至其敦比鄰之誼，紓窶子之匄，又其振戹之仁，散積之道也。夫慧者，德之資也；敬者，德之聚也；孝者，德之本也；勤者，德之恒也；儉者，德之度也；仁者，德之厚也；德者，福之地也。故曰：福者，備也；備也者，百順之名也，無所不順之謂備，言德備者，福備也。故家人之所宜者，閭里之所藉也；戚疏之所譽者，鬼神之所歆也；人神之所益者，天命之所假也。然則汰耄逾耋，邁期以往，其必致也。”

曰：“言止如斯而已乎？”

曰：“何爲其然也？跡古嬪姝，或效懿於纖末，或飾節於造次，或抗端於遭躓。片辭特趣，世典不漏，支軌窅躅，獲揚末照。矧其具包舉之盛，亮含弘之本，隆始終之歷哉！是知華首之良，隱於閨闥；儀形之本，源於婦流。將使《易》演其順，《禮》著其則，《雅》贊其徽音，《頌》侈其純嘏，《疇》陳其好德。綴文之士，揚厲無除，流令聞於不已，浹聲稱於來兹。若是者，景耀所不能晦，時序所不能謝，代祀所不能革，陵壑所不能遷，形質所不能化，兵燹所不能燼，饕餮所不能噬。

① 姑，淮刻本、湖北先正遺書本作“家”。

兹戬穀之道，不朽之業也：所謂以善壽者也。”

曰：“言止如斯而已乎？”

曰：“何爲其然也？孟母之聞以軻也。今子學踐理室，文爲辭宗，而又廣錫類之孝，弘作人之功，表未聞之士，申不及之訓，覆疵瑕之末，絶比暱之嫌。於是三楚之士，莫不飚奔霧蒸，羽湊而響赴，騖英特之途，希邁際之會，幸迅激之用，競德輝之覽，利大人之見。荆無泣璞之夫，郢無寡和之曲。乃有考世之士，本其從來，則又開元於母氏，出緒於《内則》。然後錯文章之英以爲綵，適道德之腴以爲饌，釀風俗之醇以爲醴；陟降乎太古之庭，周遊乎忘憂之圃。若是者，注之不溢，酌之不竭，子雖未之觴也，天下之能觴其母者，孰有過於子哉？”

於是桓山氏曰：“子之及此言也，乃可以壽矣。”

訓　白

周子號白菴，[1] 因鄧子問白之義。

王子曰：“吾聞《禮》曰‘白受采’，言文之始也；《易》曰‘白賁無咎’，言文之終也。夫采非白以始焉，吾恐禮之不可學也。夫賁非白以終焉，吾恐咎之不可無也。白也，而終始須焉。是白也者，天下之至采也，而天下之至賁也。後之言者反是。墨翟見素絲而泣焉，謂其可染也。老子曰：‘知其白，守其黑。’是忌其或污焉，而預善之也。夫從《禮》與《易》之言也，是天下之至益也，莫白也如也。夫從翟與聃之言也，是天下之至禍也，莫白也如也。且青黄雕鏤，木之災也；使木也而非青黄雕鏤焉，則木之用也，不亦鮮乎？黼黻文章，絲之染也；使絲也而非黼黻文章焉，則絲之用也，不亦鮮乎？是知非白，文無施也；白而徒焉，天下之觀廢矣，而又奚貴焉？然則安從哉？子不云乎‘不曰白乎，涅而不緇’？白之至者也，夫其不緇也，然後禮之采可受，賁之咎

① 菴，淮刻本、湖北先正遺書本作“葊”。

可無也。然後翟之悲可免，老之守可棄也。[①]然後天下見白之益，而不見白之禍也。”

本　賢

汪母太夫人七十之辰，思齋朱子過楚，語予，欲予致辭。

予曰：“予往知汪子，今又知母也。予舉進士，同汪子被選入館。予方負性氣，遭事徑情，不修遜節。或朋輩出所譔，屬使評，本非有知，輒妄善否。[②]又聚處謔浪，杯酒歡洽，輒吐心膽恣語，語多鮮中，至近侵刺，人以爲侮。汪子顧謂質直，不爲罪也。武皇末造，海内多故，言者稍觸忌諱，輒得譴斥。汪子獨發憤激衆，詣闕下上書；書務直指時病，人人爲危，汪子不懼也。方書上，宰執不悦，遂假手其間，出吾輩爲州郡吏。凡謫吏，喜矜直節而輕其長，又苟且以望旦夕復。汪子則能其官若素習爲者，於長吏則傾已下之，無難色，不謂謫也。今上即位，潤澤横流，下寬詔，復言者官。於是同謫者皆得賜環，而予乃以後職，爲法吏所繩，事瓦毀矣。汪子至京師，欲上書明予無罪，曰：‘寧予不官，不使王子沉落。’時同事二三子，虞其逮已，力止之，疏不果上。後每入班行，左右顧予，獨不覿也，則悵恨若遺，故雖復故秩，不爲喜也。自予廢居，青雲之交、雅稱莫逆者皆謂予行干衆怒，畏與比暱，競爲棄絶，以自逃解，一問不加。而汪子數錫教旨，致綢繆之義，不爲嫌也。及出監司，直道忤時，輒棄章服，即日歸。歸被表薦，不輒應，應亦輒復歸。此予知汪子者，舊也。今晤思齋子，乃知汪子之母爲雲莊君之妻、剡溪君之女、中峰君之姊。肅雝之儀，本于姆訓；徽懿之實，譽於家人；初晚之歷，合于世典：坤德粹精，内則無漏，誠閨闥之良範，賢豪之仰成也。吾聞婦人有内貞而無外事，其賢曷顯？於其子見

① 老，淮刻本、湖北先正遺書本作“聃”。

② 否，淮刻本、湖北先正遺書本作“不”。

焉。往知汪子，已足以知母；今幸知母，益知汪子之賢有從出矣。夫箕疇壽考，承以好德；《戴記》百順，本於内盡。使載籍所云果爲弗誣，則母之遐筭，寧有既乎？寧有既乎？”

并　壽

夏翁、若母今歲俱躋六十，客知母爲予姑氏，乃令予文之。

予曰：“夫翁、母者，於世亦鮮矣。今之英士壯夫，高視邑里，而壼範不倫，内顧藴歉；又或淑媛名姝，好仇不媾，托身匪人，歷屯栖深，聖善莫揚；至有内外合德，疵釁罔加，而好合中乖，差池末遘；否則子姓或慳，宗祊嬰念：若斯數者，何足言備稱祥，全人倫之休嘏，資談士之揚列也？翁本從龍之裔，席累世之榮，幼負異質，歆嚮儒林。厥考見珍，鄭重掄匹，乃得吾姑。姑幼閑母訓，[①]婉慧德容，符於聖則。歸翁之後，虔棗脯之儀，祗蘋藻之役，飭伏臘之備，拓隴畝之資。綜葺逮於雞鶩，食力均於臧獲，施予洽於比鄰。用此助翁正家人之位，樹長者之譽，振中微之業，踐豐亨之閾，貽堂構之謀。其子官，發憤典墳，承施濟美，穎敏越類，質訥依仁：青雲之器，起家之雋也。幼孫岐嶷，蘭芽早茁；二老提携，晚榮足賴。由此觀之，英傑絶内顧之歉，坤德免所天之劣；琴瑟無中路之乖，嗣續有發祥之慶。而又齊年并健，不後不先，天人合吉，誇詡難既。予爲客言，[②]愧不萬一。”

漢　逸

王子結廬漢上，養素江濆。芰製荷裳，慕靈修之軌；蘭橈桂楫，飭游衍之具。選石垂綸，擬渭叟之跡；臨流濯纓，聆《滄浪》之歌。伏臘

① 母，淮刻本、湖北先正遺書本作“姆”。
② 客，淮刻本、湖北先正遺書本作“容”。

修祀，則登蘋薦藻；歲時自勞，則擊肥引鮮。散髮貪緣，則楊林多睦耳之禽；岸幘徙倚，則花圃無忤目之品；焚香宴息，則琴瑟盡怡神之物。①而又遵渚請珮，悵交甫之偶；遇抱甕灌園，幸丈人之在兹。匿迹秉鋤，或老父之復作；滌鐺煮茗，幾陸子之餘韻。豈非高士之逸蹤，隱淪之奇尚哉？至其傾財結客，敦義多讓，動不觸禁，言必思窮，耽文儒之邃譔，希翰墨之流馨，富架笥之珍帙，則好禮之程、守富之要、道親賢之懿、揚聲之偉策矣。”

闡　義

居士係籍楚國，卜築茶園，不言躬行，著聲孝友。方其母兄凋謝，家祚中微，銜恤抱隱，畢誠勿悔，拮据展猷，跼蹐避咎。②開甽畝於汙萊，均甘苦於傭作，覃力貞幹，不事淫末，馴致殷富。雖其消息自然，要亦支拓不詭也。③至於悟福謙之旨，率好德之良，歆高誼則願爲執鞭，哀寠子則不難焚券。委心韋布，無冠蓋之希；篤義鄉鄰，散奇羨之積。資性妙合，要結無存。由是里閈重其然諾，同室服其儀形，可謂承家之賢，裕後之哲矣。然則積善之報，將衍於綿瓞；君子之澤，豈替於來葉哉？聊書其大都，著其潛德云耳。

能　理

近川查公節推黄州三年，今其被召而入也，其僚友黄公、胡公餞之行，而使邦人王子言。

王子乃言曰：“夫法者，天下之平也。而今之司之者，則使不平也。何則？司法者，不務三尺是守，而惟窺伺上意以爲低昂。上所欲陷，即

---

① 瑟，淮刻本、湖北先正遺書本作“室”。
② 跼，淮刻本、湖北先正遺書本作“局”。
③ 拓，淮刻本、湖北先正遺書本作“招”。

非罪，鮮不裂完附釁矣；上所欲庇，即罪，鮮不窒滲肉骼矣。否則首鼠其間，多疑少斷，經歲纍縶，株引窮竟，𨑨𨑨以旁逮而坐困覆：此其失一也。

其或矜拔薤之能，遠藉膏之嫌，避啼雞之誚，而迅激過當，狠忤物情。①窶子實黠桀，且獲末減矣。彼富人實非暴戾也，輒得掠搒逼恐，得其誣伏，鮮不增入重困矣。必如是，乃足以驚節而起聲：此其失二也。

又近世俗婾甚，鄉里無賴子弟，不能其父兄，或臧獲恃蓄而求去，其主亦輒恣睢而起，持其短以訟。聽者不務裁戢，反爲之翼助焉。夫三代且勿論，漢法：子孫首匿父母、大父母，婦首匿夫，皆勿坐。此其於人倫至深厚也，而今悉以妨病矣：此其失三也。

三失具而法失平，是故苦如秋荼而民甘之，密如凝脂而巧者漏焉。然則民何恃賴矣？

而近川子之治黄也，則本儒以飾吏，修禮以勝刑。羞擊搏之能，急化誨之務；後操切之術，振倫紀之微；絶希合之心，求繩墨之意。上所欲陷，使非罪，必不附也；上所欲庇，使罪，必不貸焉：其不撓有如此者。輕繫至庭，立剖之，不弛負擔歸矣：其不淹有如此者。罪在窶子，必不縱之以賈惠也；使富人而非罪，必不冤之：其不矯有如此者。訊父子則議依於孝，訊兄弟則議依於悌，訊主僕則議依於義：其篤倫正分有如此者。②

有此四善，以祛三失，是故懻忮者消其暴，猜禍者寢其毒，唼佞者結其舌，饕餮者殺其欲，呰窳者力其生，遜節修於衡間，信實行於厮役；乃知司敗非少恩之官，而刑書爲寡過之資矣。由是鳥雀馴於訟庭，桁楊卧於蔓草；日進章逢，坐談道奧；敲扑息而弦誦興，案牘塵而圖牒飭。藹然文儒之囿、經師之偉也。非所謂本儒以飾吏，修禮以勝刑者

① 狠，淮刻本、湖北先正遺書本作“狼”。
② 正，淮刻本、湖北先正遺書本作“王”。

乎？夫吏不根儒，其失也俗；刑不先禮，其失也淫。故儒吏，體用之學也；刑禮，表裏之具也。知所先後，上賢之德業也，而近川子擅焉。今其召入也，陟崇都要；執是道也，有不大遂其施措，置世於平康，收經術之效，致無刑之頌者哉？”

郭　園

郭園者，我郡侯大梁桐岡郭公之所築也。昔公之官於吴興也，結念嚴君，暫返初服，奉親之暇，爰築兹園。池亭樓館之觀，水石花卉之麗，見公之自狀與諸學士之所紀贊者備矣，而又欲予有言也。

予聞兹園接壤吹臺。夫吹臺者，往牒之所艷，[1]賓客之共欽也，是獨其臺之勝哉？以孝王之築而且枚、馬諸子遊其中耳。臺信偉，非附名賢之跡，曷能表於後世矣？然則臺之勝，人重之也。故予於是不欲侈其園，而鄭重於其主人。

自公之有是園也，巾車日駕，自郭徂郊，遂乃夤緣隈隩，遵歷幽深，陟矚敞曠。每情景適會，則遺形兀坐，澹然忘歸。於是廣《樂志》之論，擬《閒居》之賦，理釣弋之事，裕術樂之需。其款扉而願接者，非沮、溺之倫，則求、羊之眷也；其考庾而求貯者，非穜稑之種，則播殖之器也；其發笥而每試者，非農蠶之譜，則稔歉之占也；其俛聽而畢從者，非老父之訓，則丈人之教也。至於訂六藝之訛缺，會百家之異同，窮四序之變化，攬萬物之始終，然後蓄其言行而有其粹精。上之叩羲、孔之奥，下之入賈、馬之室；深之獵禮樂之原，淺之涉技能之圃。措行準於孝廉，發慮運於玄素；撰屬依於《爾雅》，稱説程於古昔。偃蹇一區而志在五嶽，優游卒歲而業謀不朽。遊而天遊，觀而内觀者也。故雖遘五百之運，丁利見之期，當無諱之盛，海内縉紳之徒，靡不攘臂議進，彈冠策征，厭家食而急赴會矣。而公獨以鴻漸之羽，遠跡於燕爵

① 牒，淮刻本、湖北先正遺書本作“諜”。

之群；鳳覽之姿，矯蜕於埃壒之表。此豈復思驤首於天衢，垂涎於榮禄者哉？

及其遵養既久，潛伏遂昭，升論有歸，徵賁屢至，事非獲已，義無所逃，深繾綣於町畦，縈眄睞於松桂，約束申於園丁，呵護祝之山靈，然後太息就岐，徘徊出户，舍初服而綰郡章。故雖簿領回亂，而詩書之好不衰；簪紱嬰被，而芰荷之製在想；朝寺輝赫，而丘壑之步弗諼。彼方朔沉酣於金馬，長卿托疾於文園，玄暉登望於郡齋，古今一揆，心跡無二矣。

予嘗謂必忘世者而後可以用世。何也？有人於此，即使具帝王之略，負康濟之器，而隨世苟就，毀其廉隅，雖措注足觀，亦陷爲貪競之流矣，非所以砥礪名行也。否則溺志隱淪，抗憤不顧，斯孤介之節而戾於中行，乃迂士之矜談，非邦國之攸賴也。又或涉退以媒進，階寂以覬聞，馳情於彼而假步於此，則終南之誚，北山之移，所由興焉。斯欺詐之雄，而巖穴之辱也。然則若公者，豈不彬彬文質，一弛一張，屈伸比於龍蛇，晦明則於景曜，隱見譬之麟鳳者哉？

抑今世士或出寒素，乃屯辛悉所嘗茹矣。一旦驟達，輒侈汰，忘其困苦。公則至貴之枝葉，而同姓之葭莩也。其綺麗奢靡之事，固生長所習見，而獨折節儒生，發憤經術，通籍賢科。矧又教誨其子，接武式似，乃其謙抑儉約，周慎之履。彼衡茅崛起之士，顧不逮焉。斯其於世俗可謂振越不染矣。至其爲郡，則一意根本，墮絀文飾，禮耆舊而疏新鋭，先訓詔而後法比，獎質木而罪深巧。居寡言笑，而容接每假，體存寬大而疵釁罔逋，力在芟拔而疑近必貸，性本沈渾而伺弄莫售。由是室無請間之賓，案無昧投之牘，庭無敢欺之吏，野無忍負之民。强教説安，仁施威濟，固公卿之待次，三事之必踐也。

而今世法沿漢制，凡侯國人，不得備宿衛。且夫人而獲館甥於王室者，至榮幸也。而以此限其子孫，即使有韜世之智，撥正之才，齊徽於二八，儕德於衡、旦，切世資而中時用者生於其間，而亦使之厄塞不究歟？

嗟乎！天之生才而無意也則已；使天之生才而非無意也，則必有豪傑之士，建議非常，祛因襲之失，動當宁之聽，伸積習之累，而竟公之用者矣。然則公雖欲歸老是園也，其驟可得耶！園乎，無恨主人之歸晚也！然他日借公之重，而得與梁園并稱，則兹園也不爲不遇矣。

雨　紀

一日，黄之父老數十輩造夢澤子之庭而言焉。曰："我大夫郭侯守黄之三年，爲戊申歲，五月不雨，逮夏杪，禾且就槁，用軫我大夫，率其僚，齋禋而禱焉。禱之三日，大雨瀕，槁之禾以回。吾儕小人，溝壑其免矣，我大夫實賜之。願得子之言，以頌之也。"

夢澤子曰："雨也何如？請言其狀。"

曰："是日也，山川出雲，鬱鬱蒸蒸，族結朋征，薄於玄間，[1]朝曒倏冥，霡霂稍聞，如篵如絲。[2]既乃滂霈，沸渭交灑，互濺紛射，側激散漫，湁潗已則。潢潦交於街廛，湍瀨鳴於原隰，漸洳生於塵堁。遂乃浸淫衍溢，奔壑注溪，而入於陂池，以達於甽畝，無坎不盈，有量必受。於是農畯之流，命厥徒侶，跡於阡陌之間，覘塍窺竇，曷窒曷築，殺其已盈，引其未足。然後携厥婦子，休隴自勞，鼓忭謳吟，樂莫具陳。"

夢澤子曰："止。此田父之雨，何足以稱於大夫也！"

曰："大夫之雨可得聞歟？"

曰："可。我大夫受命而來，務佐百姓之急，去泰甚之害，布中和之政。侵牟我民者，則炎火是畀矣；稂莠我民者，則芟夷是加矣。使我主上汪濊浩蕩之德滲漉於閭閻，淪漬於心髓，而又潤我以仁液，滌我以義瀋，遏我以禮坊，警我以法湯，肉我枯瘠，澤我顑頷，雪我煩寃，激

① 間，淮刻本、湖北先正遺書本作"顔"。

② 篵，淮刻本、湖北先正遺書本作"篂"。絲，淮刻本、湖北先正遺書本作"繩"。

我靡頹。是故不電而明，不雷而威，不沫而濡，不濕而滋，洽物入神，[①]窮高極深：此吾大夫之雨也。汝知今日之雨也，而豈知吾大夫之雨於民也亦已渥乎？夫其雨於民者之渥也，用是能説於鬼神而孳於幽隱。[②]故一旦陳忠信之辭，求咎吝之實，黜巫尫之謬，後露跣之文，卒使上天悔禍，羲和紓馭，屏翳效職，祝融收烈。汝知禱之輒應也，而豈知吾大夫之禱亦已久乎？汝獨不見昔之鄰大夫乎？嘗罪雨矣，而不知已之雨慳也；嘗罪禱之不輒應也，而不知其禱之素昔者乖且之也。”

於是諸父老喜而言，曰：“吾儕小人，乃今知我大夫之雨，又知其禱不在今日也。”遂退而謀，登其事於石，[③]使後之長民者知雨且知禱也。我大夫不及知，知之，不能止也。

明　號

原以松稱，取義深矣。夫夭喬萬類，惟松秉異。是以後凋之旨，著於魯《論》；有心之言，垂於《戴記》。榮枯不逐乎冬春，霜露莫致其威愛。彼蒲柳之姿，先秋而萎；桃李之芳，競春而妍；橘柚之質，過江而化。豈可并日而稱貞，齊軌而語儁哉！若其永托根之慕，則明發於楸梧；篤連枝之愛，則戀結於棠棣；拓一本之恩，則滋植於芝蘭。茂晚節，則桑榆自王；[④]裕奕葉，則杞梓日培。至於餌滲液以制頽齡，悟本性以敦嘉遯；幸匠石之不逢，冀散木之得永，則仙靈之最品，隱淪之獲栖矣。

---

① 神，淮刻本、湖北先正遺書本作“人”。
② 孳，淮刻本、湖北先正遺書本作“孚”。
③ 於，淮刻本、湖北先正遺書本脱。石，淮刻本、湖北先正遺書本下有“曰”字。
④ 王，蘇刻本、淮刻本、湖北先正遺書本作“玉”。

祭大司馬松石劉公文并序

大司馬松石劉公之卒於家也，其通家小子王廷陳，既聞訃，哭諸寢門之外矣。乃追憶髫年從先大夫遊京師，遂獲侍公。時未有知也，辱公賞我以異才，進我以小友。弱冠，舉進士，讀中秘書時，則抱子矣。公欲寵吾子以婚媾，然未有行媒也。未幾，陳以罪謫。又未幾，以罪罷歸矣。公則申我以前盟，於是先大夫作書辭謝，頗爲勤懇。其略曰："陳於門下，實兒子輩。近又狼狽，罷返編氓，賤且辱矣。稚孫舟蒙劣甚，曷敢仰衡尊行，輒玷華胄乎？"而公初議益堅，嘉禮竟就。嗟乎，然則公之用心，豈不誠長者，於世爲尠哉？而况其韜世之量，旁魄方隅；障海之功，扞蔽函夏。世方幸其未衰，望其復用，而奄忽大還矣。然則陳之痛悼，獨私遇哉？于時陳方遇末疾，[1]不能越境，匍匐修救慰之義。今公之葬且有日矣，始能力疾裁哀，稍飭陳奠，而綴叙於斯文。時嘉靖戊申三月十五日也。其文曰：

衡湘發秀，翼軫降精。警敏神授，麗藻天成。考服克纂，祖武是繩。幼婦摛辭，長者樹聲。人倫之表，學士之程。含香甫試，簪筆俄陟。朝憚觸邪，邦之司直。埋輪漢甸，弭節秦川。侵牟畢捕，賕壘是殘。務紓萌困，遂會閹讒。檻車逮繫，扶杖伏攀。甘心就地，哀聲籲天。彼凶亦動，何修而然。金焉暫鑠，璧也竟完。薄謫江邦，量移海郡。遇枳且栖，處膏何潤？苦節不回，壯心益奮。言念母氏，漸迫頹齡。簪裾即棄，徽纆弗嬰。潘輿祇奉，萊綵嬉呈。馬卿倦遊，邴生自免。勇矣遂初，淵哉忌滿。有往必復，靡幽不喬。丘壑擬終，弓旌見招。志非輒變，義不可逃。鼓篋新命，攬轡故區。絳帳時設，青衿日趨。[2]童蒙求我，弟子起予。昔欽法吏，今仰文儒。尋陟中丞，仍莅西土。關卒識輿，田父獻酒。快睹争迎，式歌且舞。宛若家人，頓忘官

① 遇，蘇刻本、淮刻本、湖北先正遺書本作"被"。
② 衿，淮刻本、湖北先正遺書本作"衿"。

府。川后失御，河伯不恭。水維縱弛，漕渠阻壅。供億釐上，苫塊奪公。矢心勵衆，石畫瘁躬。克循水性，奄就禹功。鳴鏑入寇，候騎馳聞。軫念朔方，簡畀丈人。中權可賴，上策屢陳。師行枕席，陣結風雲。龍沙徙域，亭障寢塵。秦漢劣威，衛霍耻倫。帝嘉偉績，庭錫温綸。勒之鐘鼎，録及子孫。超公八座，進公三孤。兼秩本兵，贊戎神都。葱珩赤舄，緩帶輕裘。志清宿弊，力殫壯猷。人害其上，公持其盈。枘鑿難合，萋斐斯興。功成身退，物理人情。孝友張仲，文武吉甫。出處俱經，後先鮮伍。言立不朽，名垂罔刊。緜瓞濟美，奕葉象賢。於卿必世，在爵兼天。平格宜壽，吉凶莫知。造物見奪，哲人其萎。營魄弗載，恒幹忽離。方朔返歲，傅説騎箕。百身莫贖，萬口同悲。世方求舊，天不遺耆。凡百在位，莫非王事。公釐其艱，人總其易。公冒其危，人承其利。公捍其外，人尸其内。嫉者宵人，合者善類。惟彼宵人，棄此周行。邪徑蹩躃，[1] 卒歲劻勷。爲權私客，希燭末光。刮索致詆，景嚮構傷。税駕已休，蓋棺始定。攬厥始終，居然忠佞。玉瘞益輝，鏡磨愈瑩。念我先子，在公執友。兒實不類，自慚非偶。辱公仲女，爲予冢婦。[2] 緣交締婚，不薄彌厚。風猷自昔，見聞最久。丹旐遵塗，縞裳臨穴。我淚漣洏，我悰欝結。豈屬阿私，實爲邦國。《泂酌》昭忠，生芻比德。即化永乖，嘆逝何極。神之聽之，洞我心惻。

① 躃，蘇刻本、淮刻本、湖北先正遺書本作“躄”。
② 冢，淮刻本、湖北先正遺書本作“家”。

卷十七

文

寄余子

懋昭足下：昔偕館院，頗辱暱與。曾不幾時，子以憂去。去之明年，僕坐罪謫。僕之難合，子所知也。時吏不宜，指其瑕疵。纖劣莫競，遂伏誣議。人悲失路，僕幸生還，可爲知者道也。

春仲晤令兄，悉子幾死奇禍。得失夢幻，無足芥蒂。更計子首夏經黄，必獲騈展謔浪，信次布歡。臨江遲佀，獨往微吟，數而不斁。今晨書來，乃知仙舟徑泊鄂渚矣。令我欷歔移時，涕泗交下。豈緣偃蹇，感慨易生。誠以二三良知，星處莫覿。僕已繫匏，子復塌翼。過此不晤，世路風塵，恐末覯無由耳。

僕林居無營，自惟丈夫樹立，已矣莫冀。詞賦小技，亦無足煩其思惟、紓其悰寄也。每引曲自適，上不慕古，下不肖俗。爲疏爲懶，不敢爲狂；爲拙爲愚，不敢爲惡。高竹林之賢，而醜其放；懷三閭之忠，而過其沉；智鴟夷之逝，而污其富。每景物會意，輒命酒自歌。酒不盡量，歌不盡調。倦則偃卧，卧不爲夢。厭苦俗徒，寧獨無與。復究心老莊，保愛性命。江湖乘興，漲則不舟。雅好雲嶠，苔滑磴危，鮮不緩却。身多疾病，藥裹不離。此僕林居大略也，子亦欲聞之耶!

惠來諸篇，詞翰比麗，把玩未釋，豁我心神。二詩稱答，更希報章。

答汪先生

東溪先生門下：陳甫竊一第，多難萃乘，嬰以疾病，遂致荒厥。舊聞喪其師説，然猶綴緒拾餘，保其殘陋。每事構製意匠，愧手翰以思遲，什就而耻吟，書成而輒裂。方難自贍，其敢範人。况乎行乖隨同，譽乏長厚。鄉曲憸人，數致訶詆。軀累釁垢，自分門墻，遐見麾斥，三仕之遣，推以師資，蓋信其初造而不知其終就之卑甚矣。彼時謙讓不任，誠緣卧痾，且恐不效以重愆耳。

夫尫夫無蹶，負夥則蹶。聾瞽何罪？惟强明而自聰，以詭皂白而誤宫商。人則過之，陳之不任，恐蹶耳，恐詭而誤耳。謂其故閉以自賢，[1]過矣。惟先生爲尫者釋負，而不令聾瞽蒙罪焉，幸甚！

寄友四兄

友四兄門下：弟志劣行疵，履進乖蹇，蚤落浮榮，歸寡親串。日手圖牒，昧塞莫稽。進無德義，足袪塵慮；退乏精藝，謀垂罔刊。

近者春夏卧痾，幽抱謝歡，忽驚離索，泫然涕下。數日前得接家書，平安足慰。及睹言禮之家，互持未下，群臣因而得罪，愴然楚辛。國是摇摇，何時有定？兄之宦情，能盡嘉乎？石灘公虞羅再遭，壯志可尚；曹史輩僵而復起，物議何如？撫兹升沉，倏悸乍愉。初心益灰，新抱愈篤矣。聞兄必獲内拜，何爲圖南？舍要就散，讓以蓄競，弟所不取也。天下事須吾徒趨，或逢抑遜，或啓憎意，見無預安之而已。何如何如？

① 故，淮刻本、湖北先正遺書本作“固”。

寄舒子

辱書，教以矜飾名行，意甚勤懇。僕惟少負性氣，自視無前，遭事直往，不知其可。復見近世州郡之吏，務爲諂承，故於逢迎節數，稍爲損減，不意遂犯當世之怒，又以一二宰執舊怨於僕，内外構扇，中僕惟恐不深耳。曩時交遊，見僕狼忤要津，虞禍及己，莫敢張口伸舌，一爲論列，明其不然者。當是時也，吏無振滯之議，友無急難之仁。幽於圜墻之中，日與徒隸爲伍。身非木石，其何以堪？以故俛首震惕，卒從文比。嗟乎！百犬吠聲，積羽折軸，十夫撓推，三人成虎：此墨翟有素絲之悲，阮籍有窮途之哭也。身愧蛾眉，敢云見妒？行乖完璧，而欲免於瑕摘也，難矣！然猶苟全要領，生還鄉縣，奉二親之晨昏，上先世之丘墓。撫今悼往，憂喜駢集。因念河清難俟，人事靡常。南山之歌，恨長夜之莫旦；竹林之侣，假麯糵以紓悰：斯達生所以放言，幽人因之長往者也。

自分身累百垢，長爲世棄，乃稍稍税拘攣之文，逸瑣尾之忌，弛煩多之縶。然亦不敢逾大閑，冒隱惡，滅先王之禮，觸當世之禁。務敦窮居之尚，絶希進之心。而執事乃欲責煖於寒灰，俟完於墮甑，幾翔於鎩羽，望僕以回景曜之末照，而收桑榆之晚績也，無乃與僕之私指謬乎？夫豢鹿頓纓，志在豐草；羈鳥奮翮，栖慕一枝。即有惡殺之國，過仁之主，腴飼之廝，寵之以高軒，享之以玉饌，娱之以雕檻，啗之以棗脯，彼且駭顧驚鳴，奔逸之惟遠耳。

僕聞古之聖賢，心有所鬱結，不能通其意，則著一家之言，思垂不朽。僕誠欲效之，用舒憤懣，庶幾償前辱之萬一，流文采於無窮。然才劣左、馬，而欲自附於作者，畫虎之誚，其能免乎？方將修農圃之業，給公家之輸，賴其羨餘，以贍妻子，長爲太平之民，雖至老死，不覿兵革，志願畢矣。風便，再錫教旨。

簡錢子

錢先生足下：僕聞交貴神交，知在知心。故圖牒相信，允矣良朋；對面而疑，奚啻千里？僕退伏林壑，十有六年。平時海内之交，雅稱道義者，往往隻字不加，輕擲若土。獨於門下，介紹未通，非有杯酒之歡，岐路之覯也；吴楚各天，非有比鄰之接，親知之暱也；柄擯殊途，非有班聯之綴，朝省之素也；混迹樵牧，畢志婚嫁，非有隱逸之尚，遊覽之奇也；四十無聞，文采沉滯，非有虞卿之著，《潛夫》之譔也。夫境隔迹暌，慳平生之雅；履卑處下，乏驚世之譽。不知執事奚所見聞，違群嘉尚，先之以華牘，申之以腆儀，傾蓋爲歡，吐出肝膽？肆我口，君耳必睦；輸君悃，我衷輒投。斯白首有猶新之譏，同心有離居之憂也。自慚凡鳥，必辱鳳題；豈冀疲駑，乃來駿顧。

嗟乎！新知易樂，末契難全。河源之槎，遄征在眼；延平之劍，復合何時？江路阻修，雲翮莫假。天風良便，惠我德音。

答劉氏

劉先生門下：使來云云，僕敢不是承。緣僕有先人之禮，謀諸卜筮，告諸宗廟，受諸父母，議諸媒妁，問諸長老，諸吉不違，衆旨皆協，乃敢齋戒沐浴，宿具而遣行。既則計日延佇，嘉命是聽。

今乃不辱俛從而更欲改議。僕聞期以成信，信以成禮。棄期是棄信也，棄信是棄禮也。夫禮者，二姓之所守也。始者，終身之所視也。請而不得，差池其初。惟僕不欲，雖執事其亦安能悦之？

使回，敢固以請。伏惟少鑒微忱，不加峻拒，爲感深矣。[1]

---

① “伏惟”三句，淮刻本、湖北先正遺書本作“執事其圖之”。

上翟中丞

青石先生門下：執事以名世之才，發跡於齊、魯之墟，揚聲於金馬之庭，掇精於《墳》《索》之域，投足於賈、馬之室。僕亦幸同朝寺，尾鵷鸞之班，然竟不得附交遊之末，接殷勤之歡，奉譏彈之益。獨於名家卷牒後覿篇什，竟日手之，高誦微吟，恍若瑶華之在握，明珠之照眼也。氣奪心悸，三嘆不已。又安敢擊瓦缶於黄鐘之側，遭曠、涓而爲野音哉？

既而執事出禁闥，提兵符，鷹揚河洛，豺狼滅影。頓使戈鋋化爲農器，文事武備，古罕儕倫。僕時亦以口語横遭譴逐，待罪裕州。無叔夜之賢而負不堪之褊，以致拜揖違宜，逢迎失指。暴擊之隼，乘其摧頹；青蠅之人，共加構會。身淹梁獄，履影吊心，不能上書以自明，叩心以致感。而文法之吏，背棄繩墨，無折中處平之心，而有重羅深錮之慘。曩時道義之交，一旦革素改往，畏與罪人比暱。乃獨執事不奪多口，垂光扃禁，勉以加餐，再爲授簡。失路之人，恩成不報。

是後垂翅故栖，不務矜飾。高乏丘園之賁，卑無簾肆之奇。在泥淖而愧龍蛇之德，處山澤而寡珠玉之光。乃徒伏迹於蓬蒿之下，甘心於鹿豕之群。每謂龐德公隱於鹿門，率妻子以躬耕；漢陰丈人，抱甕灌園；滄浪漁父，鼓枻行歌：皆楚之逸人也。心竊慕之，學而未能。志惟切於苟全，自謂可以無咎。豈知羌夷起於門墻，而猛獸之爪牙乃在手足也？向非執事，至公至仁，深知其不然，力爲之引手，其不墜萬仞之淵，飫群虎之腹哉？

夫曾參殺人，言之者三，母爲投杼。羊叔子之不酖人也，其敵尚信之。[①] 夫祜之賢不及參，抗之親孰如母？然此信而彼疑者，何也？故心迹見諒，異域即親；擬議乏明，同枝何益？昔人有謂日受千金之賜，而不可以爲知己者。傳曰："人之相知，貴相知心。"又曰："士爲知己者死。"使知己而多可得也，何用死之？故蘇秦不信於秦而尾生於燕，豫

① 尚，淮刻本、湖北先正遺書本作"而"。

讓衆人於中行氏而國士於智伯。彼之心以地移，行因主異者，何哉？誠以知遇之難逢，思欲一效其忠誠，委軀命而不惜也。

執事秉節鉞之權，總連帥之職，深仁淺乎湘流，巍名俯乎衡嶽，方將建不朽之業，流金石之聲，豈徒稱雄於翰墨，争長於詞賦哉！僕當以其微能，述父老之言，采聞見之實，於以顯序功德，彰示方來也。且翳桑之餓人，猶能策名於後世。僕雖德輕鴻毛，賤同土壤，猶庶幾與此類比乎！

肝肺之言，敢因執事者布之。

答劉松石

不肖備極諸惡，於世無復比數，退伏丘壑，志惟苟安，豈期罪戾上延？先君不禄，仰天呼號，萬死曷贖？

不肖兒時，先君則曰："予遭事苦執，不能詭以媚時；時之人亦莫或予媚也。於予莫逆，惟松石，既辱不棄，獲締媚好。"則又曰："子之爲此也，使世世子孫無相忘也。"忽枉書慰，追憶先言，且讀且泣，屢廢乃能竟牘。

嗚呼，痛矣！夫知己之感，逾於骨肉；仁人之藉，腆於車馬。哀訊慘於涕淚，交情見於生死。嗚呼，厚矣！邇年川靈失職，河流逸軌，公私病焉。執事者出，遵神禹之故智，寛《瓠子》之深憂，然又不俟八年之久，不資馬、璧之沈，而大功告成，萬世永賴。大抵不與河争，固所謂行所無事者也。今世士率喜事，議事則喜鑿，又病好争，且苦失故實。使執事入而當國，一如治水，則新鋭之士疏，而紛更之患息矣。

臨書感切，言辭寡倫，惟長者亮焉。

答翟子

青石先生門下：僕辱泥塗久矣，乃於門下深國士之遇，接上客之歡，感何可言。昔信陵君迎侯嬴於夷門，嬴故久立信陵君於市，信陵君執轡愈恭。嬴乃曰："今日嬴之爲公子足矣。"市人皆以嬴爲小人，而以公子爲長者，能下士也。張釋之爲廷尉，王生廷使結襪。或罪之曰："奈何廷辱廷尉？"生曰："吾老且賤，自知終無益於廷尉，故欲以此重之。"當時莫不重王生，而謂釋之賢者。夫侯嬴、王生，賤士也；執轡、結襪，鄙節也；公子、廷尉，貴人也。以賤士舉鄙節加之貴人，且曰爲公子、重廷尉也，是知狂生者大人之資，勞謙者莫逾之德。

由今觀之，我公之不耻下交，加禮巖穴，求之往軌，擬諸前聞，心迹豈詭謬哉？安知他日之誦今，僕不得爲驥尾之蠅也？兩辱歲盡之惠，[1]頓使生事昭於農人，春意回於窮谷，而又寵之華牘，獎接出望，情旨鏤心，誠非鄙生所宜蒙冒。至於宅里之表，猶爲林壑之光。

短楮鳴謝，辭不悉悃。

答劉子

西陂劉先生門下：僕屏伏田野，十有七年。追憶昔時海内親知，恍若夢寐，豈意復於江邦，得奉冠蓋！然君面既非曩範，僕首亦見二毛，顯約殊蹤，遲暮各迫。雖幸接杯酒之歡，效斯須之敬，歌曲未盡，候吏促征，轉盼之間，已爲陳迹。我心誠悲，君想同之也。

冬首，復聞旌節暫駐江干，僕以卧痾，未緣蒲伏候謁。乃計返棹，必得扳留。野人理釣臨江，磨刀向鮮，侵晨起除，飭内治具，玉趨在瞻，松桂含色。而執事又以間道，直趣會城。雲雨虚無，延佇徒切，使我林壑無光，罍罍見嗤。世路蕩茫，再覿何日？

辱以集序見托，竊念才非卜商，安序《毛詩》？識非侯芭，曷足以言《玄》也？但誼在知己，敢謝不能？誠欲效其區區，幸以全璧借觀，使得探作者之心，發高人之藴。庶幾揚厲切指，贊述當微。僕得附名集

① 盡，淮刻本、湖北先正遺書本作"書"。

中，亦不朽之托也。執事以爲何如？

答顔子

僕年來憂病侵尋，素絲生鬢，情悰寡歡，鑒貌已非。故吾懷侣，忽如異世。雖與吾兄同爲楚人，兼號莫逆，然已十年不一覯見。漢之廣矣，命駕何期？近日薦剡，僕名每溷諸賢，深用爲愧。二公知己，誠未可忘。但使吾輩猶堪世用，彼表及之，忠固在國。若奸爲私遇，述謝稱酬，萬一憸士宵人，因緣修謗，無益於報，祇足爲累耳。

又諭所聞云云。竊念僕之獲罪，子所知也。卒然灰棄，塊然雌守，一壑慗足，[1]青雲絶想久矣。即使掩瑕起廢，流潤枯槁，被以纓紼，趣就班行，當見木强不習，偃蹇非宜，俗忤事違，褊心復觸，前轍必遭，天幸難再。彼或沮之，於僕信功德矣。然僕無聞，告者過也。若吾兄懷捲舒之術，藴龍蠖之神，固宜揚末路之光，救東隅之失。但恐巖洞留人，猿鶴戀主，使君顧侶眷栖，朝驅車而夕還轅耳。如前所聞，宜勿在念。

答顧東橋

竊念僕，楚之鄙人也。非有曾、史之行，游、夏之藝，亦非有嗣宗之放、叔夜之褊，徒以負其質直，闇於媚順耳。而法吏見繩，流俗不恕，瑕釁固已，不無指摘，復爲已甚。雖在親暱，且謬於聽矣。乃獨我翁，昭之澳濁之中，出之衆多之口，綴之表薦之末。後雖朝論異同，希音鮮和，振滯之議抑而未施，而景耀未照，蒙冒陰巖，丘園之賁，實逾束帛。僕恨不能蒲伏庭序，激昂風雅，跪進萬壽爲報耳。昔人謂蒼蠅附驥尾，一日而千里。即使僕藉匪人之援，取當世之榮，孰與老沉淹之

① 慗，淮刻本、湖北先正遺書本作“甘”。

濱，而爲長者所稱引哉？由衷之言，非敢爲佞也。

往歲辱示佳集，僕讀之卒業，可謂極諸體之妙，總萬物之情矣。曹、劉或可方駕，諸唐當得比面。今之作者，舉非匹儔。使僕循環吟頌，欲罷不能。旬月之間，楮勞墨敝，雖欲有所贊述，而邃旨莫參，廣致難括，觚翰間操，輒爾罷閣尊教云云。愧赧曷勝？兹復辱示緩慟諸篇，讀之悲惋欲絶，乃知長歌之戚，有甚於哭泣矣。但卜商之哀，非所望於達人者，惟翁以數命自慰，無損天和，豈惟門下之士，實有幸藉，而邦國其賴焉！偶值家累嬰懷，尊命且未能應。使者留滯，坐此。春首爲太嶽之遊當勉成，自致門下請教。

答胡百泉

僕見古今士人，凡揚聲藝苑，其人即不長者；即其人長者，復疏闊不適用。此流俗所爲，疵病於斯文者也。近睹門下，操攬絶藝，負行醇質，辭不詭道，表裹粹精，而又諳達成事，投用輒效，[1] 可謂聲中其實，志氣悉稱者矣。豈惟今人，雖在古人，亦罕倫儷。幸門下自信不以爲佞耳。

使來，復知榮轉消息。僕固久擬門下矣，相見不遠，未敢多陳，謹此聊旌嚮往。

答顧東橋

我翁不知僕之寡陋，猥以志事見委，使僕非有拘妨，得以山澤之遺，執楮墨之役，備綴拾之後，豈惟階之爲榮，抑以托垂不朽，誠藝圃之雋業、學士之幸際也。奈僕有母之喪，除服在秋初，襄事在歲杪。僕聞先王之制禮也，不肖者跂而及之。僕誠不肖，然即使僕違苫塊之制，

① 輒，淮刻本、湖北先正遺書本作“轍”。

就館局之徵，昧吉凶之分，禮家必誅，法議無赦。雖我翁之私僕，恐不能多恕也；即恕，亦不能解之多口也。

昔漢天子登封泰山，太史公留滯周南，不獲從事，深以爲恨。今主上恢重光之大業，建中興之令典，中外載筆之臣、摛文之士，皆欲竭其區區，冀有闡述，務以細流，競裨海瀆；而僕竟以凶制見奪，因緣無從，機會坐失，僕獨何心，能不嘆乎？且僕林居二十餘年，陸沉疇隴，厭絀前聞，家蓄圖牒，經歲不一寓目，間一發笥展册，舊所記憶，茫若未睹；小屬篇章，時月不就，文采日滯，虛譽漸虧。加以客冬稚子夭喪，自愧齊物之識，不逮蒙莊；索居之過，深於子夏。哭母之餘，復遭此痛，遂致昏旦若迷，[①]志氣俱損，耳目失職，眠食皆害，齒髮已非。故吾衰憊，居然可證，其不足采明矣。楚地雖乏才，奈何令草莽落魄哀疚失學之人，獲參文儒之末，溷重大之選乎？

聖主方弘孝理，著作要指，務依至仁。而我翁兼總條貫，巽承淵衷，凡所掄使，必歸長厚，不屬新佻；至叛禮小人，必加痛斥，使門下不肖之生，庶幾跂及於先王之禮。因得全不才之真，[②]逭疵類之責，[③]紓弛靡之悰，則我翁之愛僕也，不已深乎？

使回，敢謝且辭，惟翁其諒之。

答朱别山

往歲得聆高義，竊願執鞭，繼入會城，再接緒論，頗有卜鄰之想。人事乖違，每恨私心之難諧也。

今晨得奉教言，展讀不釋，如慰飢渴，乃知故人見懷，猶爲切至。心神苟串，跡何足云！所諭志事，使僕非苫塊之餘，得操楮翰，從長者

① 旦，淮刻本、湖北先正遺書本作“且”。
② 才，淮刻本、湖北先正遺書本作“材”。
③ 類，淮刻本、湖北先正遺書本作“纇”。

之後，備擬議之末，冒掄採於今茲，[①] 表文采於後世，豈非不朽之盛事，雋流之深慕哉？而憂病見妨，坐失機會，僕之不遇，命矣！

兄當率先諸公，執簡以往，總理科條，鄭重要指，網羅間見，[②] 囊括故實，比論禮樂，希蹤墳典，使四方之人知良史蓄於潛夫，楚材協於古稱，固中興之令圖，章逢之共榮也。如此則吾輩進止實異而同，若務齊其步趨，恐未爲得。

使回，專此勸駕，不一。

答顧東橋書

教至，知我翁已獲顔子，所謂一夔足矣，而又益以王子，可稱聯璧。僕之不肖，何足資賴乎？僕果蘊藉異等，兼無親喪，乃索價以爲高，擬跡於栖遯，則宜罪責不貫耳。僕於二端，已具前啓。吐出情實，但冀我翁賜遂陋襟，不圖嘉命再辱於丘林，使者接踵於道路，郡邑長吏應命詣廬，修辭催發，使僕辭謝末由，愧與感俱，奈何奈何？

翁若憐其非托，容其在塗，愛僕以德，使得成禮，察僕寡陋，使得覆蓋，不役其短，則綿力無重負之憂，晚節免狼狽之誚，是我翁成我之恩，誠加肉於白骨也。其或廣下體之收，積纖坌之益，欲其與於斯文，則僕除服有期，復在不遠，彼時緒風減暑，兼之志事筆削已定，僕當倉皇就途，伏謁門下，必遂快睹之私，因而分譽於群公，附名於令典，是僕生有成名，没稱不朽，皆我翁之賜也。

使回，畢露愚抱，悚息不勝。

① 採，淮刻本、湖北先正遺書本作“托”。
② 間，淮刻本、湖北先正遺書本作“聞”。

答顏子書

僕嘗謂兄，古心出乎《丘》《索》，雅志存乎《春秋》，絶藝比於商、偃，偉識卑乎遷、固，而又該獵衆能，顯明臧否，[1]誠良史之才，儒彦之選也。往者館閣不收，辱以州郡，繼又偃蹇林廬，屢薦聞罷。僕每私心恨之。今者國家大典假手於兄，然則兄之不用，豈爲今日待乎？斯造化之微，非時人所測也。

僕於門下數十年來，誼托知己。凡知己之交，望有長則爲之揚也，望所少則爲之掩也。今海内有揚僕之長，掩僕之少者，不於兄望而誰也？僕之不學，兄所素諳；兄何不務庇覆，使善其短？乃於己則謙讓太過，於僕則虚褒溢美，致令長者誤聽，禮羅不置，爲有司勤，誠非所望於兄也。豈兄惜交眷闊，將緣此爲晤言之資乎？抑惡其久冒虚名，故引之共事，俾有作爲，窘以所乏，使露底抱，不令復能欺人也？僕以兄不釋之故，故敢爲此激辭以怒兄，冀免耳。

若兄以爲斯書遂成，文采甚著，忌於獨當，念僕辱在交游，最親且久，必務招致，俱享聲稱；僕於親喪既除，即日就道，修謁館下，適際厥成，欣然利睹，遂以其私，握手謔浪，省問勞苦，於是無摭拾之勤，而有名字之寄。是垂翅之鳥，假翮於鵬鶚；裸壤之夫，借飾於龍章；蒼蠅之微，托遠於騏驥也。若强以非能，必羞知己。《詩》曰："瓶之罄矣，惟罍之耻。"此之謂也。

答吴太守

前書致辭，皆出誠怛。乃辱後命催促，既以迎致爲使者勞，又以束帛爲公府費，煩我君侯，重我罪過。且館局已得二妙，雖乏僕輩數十，何虧於偉製乎？况所貴於文者，以其人也。自古賢哲豈有執親之喪，而應聘遠出者乎？

---

① 否，淮刻本、湖北先正遺書本作"不"。

使僕果有異才，橋翁之知非誤，漢東之讓不虛，而棄禮赴徵，蹈於罪戾，違於孝思，則雖有嘉言邃謨，中音於金石，協義於典墳，亦聖世之所必誅矣，况萬無足采乎？來儀返之縣官，則非其備也；付之來使，則虞其累也。謹藏之篋笥，以俟至郢之日，躬致門下。

揮汗草草，不盡。

答陳大巡

僕本寡陋，無所比數，偶緣大典，屬橋翁誤聽，謂有可役，徵命屢至，鄭重勤懇，力辭不得。又辱教翰郵及，奬諭委切，不能重違，乃擬是月下旬，移舟入郢。

竊念僕擯斥以來，二十餘年矣。弱質易衰，壯心久替，日惟放適墟落，習懶成性，傴僂不閑，冠爲總敝。一歲之間，結束見客者，曾不再三。至於文翰，更不涉念，以故筆硯塵積，笥帙網結。跡近自廢，百不解營。今日之役，實非其任。且方今聖作之期，郁哉彌盛，朝野畜德之師、待問之儒、名世之筆，豈云乏絶哉？而使廢學老農，謬嬰兹選，譬之滌吐棄以備筵，求輝焰於未爁，或無以當上心而厭衆觀，其不罹懷璧之罪、蒙負山之憂、貽蘭杜之羞、動巖壑之誚乎？僕每念及斯，未嘗不赧顔汗背也。夫已置身毀譽之外，而復投足譏評之内，惟冀好我君子，示我周行，俾得善後耳。向辱腆儀，久乏稱謝。兹行又當從漢口入舟，無能紆詣鄂城，一拜臺下，躬問起居，罪何可言！

短楮煩邦伯任公轉致。嘉會何時？臨緘曷勝於邑。

答柯雙華

昨者枉駕漢口，接宴舟中，雖未竭殷勤之歡，亦已愜願見之私矣。别後僨緣洲渚，出入蒹葭，越沔逾潛，始達于郢。秋淺雨慳，殘暑爲虐，沙圮泥濁，飲酌非宜。岸轉舟回，瞻望難即。至則參謁逢迎，日不假給，乃悔兹行之誤，然莫及矣。

遠辱儀惠，既嘉且多。自念一勞未效，煩費不尠，能無厚顔。

使回，謹此稱謝，不一。

寄童内方

僕於門下，深托志氣，其合非强。赤壁一别，憂患相仍，兼之阻修，缺然禮問。顧我同人，豈有遐心？今知執事暫違供奉，展謁桑梓，乃敢致書門下，謝弛慢之罪，復有憒懣之悰，冀伸於知己，幸毋惡其强聒也。

去夏顧公以《興都志》事見召，僕謂斯事體大，宜得館閣載筆之臣、名家之彦，乃可持衡義例，樹幟斯文也。如僕纖瑣除籍、放誕廢棄、衰憊俟死之人，何可與此！使者至門，閉拒不納。作書辭謝，頗爲哀懇。而顧公不釋，徵命屢至，且牒責郡邑，於是鄉里親知、諸父兄輩皆謂："東橋，鉅公，自童稚知汝違衆怒，薦汝，汝縱不欲預志事，獨不可一往候乎？不然，郡邑當見讓，其咎由汝，非所以事尊貴、答知己、承邦大夫也。"僕不得已，許之行。然猶遲遲，度仲秋書且成，可往耳。比至，其書果草創畢矣。僕才不逮二子遠甚，何敢高議得失，破其堅白，有所助益乎？况僕私心，祇欲如前所陳。幸其既就，而顧公乃以《進書表》見委，又摘數事令僕綴之數言。此外，未措一辭矣。僕每謂諸師儒曰："書上，必無署我名。我本無勞，曷敢分譽？但勿禍我。"此令親劉子所知也。夫書之可議，不但聖諭所云體例不合，事實差誤而已。而恩澤横流，薄譴而厚賚，誠草萊之溢潤，灰燼之騖焰也。

近聞東橋復有薦疏，而當道參駁，謂僕著名貪惡云云。吁，冤哉！東橋果禍我至此也。僕之免於狂吠者久矣，而今一旦蒙此聲也，何爲而至僕哉？僕自作吏，及被廢以來，積釁累垢，殊詭萬狀，即有智給，未能縷數，獨缺一貪耳，而好事黄門爲僕補足。不意晚路，幸有此遭，且即書罪之，瑕纇難窮矣。而乃根淵往事，造作新評，意在重錮，密羅絶繫，出柢而刮索，未詳指其所乏。是雖忍心黜璧，而天下耳目其可塗乎？彼之爲此，豈以僕欲於此因緣，出爪覬攘腐鼠乎？

嗚呼，誤矣！凡今不安擯斥而思得振起者，亦自有道。僕上之不能矜飭名行，動流俗之譽；下之不能交結要津，工鑽刺之術。聞談官府，則如爰居聽鐘鼓，駭掉不食。或謂僕且復用，則如聆詛詈，恨不掩耳，蓋知其愚我也。一日之間，卧多於坐。每春夏之交，寒暑之會，往往迷節候而詭晦朔。至家事綜緝，一委妻孥。所謂婚嫁已畢，如我已死，無關世情矣。血氣漸衰，心知日塞，不敢思其所不及。人以文事見屬，則頻蹙竟日，百不一應。又睹近者觚翰之流，家驥人璧，欲應時改轍，則故步或失，若降心仍貫，則前薪見凌，故悉置不爲也。俗好通問，而僕獨尚神交。至於貴人猶憚輕啓，此非索價爲高，自絶長者也。

僕見今之刺謁、楮帖，[①] 廣狹、稱謂、重輕皆異，往度雖在，親舊秩日進，則啓益恭如。是乃得省覽，否則必獲頓擲。然此在仕者不得不然耳。僕以田夫，而修仕者之事，則所不習。若恃其素昔，新敬不加，則虞擲頓不省，以故欲作輒輟也。干進者然乎此，皆不欲違其所便，强其不能，示自廢之跡，廣讒口之資，庶幾得比散木，保其天年耳。

昨赴承天，旋檢敝笥，冠舄漬莓，家人粗爲理製，强僕攝之。僕臨鏡自嘲曰："沐猴而冠然矣。"頃刻在躬，則首足疾苦，不勝拘攣。山林之骨，曷可移易？又世俗喜足恭，揖拱不辨委折，[②] 率至地。而僕要領木强，極力效之，不能肖，每不稱施。而不稱施，則獲罪責不貰。欲逃罪責，則本性難强，强不能久。執事視僕心跡，豈不然哉？豈不然哉？而今乃用此事被口語，偶一念及，如鮑魚在鼻，鴟梟在耳，又如魑魅在目，忍之不堪，報之無從也。奈何奈何？

夫鎩羽之鳥，病鶻之所窺也；折趾之兔，蹇盧之所利也。僕固下流易乘，柔質可茹；而彼也，亦何足稱爪牙之利、張搏擊之威哉？雖然，

① 帖，淮刻本、湖北先正遺書本作"幅"。
② 拱，淮刻本、湖北先正遺書本作"供"。

業已厠名其末，而欲逃其咎，苟不得知己如執事者而告之，何益？於人不聽，祇以發笑，而資嫉者之口耳。

外答東橋及陳大巡書稿附上，以見初志。

答　人

客冬歸自興都，過辱獎接，展謁王庭，遂得附賓從之末，承清宴之榮。愧無咏風、賦雪之才，乃有宋生、枚叟之遇。既又勞我執事，結侣張筵，虚左爲敬。崇榭曲房，綺席屢改，伎倆雜陳，絲肉競奏，宫徵暗移，羲和既逝，蘭膏嗣輝。逸興狎悰，干霄薄雲，禮廢罰弛，履遺纓絶。俠氣溢於四座，餘歡庇於厮輿。斯貴人靡麗之極娱，非寒客迂儒之所敢希也。

抵家值歲宴，又以久出初歸，廢務蝟集，未能啓酬。執事不罪，復枉教貺，高誼足欽。春深田作，方殷對使，散髮口授，遂不多及。

寄顧子

僕自先君不禄，寇生門庭，遂至外侮相乘，株蔓糾結，觿用莫施。竊念僕久返編氓，頗創往愆，務程儉辟，而僕兄白首儒生，前路可量。日惟惴惴小心，懷刑畏罪，交警互繩，雖隕葉猶畏其碎顱，見蟻且憚置足也。而事變沓來，則有大謬不然者。疾逃而彼追其後，緩避而或竢其前，撲之輒滅，刈之復萌芽矣。遂至魑魅晝遭，坦途化穽，安坐觸機，俛首值窘，仰鳴無聽，泣述逢嗤。譬之波臣號轍，斗水孰施！黄雀免羅，獵弧轉向。凡在知舊，孰不心惻乎？[1]

不意乃有天幸，以我執事之福，際我觀察紀公明威寬大，并執禮

① 惻，淮刻本、湖北先正遺書本作“測”。

刑，廣爲煦覆，積歲沉淹，剖於一旦，使我兄侄，俱從末減，[1]還其衣冠，業已行府發落矣。而敵人於未結之前，所奏勘合亦下。兄以數年疲於奔命，甫釋纍縶，翻增疾苦。僕每懇匃府公，俟兄疾痊聽理，而府公以彼之本狀，異辭同情。又司牒連下，責其逋慢，遂爾失慮，謂兄雖不出可也，遽招解審。僕方自慶幸庇，所天必歸完璧。

不意以兄不至，動長者之怒，蒙方命之誅。且兄數年囚服，日伍奴隸，輕若鴻毛，何所恃賴，敢方命以自禍哉？實出一時誤值耳。罪何可言！悔誠自切。蓋失路之人，無向非淖，舊垢初洗，新溷復集，命也何如！駁文至府，語連府公。府公震怒，即日械繫，下兄於獄。雷霆倉卒，驚懼莫支。僕不得已，百里匍匐，欲反接自詣臺下，爲兄少紓急難，復念僕尾瑣猥褻之甚，安能脱老賤之兄於不測之罪乎？惟冀我仁人，俯敦交誼，振滯潤槁，終始垂愛，不厭再三之瀆，得於紀公處一爲先容，使我衰兄得寬敲朴，則執事之恩，誠致肉於骼，出羽於湯也。顧僕餘生，豈能報稱？但當傳之來裔，侈諸同人，而儕之古交，愧彼涼德也。

若夫彼奏誣否，兄惡有無，固知天日竟明，鬼神衛正，必有以啓聽者之衷，褫險子之魄矣，僕何敢以曲庇累執事乎！僕無任悚息，待命之至。

答應立齋

執事治黄，漢循吏不過，至今黄之父老歷述邦君，未嘗不鄭重戀慕於公也。公之得民若此，而當道之評輒大紕繆，又未嘗不恨賢哲之多屯、衡鑑之失職也。

大抵公論在人，失之朝則求之野，失之上則求之下。蓋朝聽遠，野聽習；上可誣，下難愚也。彼此得失之間，公私之判久矣。僕常以此自

① 末，淮刻本、湖北先正遺書本作“未”。

解，今又以解公。幸公自信，不以爲佞，且不輒變以徇人耳。

去歲以事赴會城，正以見公爲幸。不意酒我者無賴，病酲遄歸矣。是後欲遣候，則悃悃曷伸；欲躬謁，則冗病兼奪。坐此因循，遂成弛慢。我公不罪，乃加禮焉。即此用心，彼流俗淺人計施報於銖兩者，當異日談矣。

晤語何期？抽翰慨嘆。

答張東沙

明公鵬圖學海，鳳覽儒林，談藝則沃柢以敷華，議政則具儒以本吏。奬恬而抑競，故抗矯之士蒙褒；略迹而求心，故流俗之毀不入。蓋人倫之師表，非才品之能盡也。邇者借重湖湘，甫歷時月，稍稍頓飭，政局維新。故近習則胥史以及輿臺，遠聽則州郡以逮邊徼，多歷則父老，能評則縉紳，皆謂明公敏作能精，寬大無漏，暢適非誕，精覈不苛，誠百司之偉程，連帥之攸準也。

至於退食從容，自公多暇，則觚翰必操，圖書在案，誰知岳伯，乃屬文儒。其故游矚故墟，感慨陳迹：酹鸚鵡則傷神處士之遭，醉黄鶴則引領仙客之駕，憫旱則企沾神女之雨，苦熱則願當大王之風；軌羊公之政，則殘碣旌思；蹤周郎之策，則斷岸表烈。近寓堂階，遐盡封域，凡觸情悰，必歸篇什。信知弛張乃文武之道，體用爲姬孔之學，江山誠詞賦之資矣。今又加禮巖穴，寓目棄遺，使者至門，里人走視，皆謂樵牧之鄉，何有尊貴之賜如此！

竊念僕樗如無用，灰似不然，蒲柳先秋，桑榆易暮，泥塗曳尾，霜霰被顱，志以氣衰，病緣慢積。檢往作則顔汗，愧其不工；擬近製則心塞，竟爾難就。老徵遂著，壯圖已灰。[1] 豈意調偶合於希聲，武幸憐於獨步。固知大海，不拒細流；非有色絲，乃來束帛。嗟乎！蟠木厠萬乘

① 灰，淮刻本、湖北先正遺書本作“隳”。

之器，駿骨辱千金之求。愧乏先容，諒慳後至。長夜難旦，每悲寧氏之吟；寒谷雖春，莫報鄒生之律。尚待緒風减熱，病骨稍蘇，自秉穢形，敢求良範。雖負嘲於尚白，實望教於思玄。

答楚藩殿下

楚藩殿下：昔承清宴，備極樂方。賓從逡巡，履綦雜遝。若華既逝，蘭膏嗣光。車怠馬煩，履遺纓絶。客稱既醉，主賦無歸。謔浪歡呼，縱誕無忌。優容特至，形勢兩忘。雖古兔園之英、小山之侶，其所遭際，何足方擬？兹者獻歲發春，元夕且及，華燈預製，火樹夙成，輝焰藴而俟揚，絲肉奮而思御。將使月現重輪，烟呈五色，籠飛星於几席，生彩霧於櫩楹，透驚電於綺疏，備生品於采繪。而又敦崇大雅，招集楚材。於是漢水爲醪，大别化肉，棄餘之沾，輿臺鼓腹，滴瀝獲濡，末列酲煩。誠君王壯麗之極娱，儒生希闊之幸睹也。

陳何人，斯亦獲濫竽。書幣至門，[1] 倉皇拜受，即以告諸先廟，侈諸親交。巾車既脂，征徒已飭。而節神妒賤，寒疾忽嬰，方謀踴躍以就途，豈意呻吟而伏枕。徒使神馳念往，欲罷不能；瑋聽奇觀，彷佛無地。豈世俗所謂斟酌有定，佛氏所謂缘分未至者耶！若以君王之惠，得免溝壑之憂，則伏謁殿庭，周旋觀沼，因以狀朝雲而譽雄風，固有日矣。

口授報書，感懼實積。

答林少峰

弱冠通籍，遂獲附尊甫及少谷交遊之末，昕夕會聚，寤言難忘。豈意事勢喜更，散落旋出。于時僕以口語謫宦裕州，隨中法吏，褫我章

① 幣，淮刻本、湖北先正遺書本作“弊”。

服，歸矣。曾不數年，谷翁奄化異物，尊甫亦遂倦遊。撫時感往，能不悵然？繼聞執事雅擅絶藝，立致青雲，掇藻攡華，鷹揚虎視。一時修辭之士，靡不推雄奉雋於門下者。以故家聲益振，舊業不衰。[1]而又器慮宏深，措行周慎，物情難害，時論莫瑕。誼在通家，私喜良切。近者剖符常郡，流惠江鄉。歲值大祲，[2]政適寬猛，饑而不害，民賴生全，溢潤餘波，激昂鄰國。栖遲莫遘，[3]慕戀徒深。

乃今幸以鄙事，附致請教之私，辱我執事，示以周行，擲之近作。僕行坐手之，循環諷誦，莫不淵源《騷》《選》，奴僕諸唐，掩近代之名流，振前工之絶響。使僕奄有奇珍，光爛笥篋。既藏復啓，誇客示儔。顧僕何幸，得以燕石而博隋珠乎！僕老矣，從事斯藝爲歲頗多，往往矜駑享弊，謂殆庶幾。及睹瑶章，則目奪氣沮，抱恧醞縮。巴焉杜口，瑗也知非，欲取舊草悉從焚棄，而兒輩止之。嗟哉遺醜，幸君無厭衰替！力嗣德音，深冀起予，因之改玉。

寄魏軫野

聚首不覺樂，離析既久，則覺愴悵耳。而執事曾不一字見及，相忘耶！抑冗奪耶！可怪可恨。鑾來，辱寄物，怪恨少釋。酒甚佳，即日開尊，一飲至醉，如對故人。豚肉香味頗劣，教云金華，或贋也。一笑一笑。

執事以解牛妙技小試割雞，不憂不及，但虞太過耳。夫明而晦用之，剛而柔出之：此龍蠖之竟伸，聖知之妙施也。僕嘗傷於虎者，[4]故以此告君。而歷龍門之險者，或可與言舟矣。《詩》不云乎："他山之石，可以攻玉。"僕不能自計，安能計人哉？而獨願忠於足下，故以苦

① 舊，淮刻本、湖北先正遺書本作"舅"。
② 祲，淮刻本、湖北先正遺書本作"侵"。
③ 遘，淮刻本、湖北先正遺書本作"覯"。
④ 嘗，淮刻本、湖北先正遺書本作"常"。

口之藥進，幸毋曰“汝何不自醫”而遂吐之也。

與殷子

竊聞人各有偶，物從其類。故婚姻，人道之始；伉儷，家政之基。豈可使窊隆一揆，涇渭混源哉？此鄭忽之拒齊，不疑之辭霍，良有以也。故秦、晋國匹，欒、郤族均，王、謝閥等，潘、楊世睦。本其門素，既爾齊同；稽厥風猷，復無虧替。又其子弟雅醇，弓裘克禪，則施衿命往，結褵言歸，百兩是將，箕箒獲所。於是甥舅騰冰玉之譽，龜筮告鳳占之吉，風人咏其好仇，宗黨贊爲具美。斯天作之純休，人倫之畢罄矣。

其或今跡雖微，先鬼則大；胤支云劣，祖德在稱。則駕言歸女，意屬振微。仁不遐遺，民歸其厚，猶長者之用心，矯偷之高舉也。又或席門之眷，甕牖之賓，前徽無聞，舊彦缺録，而豹姿突變，騂角旋生，無待能興，洿塗拔起。則知昌願托，冀庇望諧，譬之食果略株，棄牢收豕，徼新福於將來，違衆情而締納。此婚姻之變例，明賢之逆睹也。

至若椎埋宄類，闤闠狡童，不齒齊民，世濟惡德，以逮馬醫夏畦之子、給喪傭保之兒、亡命負辜之徒、導騶先驅之廝，籧篨戚施之狀，俯仰無能；侏儒介眇之稱，孝慈莫改。擬倫於犬豕，比德於伶優。一旦以乾没而致多金，資營苟以騰高貲，心志驟侈，不足非財，自醜卑流，仰攀華胄，推潤屋之餘脂，希宵燭之末照。於是醲肥啖其門客，貨賄誘其私親，遊説之言日至，密邇之譽不衰，遂至寡廉鮮耻，明目腆顔，唯利是求，族類罔計，象齒競謀，鳳毛安惜？是故育女猶之居貨，行媒同於貿絲，忍使化源釀爲賈道。於是犀璧金珠，爛充簪珥；冰紈霧縠，高貯篚筐。雖位在九列，族右一方，多議闊視之人，喜譏善誚之士，莫不一見解頤，弱息請往。遂使纓冕之產，入於駔儈之門；河鯉齊姜，比於鳴盜之裔。生爲合巹之人，若牛驥共阜而食；死爲同穴之鬼，則薰猶并器而藏。高門遂爾降衡，芳草由之化蕭矣。士人賚行，孰此爲大哉？

僕常懷此而未有陳也。近見郡中婚媾，多托媒於足下者，故敢布此；幸子稱品審流，别群分類，苟非異等，務遵常途，毋使禮門頓開利竇也。

與劉子

僕少不自慎，年届始衰，輒被末疾。小步軒序，則腰膝苦艱；暑濕侵陵，則擁腫坐困。五六年來，賓客逢迎，公私慶吊，歲時宴集，一切謝絶，悉本是耳。何也？蓋旅進則逡巡遲鈍，獨殿賓行；勉追則大類跛躍，欲速不達，往往附贅。同儔取譏觀狀，而僕又褊狹淺急，用以爲耻。而時俗不察，繩而罪之，過矣。

時方抱疹，而客有自高門至者，袖出豨薟數餅，教僕餌之。曾不浹辰，舊力稍還，宿苦日殺。幸其有當而詰其從來，則云君家服食之餘耳。遂乃發書證之，其中益州之表，稱其品賤而功奇。先民之言，良不誣矣。惜所饋不多，儵然就盡。兹欲廣藴博儲，俾應需不匱，而諸醫鮮能辨識者，使但按牒不疑，臨株漫擬，采掇一誤，[1]流害匪輕，不寧驟損夫前功，抑復嫁謬於往論。伏惟拔本見示，庶幾物色有徵，乃可獲不遠之則，而免似是之非也。况緣是以往，遂得厠迹於賓朋，蜕咎於疏廢，孰謂非執事之賜乎？

答丁滄源

追惟早歲，[2]客遊京師，適有天幸，獲定忘年之交於令先君之門，因識超代之才於君結髮之歲，朝夕計討微言，[3]擬議文事。僕信他山之石，而君則在璞之玉矣。散失各歸，寤言未置。

① 掇，淮刻本、湖北先正遺書本作“綴”。
② 早，淮刻本、湖北先正遺書本作“蚤”。
③ 計，淮刻本、湖北先正遺書本作“究”。

丁丑之春，邂逅令先君於逆旅。執手數言，草草別去。彼時少年盛氣，又新得志，不圖世路之多艱、後會之弗繼如此也。

己卯秋，僕以言事謫州吏，隨中法，比罷，返編氓。自顧蹤跡澳㴹，負譏干訴，日但屏處原野，俯仰自適，無復有望於人世矣。然而間睹仕籍，知執事名位日起，聲稱藉甚，又未嘗不鼓舞飛揚，爲故人驚喜也。

庚寅，聞執事以憂歸，則知令先君已仙逝矣。豈一丁丑之別，[①]遂成訣絶乎？乃悔分携，未致鄭重，遠缺芻奠，深負幽冥。

客歲知執事借重江邦，弭節鄰邑。壤域非遐，然僕竟不能越境奔投，道故信宿，緣僕久嬰末疾，以輿臺則甚艱矣，復不敢以煩有司。又不奉君者三四十年矣，未審復能省記不，使僕先焉，而君忘焉？而君拒焉，不已愧乎？凡僕之有乏於門下者，以此耳。而執事乃竟不以一介之使，咫尺之牘辱焉，豈果不復省記乎？亦罪僕之不先耶！僕之不先於左右者，有前所陳數者之難，而君之有加於不肖也，則易易也。僕既沮於難而君復吝其易，此心神之未孚而形跡之爲牿也。

既而反覆思之，似能得君之微者。僕素悉君仁孝人也。凡仁孝者之於親，當其既没也，睹故物而興悲，手遺書而廢讀。况僕托在知與雅稱不薄者乎？想君語次賤子，則追念往事，一念往事，則永慕先人，故搦筆伸紙，戒使候發，用悲婉而罷者屢矣。雖然，僕之望於門下者未已也，猶計他日行縣至吾土，當以野服展謁，未晚也。而教札忽及，則知執事已獲不遠之復，且旌軒北首久矣，又知僕尚在省記矣；中間述疇曩之迹，備死生之情，又幸僕之測君者中矣。

嗟乎！僕但記君之少，而君未睹僕之衰。即使夢寐獲通，豈得今狀乎？伊邇阻見，後晤何能？我心悠悠，其誰能極？伏望勛猷懋著，光我邦家。至門下老賤故人，獲蒙遺簪之念，足矣。

---

① 一，淮刻本、湖北先正遺書本作“知”。

答范東溟

執事手挈兵符，控吴楚之要區，遂使暴客滅影、行旅弗驚、江漢恬波、居民帖席，[1] 誠仁義之金湯、東南之保障也。田野鄙人，沾賴扞蔽者至矣，然未有窺於執事之全也。而聞諸吕子，則云執事負領神奇，醖藉深厚，其以文賦名家久矣。是有游、夏之藝，而又有方、召之猷者也。僕誠私心艷之，願附末交，因緣無地。而吕子則又云執事深有意於不肖，乃敢以賤製附上。

延佇德音，望在教益，而札貺重錫，獎與逾溢，超之倫比之末，而躋諸邃逖之品。執事豈虚譽人者哉？而僕實怍其匪堪矣。且僕弱冠客京師，一時談藝之交，於海内英彦，庶幾盡之。而僕頗奮臂其間，激昂雄視，[2] 謂往軌爲必踐，以前徽爲可齊。豈意蹭蹬驟被，塌翼南歸，師友乖違，見聞阻限。加以中歲血氣見驅，湛溺游讌，不復綴叙。流輩譏其自廢舊棄，[3] 棄之若遺。

日月如流，冉冉得老，竊深逝嘆之感，寧無伏櫪之思？而心力困憊，兼策不前，堂奥崇深，欲近轉格。又見近日英俊輩出，妙善日臻，新論各持，更凌互競。至所姗病，雖少陵諸什猶不免焉。衰耳乍聞，下舌屏息。始悟古匠之難追，後薪之必上也。

嗟乎！孔父無聞之戒，詩人老大之悲，少而誦之，未覺警切，豈圖今日於我證之。頹暮莫回，憤恨徒結。安得却老之方，勉修不朽之業，因以承下風而追絶塵乎！僕志若此，乃爲惠子盡之，幸君無遂耄我而棄之也。

---

① 帖，淮刻本、湖北先正遺書本作“怗”。
② 昂，淮刻本、湖北先正遺書本作“卬”。
③ 棄，淮刻本、湖北先正遺書本作“業”，疑是。

答郭桐岡

伏讀佳章，雖程古範，不詭時趨。紬繹性靈，濯磨風雅，雄才據勝，巽致通微。應景構辭，辭非補假；酌形敷象，象逼生成。卓然名家，允矣命世。王、孟合體，始稱前身；河洛諸賢，恐難方駕。信玄譬之冥詮、空參之上乘也。幸唯自信，非敢獻諛。

啓郭桐岡[①]

廷陳謹啓桐岡先生：僕於左右，輒有所薦，幸君俟聽之。

客有居門下者施生雨，泗上人也。能琴。琴能自合材質，由膠漆、徽軫以上，不一假他手。古今人所爲曲操，彼誦之，曰"是可弦"，輒譜而被之，五音不爽。能書。書兼真、行、草、八分。又能漢楷，能篆刻，能雜畫：數者雖未臻妙善，然其品不下矣。

能吴謳。謳能爲疾響，爲慢聲。其疾也，則激烈悲壯，若劍客互擊，瞋目而語難；忽然爲慢，則闡緩婉媚，如孽媵病姬，隱呻澀訴，欲盡而不能。予每傾耳而聽之，未嘗不怪其宫徵之暗移，歡戚之驟逮也。

其最奇者，則於方寸之楮，作小楷數千，點畫不淆，體裁各具。於粒蔴之上，宛轉書之，成五言詩一絶。即有炯眸，非極視專瞪，數拭屢翕，蓄而後張，不可得其髣髴。誠文囿之絶伎，生平之未睹也。

僕見古昔丸奕庖削之流，[②]皆得專精於記籍，亟贊於聞人。此君子下逮之仁，曲成之誼也。況生所能，乃儒術之支裔，學士之旁暢乎？即其人跌宕負氣，[③]澹泊寡營，羈控莫施，疏逸近達。雖無典學之績，而妙性資之合；雖在韋素之賤，[④]而藴紳珮之器；雖被泥滓之跡，而勵振

① "岡"下，淮刻本、湖北先正遺書本有"先生"二字。
② 奕，淮刻本、湖北先正遺書本作"弈"。
③ 宕，淮刻本、湖北先正遺書本作"岩"。
④ 素，淮刻本、湖北先正遺書本作"索"。

刷之操；雖寡儋石之儲，而絶愠怨之色。至於負俗之謗，時時有之。人不以病生，生亦自謂不病也。然則僕之禮之，獨以其能哉？

僕於暇日，於後二藝，面令爲之，知其非妄。玆不敢蔽，乃以所爲，敬致記室，一以明慧匠之未乏，一以證吾言之不虚。我侯多材藝而好奇，其於此子必有鑒賞矣。

答張静峰

少日得附榜末，幸哉有初。奈何褊心難化，多言累詈，義難毁觚，術乖巧宦，遂致名染罪籍，論在不貰。遂乃甘心疇隴，投迹樵牧。敢希不朽之業？聊爲卒歲之謀。年來衰病相乘，志氣俱憊。不惟絶想於鴻逵，亦久灰念於人世矣。至於係仰親交，何時暫置？每於暇日，一展年牒，當時朋輩，雕落僅存，俯仰生悲，不能自抑。斯生人之至情，由衷之真觸也。不知青雲之交，亦嘗興念於藪澤之侶乎？

前者節鉞駐黄，適僕偶被末疾，舉歷既艱，輿臺復乏。又以壯猷開府之初，諸司承律之日，而僕以草野鄙人，躑躅江干，爲長揖之客，恐於體局不無虧違耳。而候吏至廬，複申燠悃，感愧何勝？玆方僵卧，而使者遠自軍門，臨榻授牘。伏枕啓讀，終則復始，手之不釋，古誼宛然，逐不覺憤結之去懷，沉痛之蜕體也。昔人愈病之檄，不信然乎！且以刁斗戒嚴，羽書沓至，而乃從容運翰，馳訊故人，雅量足徵矣。又聞弭節旬日，先聲所届，魚鳥潰匿，妖魄竞褫，功在不戰。慚非劇孟，曷贊雄圖？若僕得以天幸，藥物際良，復其故步，於執事凱旋之日，勉操笻杖，伏謁道左，遂得執手斯須，論心信宿，則僕願尚厭飫足矣。

病中口授，鮮倫，不罪不罪！

答虞文表

友人王廷陳謹以木一具，折價八金，因使者致之文表先生門下。不腆可慚，要實吾言耳。

在昔孔子脱驂於舊館，延陵挂劍於徐君，惡涕出之無從，貴心許之不負。此生死之純情，先民之貞則也。而僕獨於君無恙之年，預此不祥之器，無乃繆往指而乖人情乎？矧我執事，術擅長生，容成難老，名漏岱宗之籍，永無就木之期。而區區必踐前盟，不爲忌諱者，良以君子謂生爲寄，達人齊喪於得；况警凶可以保吉，有備乃能無患。

竊恐區區此舉，結念雖勤，效用必虚矣。雖然，寧使區區之舉無用，不欲執事之算有窮也。

卷十八

拾　　遺

來日大難

瓦鳴霰急，柝止宵除。門有重扃，衣乏複襦。一解
秋繫徂臘，體無完膚。守掾致旨，令予殞軀。二解
壯心既褫，色鮮敷愉。長跪悲乞，請賜區區。三解
古途阻塞，新術崎嶇。豈不是趨，林莽鈎裾。四解
既鈎我裾，載覆我輿。覆輿孰視，立輿競扶。五解
我覆我扶，言返我廬。豈無良朋，恐及禍軀。六解

怨詩二章

卧龍不起，屈蠖難伸。舉肥失瘦，録贋遺真。馮唐既老，原憲長貧。晝無再旦，歲乏重春。

其　　二

楊岐泣路，墨素悲絲。崐焚玉石，劍失雄雌。翔鳶笑鳳，毒卉嘲芝。誰憐堅白，遭此磷緇。

彼之蹶矣，憤時也

彼之蹶矣，子曰烈矣。此之仡矣，子曰屈矣。豈不昭矣，虞厥焼矣。

凶日揭揭，士曰丞也。劣子不是殄滅，謂我士也越。匪士越矣，衷之切矣。

紀之荒荒，士曰丞也。無良子不是匡，謂我士也狂。匪士狂矣，弗革厥明矣。

泄泄在位，乃覆用媚。業業在位，乃覆用懟。彼蒼曷誣，子寧不畏。

虎兮狼兮，孰與當兮。蚊兮蠅兮，撲者仍兮。子恬不愧，侈以矜兮。

《彼之蹶矣》五章，章六句。

雜謡五首

或穴爾庾，鄰也遽呼。盗悖以逋，爾輟逐逐。詈鄰也迂。

其　二

仇頤大需，烹子以娱。豈不子憐，忌殞翁軀。子烹爾及，吁嗟乎翁愚。

其　三

東鄰日擊肥，西鄰日餔糜。不嫌糜味薄，但願常無飢。

其　四

誰謂炎如火，倏忽成死灰。誰謂寒如冰，流澌逐暄開。

其　五

東門之鳥本避災，魯人祀之以求福。彼躬不閱，能錫爾穀。

李國賓宅留別

文章傳勝事，禮樂接名藩。竹素晴齋滿，臺亭夏景繁。金枝扳帝室，朱紱謁王門。授簡梁園後，應招楚客魂。

過杞同袁令飲學宮

學宮今藝圃，令尹復文儒。翠篠琴偏傍，朱弦瑟所須。升沉應兆鱣，日月幾飛鳧。避暑過逢地，知憐調不孤。

贈戴復菴

樓回芳甸隔，檻倚紫芝叢。洞口邀丹侶，霞邊使玉童。乾坤歸藥物，山水寄絲桐。病後愁蒸熱，憐予乍送風。

哭先帝三首

鼎成奄忽棄群臣，海思雲愁淚雨頻。遥憶千門傳晝警，忽驚翠蓋尚南巡。

其　二

射蛟無復駐江鄉，别殿離宫鎖夕陽。帝子蒼梧萬年恨，凄風吹遍白雲裳。

其　三

關山百萬扈行宫，漢主園陵白露中。鵷鷺舊班今寂寞，不知何處泣遺弓。

簡友十一弟廷槐

秋圃兀坐，見風簷落葉既聚復散，架豆畦茄皆成槁本，蛩鳴床下，飢烏窺人。憑几流觀，愴然傷抱。

幸過我，一縱高談，銷愁博笑，何如何如？

邀戴士瞻

僕旅食者數載矣，解綬歸來，誅溪討谷，秋容隨地，商籟滿聽，邇者赤落階楓，翠餘徑篠，轉增悼往，不減悲秋。

聞子琴學益精，倘能携訪，一慰幽情乎？僕雖非鍾期，願洗耳以遲也。

與熊元性

客夏握手江干，命酒言昔，投壺散帙，覺有餘情。須臾解携，軒騎躑躅，回首不覺春芳再歇，緒風重款。感佳辰之弗遘，念良覿之無緣。辛楚不禁，子復何如？悵憶同時諸彥，僕既久隨，落葉惟喬，亦逐覆水。嗚吾被指，直夫下獄。僅有存者，落落數公。

嗟乎！文章者，忌之源也；剛直者，黜之本也。道不可貶，節不可變，終身棄斥，所甘心焉。豈效阮籍窮途之哭，賈生長沙之悲哉？恃子知己，敢布腹心，以聞於人也。

諸葛武鄉侯贊

隆中龍卧，是無東漢。營中星隕，是無蜀漢。天能壽公，公能壽漢。本伊吕之儔，胡管樂之願！

卷十九

附録一

明　王追淳輯

諸名公詩

贈王舉人

何仲默景明

王子萬人英，詩名少日成。驪珠眠自抱，天馬傍誰行。旅食青楓改，秋吟素髮生。過逢見汝意，潦倒愧吾情。

贈王子

王子萬夫特，英風千仞餘。未投湘水賦，曾上漢宫書。日月方前席，江湖漫卜居。城南相覓處，花暮獨回車。

贈王穉欽歌

王子衡廷相

休作《梁父吟》，發我千古萬古哀。大道無徵賢聖隱，至今心膽成寒灰。矯矯馮敬通，文章擅當代，口語成禍胎，禁錮老烟海。賈誼才高更少年，獻納多在王侯先。誰云絳灌不相忌，却令流落長沙天。吾宗學士難比數，文炳龍鸞氣熊虎，不逐長安齷齪兒，低眉靦面求憐取。心存匡濟人豪英，白日未墮憂天傾。閶闔九門不得入，大叫真與蛟龍爭。上帝不言閽者怒，黑夜搶落芙蓉城。芙蓉城闕隔星辰，望美人兮江之濱。三閭憔悴自多事，五湖放浪真閑人。茫然鼓柁不知遠，窈窕遊盡江南春。紫清仙人笑相友，不如且樂丘園身。君今莫邪尚在無？欲剸兕象須吾徒。天馬之足果無恙，刷雲看躍崑崙都。里中小兒不省事，鬥雞賭狗矜頭顱。君不見，朝歌屠叟稱偃蹇，八十垂竿渭陽汭，時來歘作明主師，分土營丘未云晚。

訪王夢澤園亭

廖鳴吾道南

蚤謝承明署，冥栖小隱園。曲亭圍樹密，斜圃種花繁。江近吟招鶴，巖虛卧聽猿。即承宣室召，禮樂待敷言。

鴻輪篇送楚客南歸寄王稚欽

鴻輪運玄樞，鶉曜旋朱明。歊烝藴隆。[①] 冒埄黷有客，今向河梁行。河梁泝風湍，風湍清且淺。岸芷汀蘭翠堪搴，彈箏擊筑暫徘徊，置酒當歌歌宛轉。宛轉歌且柔，君昔上都遊，春花艷桃李，春星鬱斗牛。蓬萊獨謁金銀闕，閶闔雙瞻虎豹斿。朝趨赤玉墀，暮宿白雲司。銀魚金馬相追隨，玄臺爲奏靈飛曲。四照花含五色芝，五芝秀可餐，四照渥如丹。采花烟圃側，采芝雲林端。儵忽青霓隔蓬島，栖遲白日生羽翰。羽翰凌霞長，長望楚宫陽，楚宫山色摩青蒼。三湘時見黿鼉出，七澤聊羈鸞鳳翔。芳渚浮丹荷，松門裊緑蘿。牽絲罥弱藻，延蔓縈崇柯。凫儔鶴侶奈爾何，奈何歌《白紵》，月挂層峰樹。憐爾悠悠獨往心，秋落黄岡半江雨。

① 今按：此句疑有脱文或文字有誤。

對雪酬仲禮兼簡稚欽

馬仲房汝驥

層城雪片晝逾陰，坐玩佳人大雅音。鄴郡風流應在此，梁園詞賦到如今。天邊梅柳春先濕，海上魚龍凍不吟。便約子猷鼓輕棹，水溪花磵繞幽深。

雨中王稚欽見過

積雨荆扉閉緑苔，衝泥騎馬訝君來。凉增塵榻輕須下，暮濕霞樽重爲開。出海蛟龍吟自喜，隨雲鸛雀過仍迴。仲宣解作《愁霖賦》，莫漫登樓望楚臺。

短歌送陳殿講册封之楚，兼訊伯誠、稚欽

石亭子此行何壯哉，都門走轡沙霧開。吴宫楚臺在咫尺，一棹迢遥天上回。天家宗派寰區遍，聖主分封出纓弁。玉節時馳閶闔門，丹書歲下明光殿。山河漢誓獨周親，禮樂名邦接近臣。湘北還浮太史氏，衡南不訪魏夫人。武昌仙樓高插天，黄鶴白雲俱眼前。酒酣落筆動風雨，賦入《遠遊》哀昔賢。江樹蒼茫冬日短，歸來畿甸春花滿。槎過金陵莫遲留，鵷墀鸞閣懷彤管。十年朋舊各翻飛，君聽驪歌意不微。去去如逢王與許，道予將欲解朝衣。

琴贈王子并附此作

許伯誠宗魯

南遊陟衡嶠，得此龍鳳材。配合太古琴，下指生風雷。一彈鬼神泣，再彈猿鶴哀。曲終有餘調，流雲淡徘徊。藏之翠錦囊，經歲何

曾開。豈不嗜宫徵，俗耳多塵埃。春江覯之子，夜月翩翩來。解囊拂素絲，雅倡飛瑶臺。寂寥伯牙意，鍾期夙所諧。輟贈良有以，知音諒無乖。

送曹仲禮、王稚欽、汪子宿、馬仲房、江景孚五君子謫宦五首

鴻雁群飛飛，翱翔在中澤。秋水寒且深，露冷霜復白。颯然驚飆起，蕩析各南北。分翼青冥表，托跡緇塵側。哀鳴念儔侣，霄漢心惻惻。

其　二

塞草日萎黄，胡沙莽如雪。邊風颯以高，時序凛秋節。送子悲宛轉，悵望成胡越。丈夫當遠遊，夙昔輕離别。眷此同懷友，惨惨寸心折。

其　三

渥洼真龍種，汗血稱絶倫。散蹄躡景曜，驕步凌飛塵。網羅致天閑，飼養八駿鄰。駕馭日已久，出入參星辰。逸性苦難縶，邁往心未馴。依風一嘶仗，棄擲凡馬群。徘徊望閶闔，顧瞻損精神。

其　四

高基臨易水，曠野含秋陰。草樹已摇落，山川日蕭森。俯仰悼時序，顧眄悲古今。燕王昔致士，上置千黄金。禮意既勤渠，心志乎亦深。如何一易世，魚水成商參。送子攬故迹，慨嘆傷余心。

其　五

離筵列尊俎，復此燈燭煌。看劍飲杯酒，嘯歌心獨傷。矯矯五君子，朱鳳鳴朝陽。振衣舉丹穴，揚采儀桐岡。餐瓊飲玉液，錯燦生文章。菲才負短翮，追逐凌風翔。毛質非本類，羽翼假輝光。愴此四方別，孤鳴雲路長。

王子宅牡丹

洛下瓊瑶品，江南富貴叢。寶欄回彩艷，綃幕護香風。細蕊含愁碧，輕霞暈酒紅。低回親舞袖，窈窕出花櫳。國色名傳異，芳園賞幸同。春光遲佳侣，留醉錦屏中。

和王子登江子樓視病

江淹抱病久彌留，王粲登臨復此樓。詞賦總聞歌《白雪》，栖遲時已屬清秋。城通爽氣辭卑濕，簷宿高霞散遠愁。藥餌果能生羽翼，雲霄携我共遨遊。

雨訪王子

弭楫黄泥坂，衝寒赤壁磯。城雲低拂蓋，江雨細霑衣。側想高人卧，深憐晤語稀。清談終永日，不作放船歸。

江上别夢澤王子二首

沙岸移星舸，雲汀敞夕筵。水寒風色勁，波净月華妍。酒興劉伶後，詩名謝朓先。江湖爲别地，解纜各凄然。

其　二

昔同金馬詔，今對緑江尊。舟楫鴟夷子，《離騷》楚屈原。狂歌還鄙鳳，別淚故傷猿。知爾高居久，《潜夫》已著言。

登赤壁寺閣，王稚欽携酒至

崔來鳳桐

崔嵬佛閣對江流，江草青連蘇子洲。銀漢撟虚愁鵲度，珠光塔古抱龍遊。風雲舊物吾仍取，詞賦仙翁去不留。謾約王喬招白鶴，夜深還共月明舟。

李子中、林懋易、曹仲禮、王稚欽夜過，分韻得凉字，薛君采蕙

拂簟移尊净客堂，朔雲燕月滿宫牆。建章露濕金莖凍，太液波侵玉樹凉。海内風流今下榻，天涯疾病舊沾裳。歡娱自惜形容異，留贈空慚翰墨香。

月下聽王稚欽彈琴

鄭繼之善夫

昭文鼓緑綺，六氣指間流。王子梅花思，飄飄下隴頭。月華終勝雪，商意自成秋。今夕西方夢，佳人不散憂。

冬夜過王稚欽

禁木栖烏盡，城樓戍鼓催。暝移中散駕，時接仲宣才。道術吾全

未，詞場力擬回。清風《廣陵散》，愛爾數能來。

曹仲禮索巾，云將歸具茨，兼簡王夢澤

元是山人白接䍦，雲逵贈汝莫相疑。便從夢澤穿嵩少，更歷褒城問具茨。

贈同館五君出爲州

陳魯南沂

才子來宣室，名高不解留。諸州分虎節，同日下龍樓。摇落時相逼，艱虞志未休。關河明夜月，偏照遠臣憂。

雪夜訪王稚欽，投贈

皇甫子循汸

清時不善宦，幽谷遂遺材。秪自焚魚卧，從人結駟來。漆園寒罷灌，竹徑晚猶開。更有相忘樂，何言興盡回。

國朝藝林咏之一王稚欽

王汝化格

王子幼聰警，識者稱國器。兩魁《小戴禮》，騄騄騁騄驥。龍性固難馴，一斥竟垂翅。歸卧楚江涯，宛有嵇生致。蓬頭累歲月，白眼看儕類。高歌若無人，音節窅以邃。自許晋魏前，所詣良無愧。斷金歘已淪，喟焉傷余思。

八子詩之一王吉士稚欽

吴明卿國倫

維楚故有才，誰爲稚欽偶。早歲發天秀，匠心應其手。高視千古前，左馬相先後。寧操湘女瑟，耻擊秦人缶。調世如弄丸，罵坐非使酒。敖然咏新篇，豈復聞師友。遂爲禮法攻，一官棄如垢。傷彼荆山玉，終焉不見剖。

卷二十

附録二
明　王追淳輯

《哭武宗毅皇帝詩》跋

王元美世貞

僕平生以不及遘夢澤先生爲恨，今日得見先生文翰，又得與先生之從子行父游，足矣。當呼子墨泚楮尾，時覺行父亦沾沾自喜。不知先生在芙蓉城，聞之以爲何如耳！

王敬美世懋

王稚欽先生武廟時讀書中秘，與儕偶四人同上諫書，留中已，竟出爲裕州守。世廟時，諸君子皆賜環，而先生已中文法，歸編氓矣。然讀其《哭武皇詩》，何惻怛忠厚，藹然風人旨也！人謂先生跌宕不羈，吾所未信。行父之寶是詩，寧獨翰墨哉？

王百穀穉登

夢澤先生《哭武皇帝詩》，不勝鼎湖攀髯之想，無幾微逐臣怨望意。楚人多怨，乃先生獨不然。宋玉、景差之遺風，猶能不爲所染，豈徒區區藻詞麗句已哉？從子行父購而藏之，烏衣群季之佳，青箱世業之富，舉在此卷中矣。

吴明卿國倫

吾楚稱詩之士多矣，而予竊以夢澤先生爲一時冠。乃楚志删詩，不多采焉，則知音難哉！今其從子行父氏雅能工詩，先生實風之矣。先生下世已三十年，而所爲《哭武帝詩》業已七十餘年，手澤如新，風度可想而挹。行父猶得購而珍之，亦先生不朽之一斑。

張羽王鳴鳳

往從京師，得先生集於書市，讀而善之，謂江漢之詩，先生爲儁一時，諸人不逮也。迺今從先生諸子行父得見先生《哭武皇帝詩》，灑翰清逸，意者類其爲人，將無然乎？行父敏而有文，克遵先業，宜是卷獨歸行父哉！

邢子愿侗

世能名稚欽先生詩，莫能名先生書。此卷翩翩有大令風，足當兩絶。行父其善保之。舟次捲雪樓，漫題。

龍君揚宗武

予以謗倅黄，夙知行父文名，因得與交歡。一日款予郊園，酒半，出是詩，讀之，逸句遒翰，無容置喙。顧於哀思舊君，猶不能忘追諷，忠愛慷慨，自可想見，固不徒賞其詩翰而已。行父獨能珍之，益可以見行父爲人。

楊伯海一洲

萬曆庚辰，興國司馬張羽王南漕至都，酒中出先朝諸名臣遺墨視予。予獨愛先生是卷，醉語咄咄，手不能釋，以其爲逸詩，字亦世所未見。至壬午，予扁舟過訪吴先生於興國，得接王行父。酒中，出此卷，不覺駭然，乃知神物終歸王氏，而予之得再觀也，亦奇矣。

《贈廖學士詩》跋

張羽王

庚辰春，予攝蒲圻間，從故廖學士家購得王稚欽先生五言詩十五首，乃其手書以貽學士者。先是，先生之諸子行父曾遣使詣予，命跋先生所書七言絶句詩數首。行父固曰："此吾家之璵璠也。"余竊憶之，因購以歸，將貽行父。會東漕，不果。今余南還，行父過視，啓篋出授。其再拜而置諸懷也，雖藺生之於連城，無以過矣。行父之克纂家學，名起詞林，有以哉，有以哉！

吴明卿

稚欽先生詞翰故爲士林所珍，而其從子行父氏每見一字，輒不吝重貲購之，志可知也。今得此於張别駕，别駕蓋得之廖學士家。行父奉爲稀世寶，偶得借觀，因識其後。

鄒彦吉迪光

稚欽先生以詩爲名高，業有《夢澤集》行於世，人人珍之矣。而此數詩者，半是集中所未載，行父氏奉之若拱璧焉。所謂能世其業者，非耶！

王元美

天下以才子歸稚欽先生，若謂大紳子啓之，傾寫不倦，則誤矣。構結鍛琢，極有工夫。一句一字，亦皆有色澤。意態若項西楚、關漢壽不能得其九戰絶甬道、掩七軍之妙，而僅以叱婁煩、馘顔良，喑嗚跳蕩之，粗目之爲萬人敵也。此卷皆五言律，尤自長城。書法故不必較，而翩翩自賞，宛若徵仲中年以前筆。先生信奇人哉！

王敬美

王夢澤先生，楚文人先輩中第一。少聞家兄稱説先生，心私慕之已；偕其幼弟稚表侍郎同舉進士，獲聞其家世之詳已；又遇其從子純父侍御，益聞其豪舉、磊落之狀，然終以未睹先生翰墨爲恨。乃歲甲申，侍御之弟行父氏不遠千里來謁余兄弟，出先生手筆見示，書法翩翩有意，平生傾嚮，幾無遺憾矣。行父棄諸生，工古文詞，於先生爲家學正派，以故最留意於先生手澤，即片紙剩幅必珍，而人亦争購遺之以中行父之好。王氏青箱，代不乏人，余於行父見之矣。

王百穀

世皇之季，三湘王公爲吴郡理官，出夢澤先生集，鋟之郡齋。余少亡賴，如健犢破轅，罕所推讓，讀此集，即吐舌下之。王公行以數部見投，秘惜帳中如《論衡》然，每嘆先生楚材無兩。頃者公之弟行父持此卷過齋頭，半是集中所漏。大海珊瑚鐵網，疇能絶流哉！行父嫻於辭，以雕龍世其業。其寶惜此卷，不但王家青氊而已。

方仲美尚贇

頃在弇山園見元美先生，執行父手，謂曰："子不向侍郎接武而從太史傳衣，可不虚第五之名。"予以爲良然。即是卷之藏，則行父結好可知。其能傳衣，有由哉！

邢子愿

萬曆丙戌春仲八日，余以督粟如淮，孟孺、行父兩孝廉船尾相銜，就余爲别。時小泊富口盱衡，明卿先生不至。貰酒數行，行父出其世父稚欽先生卷見示。頃之，大風揚波，水天瀰茫，漁舟估艇歷亂岸次，官柳依微，野桃的歷，争破雨作妍。種種奇致，都與此卷互相映發。念吴先生且至，當爲盡一觥欣賞之。座中有皋倩茂才，爲明卿第二雛，所謂青鳳一毛，不減行父之視稚欽矣。

卷二十一

附録三

明　王追淳輯

諸公評語

楚三子詩評有序

顧華玉璘

夫詩之品，誠有高下矣。上繫代運，下繫人倫，則大體攸分矣。彼指摘字句之間校量工拙者，豈不猶塾師之於童子，未窮大致，姑課之屬對之乖合哉？未可與言評詩之方也。孔子於《詩》曰删，固去取乎其間矣。此評之所由始也。今觀四詩之旨，其義安歸？所不貴於字句之細，人知之矣。秦漢無言之者，魏文《典論》略及其人詩賦之能否。厥後鍾嶸之《詩品》、王通之《續詩》，始皆因言觀人，因風觀國，而商定之大都，豈不略可窺哉？至唐以詩設科，主司進退之格，不得不求於文字，故議論日繁，而殷璠、姚合之徒乃攘臂伸喙於是矣。宋詩不逮唐風遠甚，而評品益富。大抵遺忽命脈，洗索瘢痕，宜其綴緝愈勞，神情愈喪，益見其不逮也。今之論者顧諉曰："宋詩尚事實而略情景，於唐爲劣。"嗚呼，豈確論哉？不見夫雅頌多陳事實，漢古詩無風雲月露之辭，乃今獨稱絶藝。何耶！蓋有説焉。夫歷代之詩，猶之風氣。三百篇，唐虞之醇也；漢魏，夏商之忠質也；晋，周之文也；六代則靡矣。至唐之盛，則能去靡還醇，故彬彬文質焉。何怪其表後世乎？誠不在乎情景、事實之異與夫字句之末而已。觀夫李逸杜雄，同稱詞傑；高、岑、王、孟，并駕先馳而體裁各殊。舉斯鏡鑒，斷斷可識矣。苟不得其大，而徒譾譾焉雕琢摸擬以希之，譬諸刻木以求言笑，翦綵而冀生活，終身豈可得乎？或曰："大烏乎在？"曰：其入也在雅俗，其成也在淺深，過此以往，非余之所知也。余客承天，有三子者曰："顔惟喬氏、王稚欽氏、王汝化氏，楚之傑也，皆以文雄海内。"聘纂都志，會於賓館，數與言詩意合，各出一編授余品定。余玩繹之，又反覆之，皆所謂得其大，不屑其細者也，雅而深者也。竊不讓著論，以效鍾生之勤，俟文中子者，采而續焉。

評曰：王稚欽，異稟高明，矯矯龍性。早年稍辱泥塗，遂跳躍去之。釣澤以來，窮學海之大方，益宏虛受，卓然名家。詩八卷，皆五言，上苞建安，下獵天寶，務絶近代之軌轍，神解天成，藻績自足，詭妙所臻，其殆與王、楊之駕相後先乎？文尚奇古，此方舉其詩，未遑叙也。

顔惟喬，剛毅善任，舉意弘遠，苟利人國，不怵死生。及其玉破而還，博窮六藝，遂將龍蜕塵埃之外，漠爾斯世焉。詩文以秦漢爲準。其爲樂府若干篇，皆假托古題，直瀉衷悰，體裁所就，雅麗兼陳。若撰辭構意，一趨奇脱，不襲前軌，可髣髴其操執矣。

王汝化，淵沉有志，妙悟達微，覽往籍，悉洞旨要，故染翰取則，神情即自己出，允哉馳騁六藝之林矣！詩諸體皆工，雅而暢，華而有思，其風人之致乎？楊仲弘曰：取材於選，效法於唐。子詩之謂也。顧集未載此文，因并録評二公語。

王元美世貞

王稚欽少爲文，頃刻便就，多奇氣。然好狎游，黏竿風鷂，諸童子樂，又蹶不可馴。父每抶扑之，輒呼曰："大人奈何輒虐海内名士耶！"爲翰林庶吉士，詩已有名，其意不可一世，僅推何景明，而好薛蕙、鄭善夫。故事，學士二人爲庶吉士，師甚嚴重，稚欽獨心易之。時登院署中樹而窺，學士過，故作聲，驚使大恚。然度無如何，佯爲不知也。乃已當授官給事中，用言事，故詔特予外補裕州守。既中不屑州，而以謫出。知當召，益驕甚。臺省監司過州，不出迎，亦無所托疾。人或勸之，怒曰："齷齪諸盲官，受廷陳迎耶，當不愧死？"一日出候其師蔡潮以他藩道者，潮好謂曰："生來候我，固厚，而分守從後來，亦一見否？且生厚我以師故，郎分守，君命也。"稚欽曰："善。"乃前迎分守，而分守既下車，數州吏微過，當稚欽笞之十。稚欽大罵曰："蔡師誤王先生見辱。"挺身出，悉呼其吏卒從守，勿更侍。一府中慴伏，亡敢留者。分守窘，不能具朝餔，謀於蔡潮。潮爲謝過，稍給之，僅得夜引去。於是監司相戒，莫敢道裕州，而恨稚欽益甚。爲文，致逮下獄，削秩歸。家居愈益自放，達官貴人來，購文好見者，稚欽多蓬首垢足囚服應之。間衣紅紵窄衫，跨馬，或騎牛，嘯歌田野間，人多望而避者。晚節詩律尤精，好縱倡樂，有《聞箏》一首："花月可憐春，房櫳映玉人。思繁纖指亂，愁劇翠娥顰。授色歌頻變，留賓態轉新。曲終仍自叙，家世本西秦。"又一書答人云："綺席屢改，伎倆雜陳，絲肉競奏，宫徵暗和。羲和既逝，蘭膏嗣輝，逸興狎悰，干霄薄雲，禮廢罰弛，履遺纓絶。"俱妙極形容，可謂才子。

王稚欽詩如良馬走坂，美女舞竿，五言尤自長城。

王稚欽、吴明卿之於五言律，各極妙境，可謂專至而有餘。

王稚欽書牘如麗人訴情，他文則改鼠爲璞，呼驢作衛。王稚欽答余懋昭二書，與李少卿報蘇屬國差堪叔季。顧華玉鎮楚，詔修《承天志》，以王廷陳、顔木應，後不稱旨，一時亦謂非宜。自今思之，自不可及。《藝苑卮言》

侍明卿行者王行父氏從旁曰："子以吾先生楚人也，楚於德、靖間最多才子，若以吾伯父稚欽嚆矢之，而顔、廖、童、張、孫氏父子翼

焉，子以爲疇偶。”不佞憮然，久之，始應曰：“以子伯父，庶幾乎！”《吴明卿集序》

楚之先輩，辭權尚在臺閣，長沙之廣通，黄岡之偏至，蒲圻博而寡要，茶陵健而少情。《與郭美命書》

弘、正之間，大昌厥辭，李、何倡之，邊、王翼之。《顧華玉像贊》

徐左使學謨撰《楚通志・王廷陳傳》，謂廷陳爲翰林院庶吉士，好譏評人長短，出爲吏科給事中，會毅皇帝南巡，業以言激修撰舒芬、庶吉士汪應軫，上書阻諫，大學士石珤止之，曰：“脱禍不測，莫汝庇也。”廷陳且賦《烏母謡》，大署玉堂之壁，語侵政府。由是風吏部，又出裕州守。此處殊誤。蓋當正德十四年散館前，而廷陳與同館汪應軫、曹嘉、汪暉、馬汝驥上疏剴切，留中。至是暉、汝驥留而廷陳、應軫、嘉出授官。迨吏部擬暉、汝驥編修；廷陳吏科，應軫禮科，俱給事中；嘉御史。有旨，各依甲次補外。至嘉靖初，各復官，而廷陳坐法革爲民，後以言事，例准致仕。今謂廷陳已授給事中而激修撰舒芬等云云，又出爲裕州守，且其時石公以禮侍學士，掌院司教育，非大學士也。又謂肅皇帝登極，訪羅遺佚，巡撫都御史顧璘以廷陳名薦，不果用，亦誤。嘉靖十八年，璘聘廷陳修《承天志》而薦之，爲科中所駁，故僅賜銀幣耳。肅皇登極之際，廷陳方坐事，顧尚爲台州守。《史乘考誤》

顔惟喬草《隋志》，稱良史。余讀之，殊不稱。又徐子與致其全集，若干卷，亦平平耳，遠不逮王裕州。

《文章九命》：三玷缺，四偃蹇。有云：“邇時李獻吉、王稚欽輩，皆負此聲，何也？内恃則出入弗矜，外忌則攻摘加苦故爾。寧爲有瑕璧，勿作無瑕石。”

吴明卿

稚欽在德、靖間以詞才擅名史館，海内士爭誦説之。近體奄有四傑，古詩凌厲三曹，而文則刻畫左氏内、外《傳》，楚諸先輩鮮有能方駕者。《王行甫集序》

黄州諸勝，有待而顯，有如東陽永嘉，非沈、謝不名。若赤壁本奇，假借嘉魚，無當雪堂、竹樓，雜廨宇間。一托足，皆所謂前人不足古也。至求黄歇殘壘，永安故城，即居人不知所在，獨稚欽先生詩稍備一邦逸典。而其辭又宏麗大家，高視蘇學士二賦，何論季常！今先生骨已朽，明公豈有意一表章之，以風楚後學乎？《與鄒彦吉使君書》

元美序令伯詩，及鄉人周鄒諸君，而不一及行甫，則其精神偶遺，非定論也。《與王行甫書》

頃讀元美所爲《夢澤先生序》，謬及鄙人與周、鄒二子，而遺行甫、本寧。不知所謂，怏怏者數日。《與王行甫書》

李本寧維楨

弘、正間，北地、信陽纘漢唐之業，而吾楚有王稚欽先生者，實羽翼之。至嘉靖末，歷下、婁江中興，而吾楚有吴明卿先生者，其社中人也。楚得二先生而張。《王行甫集序》

胡元瑞應麟

當弘、正時，李、何、王號海内三才。如崔仲鳧、康德涵、王子衡、薛君采、高子業、邊廷實、孫太初皆北人也，南中惟昌穀繼之，華玉、升之、士選輩不能得三之一。嘉、隆則惟李于鱗、謝茂秦、張助父北人，而南自王、汪外，吴、徐、宗、梁不下十數家，亦再倍於北矣。《詩藪》

王敬美

稚欽不死，乃稱才子。明卿雖老，竟是詩人。此語不載集中，胡元瑞以告追淳者。

顧玄言起綸

《國雅品》云：王給事稚欽調高趣新，頗多奇句，如深谷綿蠻，泠然幽響。其《少年行》云："金羈及狡兔，珠繒落高鴻。"《江上言懷》云："岸東濤聲急，軒凝野色重。"《還蜀》云："峽束秋江怒，雲盤石棧懸。"《吊道士》云："海田猶有變，洞壑豈無哀。"《春書》云："絮飄兼鶴毳，花落罥蛛絲。"《夜坐》云："把燭秋蛾集，開簾夕鳥過。"《聞箏》云："思繁纖指亂，愁劇翠蛾顰。曲終仍自序，家世本西秦。"殆與高、岑方軌矣。稚欽本高才不羈，嘗謫裕州，爲監司督過，罷職還，益自放誕，或衣緋酣歌，或跨犢浪跡，作慢世之狀。讀其《述邃賦》，其志有足悲者。

汪伯玉道昆

當代楚材滋盛，臨皋、下雉先鳴。《與王行甫書》

張助父九

詩至我明，真振歷代之衰，直追李唐，而楚才尤衆。如公家稚欽、行甫，下雉明卿，岳陽仲可，京山本寧，皆一時翹楚。

卷二十二

附録四[1]

明　王追淳輯

諸公評語

黄岡縣志

茅伯符瑞徵

王廷陳字稚欽，濟子。穎慧絶倫，讀書日記數千言，弱冠魁楚書，尋儁禮經第一，授翰林庶吉士。武廟南巡，與修撰舒芬、庶吉士汪應軫等上疏諫。或止之，陳作《烏母謡》。疏入，上怒，廷杖，謫知裕州。治尚嚴棘，士民畏之。性褊直，以事忤當轄，遂中危法，褫職歸。嘉靖間，詔以言事，例准吏科給事中致仕。後巡撫都御史顧璘薦修《興都志》，欽賜銀幣。屏居林壑三十餘年，以詩文自娱，郡國吏罕見其面。大梁郭鳳儀守黄州，時時以詩就質。大中丞林富亦云："入楚獲見夢澤先生，歸田對父老無愧也。"其見重如此。著有《夢澤集》行於世。《人物志》

齊安自有王、杜闡兹風雅，至蘇瑞明，益揚其波，江山斐然增色。明興，王太史稚欽先鳴，狎主詞盟，楚師遂方駕域中。《藝文志》

---

① 原脱，今据上下卷文例補。

黄州府志

周子徵思久

王廷陳字稚欽，濟之子。穎慧絶倫，髫年即能文，讀書日記數千言。舉進士，選翰林庶吉士。武廟南巡，與修撰舒芬、庶吉士汪應軫上疏諫止，觸上怒，跪門廷杖，謫裕州守。治尚嚴明，士民畏之。然性峭直，以事忤當轄。當轄怒，以危法中之，後得解罷歸，屏伏林壑三十餘年，絶足公庭，日以詩文自娱。所著有《夢澤集》行於世。

湖廣總志

徐明叔學謨

王廷陳字稚欽，黄岡人。年甫丱，日誦數千言，能文章。弱冠魁鄉試，登正德丁丑進士，選翰林庶吉士，補吏科給事中。武宗南狩，與修撰舒芬、庶吉士汪應軫上疏阻諫，上怒，杖之廷，謫知裕州。以忤監司免歸，屏居林壑三十餘年，日以詩文自娱。所著有《夢澤集》行於世。嘉靖中，巡撫顧璘疏薦起用，上賜縑帛，優待之，不果用而卒。

楚　紀

廖鳴吾

王廷陳字稚欽，黄岡人，參政濟之子也。正德丁丑進士，選翰林院庶吉士，補吏科給事中。諫阻南征，謫裕州知州。

卷二十三

附録五

明　王追淳輯

家　　乘

明奉訓大夫河南南陽府裕州知州以吏科給事中致仕前翰林院庶吉士先伯祖考行十府君行狀

曾祖考諱思旻，儒林郎，直隸、揚州府泰州同知致仕。曾祖妣魯氏。封贈闕考。

祖考諱文奎，封承德郎、南京户部闕□。清吏司主事，贈奉政大夫、吏部驗封清吏司郎中，加贈通議大夫、南京户部右侍郎。祖妣樊氏，封安人，贈宜人，加贈淑人。

考諱濟，河南、四川等處承宣布政使司左参政致仕，贈中大夫，加贈通議大夫、南京户部右侍郎。妣汪氏，封宜人，累贈淑人。

本貫湖廣黄州府黄岡縣永安城。

楚先哲才名赫奕，無逾先翰林府君。自府君下世，今垂五十年而家狀缺如也。諸書志傳多所紀而弗詳，藝林人士或侈談而失實，從孫追淳愴焉。淳生也晚，先世事皆不易知。歲時從諸宗老掃丘墓，偶有聞，輒筆識之。記問獨至，故能悉府君之行業。而又證諸往牒，筆信削疑，爲草狀，俟異時上之史官。

謹按：先翰林府君諱廷陳，字稚欽，别號夢澤子，行十。前元之季，省三公自豫章樂平徙家黄岡，歷五世，爲泰州同知。公思旻府君生洪武間，始輟農業，以仕籍顯。淳德陰功茂甚，此後人累葉食報之始。事見别傳。泰州府君生南京户部主事竹坡公文奎府君，竹坡府君生吏部驗封郎中南墩公濟府君，二世皆以叔祖太子少保刑部尚書公廷瞻府君，贈通議大夫、南京户部右侍郎。南墩府君爲時名臣，勁節莫容，出爲河南、四川参政，遂乞休歸，課農永安城山中。翰林府君，其第二子也，出汪淑人。

髮總丱，負異穎，記誦以寸，或廢讀，騖於邪僻小技。庭趨課督，咄嗟遂辦。正德八年，以白衣魁楚書。明年，試禮闈，自意儁第，不免束縛如新婦，乃稱病，不終策問。榜發，知果儁禮經第一，而復置之主司，爲扼腕者屢。十二年，始亞魁大庭。同榜十餘人并擅賦藻，而府君尤其傑出。先是，占者奏文星入楚，是其應也。既被館選，改授翰林院庶吉士。益綜淹博，盡發中秘之藏。其爲文按古衡法，不肯苟就。詩於時少所許可，獨推何督學景明。每公卿出所撰使評，輒加臧否，無所遜避，故多陽服而陰憾之。院有嘉桃，嘗登樹竊食，爲館師學士見之，令作《竊桃賦》；已伐樹，又令作《伐桃賦》，皆擊鉢韻成，文采璀璨，學士嘆服。《藝苑卮言》有云："故事，學士二人爲庶吉士，所嚴重，稚欽心獨易之。時登院署中樹而窺學士過，故作聲，驚使見，大恚。然度無如何，爲不知也。"即此事。傳誤。

佯時，武宗毅皇帝數爲期門遊。十四年下詔南狩，將歷岱宗徐揚，憩南都，浮吴越，遡漢水，登武當，省臺諫者多得罪，大臣亦莫敢言。府君遂草疏，激同官舒芬、汪應軫、江暉、汪思、曹嘉、馬汝驥等詣闕力争。學士止之曰："禍不測，余莫汝庇矣。"府君作《烏母謡》，大署玉堂之壁。疏入，上大怒，不可解。三月壬子，警道。届期，府君等跪門五日，而諸司以疏繼者至百七人。時天色陰霾，水溢内海子不了橋，高四尺，鐵柱七斬折，京師震駭。大臣被唾罵，出入不敢待明。有請命禮部禁言事者，或又頁諛参屬吏妄言。有旨，各廷杖三十，疏首調外，餘奪俸半年。府君既受杖，屢絶復蘇，賴良醫得不死。然上遂不果出。

秋期，當解館。吏部擬府君吏科給事中，徐宗伯、廖學士、皇甫僉憲皆謂已散館。授給事中者，蓋言後以言事例准給事中致仕而誤。宰執不悦，假手其間。旨下，俱依甲次外補。於是芬等皆出，而府君遂以二甲前列，例補河南南陽府裕州知州。考芬爲廣東提舉，暉爲澤州，汝驥、廣德皆知州，而思獨爲三河驛丞，似非甲次，不審何故芬獨爲提舉？當是以疏首，先調耳。

其爲裕州，治尚嚴棘，法行貴戚。簿書期會瑣屑，既非其好，欲如長孺卧治，而地當南北孔道，手板、折腰益非所堪。臺省監司過州，例不出迎，亦無所托疾。人或勸之，府君叱曰："齷齪諸盲受廷陳迎，不愧死耶！"有清軍御史喻茂堅，鷙悍人也。《藝苑卮言》以爲分守，誤也。當出京，時人或謂曰："裕州王才子，宜折節下之。"茂堅不悦，遂首按裕。先是，府君偶迎臬長陳鳳梧，《藝苑卮言》以爲蔡潮，蓋誤。按《河南志》，嘉靖六年，潮始以右布政使莅此。鳳梧勸曰："子候我固以父執，而御史從後來，亦君命也，倘有意一見乎？"府君曰："善。"乃迎御史，其不出郊，遵令典也。御史以爲輕己，故撻州倅示怒。府君引咎，爲解不得，誶語遂及府君。府君怒曰："陳先生誤我哉！"攘臂登堂，拳擊御史。御史窘甚，姑謝曰："王先生命世才，惜乏量耳。"笑而釋之。律例官品，應從凡鬥論。御史陽屬鳳梧關説，而疏已獨上，且招來黠民，羅織罪狀，下大梁獄。久之，有金陵王逢元抗衆怒，入獄共寢，揚榷古今。父韋方督學中州，弗計也。府君在獄，嘗撰《左賦》《螢火賦》及《神難》之篇以自廣。南墩府君貽以五經各一部，而各繫以詩，勉之進德省愆而已。然一二宰執舊怨府君，内外構扇，莫有解者，竟褫職歸，齒未三十也。

歸而南墩府君拒不令見，見當杖殺之。府君日夜涕泣，每因所親求見不得，乃遵大杖則逃之義，避而城居，蕭條布素，不異貧士。一日忽心動，求見，甘大杖不避，南墩府君亦番然許見。網魚傾醇，歡宴終夕。而南墩府君忽病，數日遂不起。非緣孝感，幾不獲一面。

逮世宗肅皇帝下詔，復言者官。同謫諸公皆躋顯秩，汝驥至禮部侍郎、侍讀學士，贈禮部尚書，謚文簡。暉至工部侍郎。芬至左諭德，謚文節。思至副使。應軫至提學。嘉至布政使。惟府君後職。坐事僅因言事例，准以吏部原擬吏科給事中致仕。諸書僅云致仕，考汝驥、暉之召起，皆去知州，而仍吏部編修之原擬，則府君之准致仕，亦當以給事無疑，不然何以書因言事例？言事則前事例，則一例可知也。

初，應軫被詔至京，即欲上疏明府君無罪，曰："余寧不官，不忍使王子沉落。"而同詔諸公虞其累己，遂力止之。應軫每入班行，悵悵若遺，雖復故秩，不喜也。嘉靖二十年，大司空顧璘將事潛邸，因奉旨創《興都志》，集楚鴻儒，而以府君暨顏亳州木、王僉憲格申於表薦，書成，當賜環。時方居母汪淑人喪，遲及秋期服闋，乃行。會其書且就，稍爲筆削，聊酬司空禮數，非有意再出也。書上，爲忌者參駁。上遂不果召用，僅賜白金、紵絲而已。時薦疏非止司空，今不可考。府君與人書有云："近日薦剡，僕名每溷諸賢，深用爲愧。二公知己，誠未可忘。"

郢遊歸，栖遁益深，瞬然世味，無所介意。或屢月不櫛，達官貴人謝絶勿見；以購文見者，多蓬首跣足接之。嗜著紅紵窄衫，或裼以素。有馬日行三百里，出必以隨，或騎牛嘯歌，惟興所適。素工諧謔，聞者絶倒。書法翩翩，有聖教家範，片紙隻字，藝林争購，若連城珍。善鼓琴，居常聲樂不絶耳，曲誤輒顧。日饌數千錢，預置笥中，取以自給。重門下楗，不通賓客。綉幕緗簾，綴以流蘇。雕欄畫屏，金碧隱映。仗鼓朝發，華燈夜張。積日成歲，未有間絶。倦則與所昵蹴踘、投壺、彩選、博陸，賭快爲戲，或手一編過目，聊復自娱。每語人云："林居以來，高竹林之賢而醜其放，懷三閭之忠而過其沈，智鴟夷之逝而污其富。丈夫樹立已矣，而詞賦小技，又無足煩其思。"每景物會意，命酒自歌，酒不盡量，歌不盡調，倦則偃卧，卧不爲夢。厭苦俗徒，寧獨無與。身累百垢，長爲世棄。乃稍稍脱拘攣之文，逸瑣尾之忌，弛煩多之縶，若九重流潤枯槁。被以纓紼，趨就班行，俗忤事違，褊心復觸，前轍必遭，天幸難再。故欲敦窮居之尚，示自廢之跡，廣讒口之資耳。其衷如此。

一客自山中來，謂將謁郡庭，有所請。府君怒逐客，曰："鄙語何辱吾堂？”令童子汲水，澆滌盡日。嘗泊厦門，楚愍王召宴，極備樂，方授簡陳詩，且爲元夕觀燈之約。及春，而王遣使幣聘禮，意甚殷。府君稱病，力辭，而王即以元夕後之三日被弑，蓋亦先幾之智。近衰，出户尤簡，獨歲一赴宴寵姬之父李家，出則里人士塞途聚觀。屏跡既久，郡國之吏無敢輒至其廬。大梁郭鳳儀領郡，亡何入覲，京師貴人多問：“與夢澤先生遊大快乎？”郭公憪然心愧，未及南轅，已具書。顓使自介求通，爲久要盟。抵郡，兩相歡如故識。府君始報謁郡齋，下竹樓之榻焉。撫楚大中丞莆田林雲同行縣，先使通意，冀一見不得，乃遣尉屬殷生懇之。府君與約，不刺、不報謁、不冕衣裳乃見。中丞大喜過望，出語諸藩臬，曰：“入楚，覯稚欽先生，可歸田對父老不愧也。”夏文愍公言方在閣時，問訊不絶於道，府君初無所答，其介如此。府君雖傲物，而事伯兄都察院都事公廷儒府君最謹，鞠訓幼弟尚書府君，無間形體，曰：“此先大夫愛子也，骨相當槐棘。”然都事府君以嚴督，而府君以寬育，故尚書府君抵於有成。

府君修軀偉容，多膂力，老進不衰。忽感嘆，作《分手陽關曲》數闋，倚胡琴成，聲淒惋欲絶。偶有房帷之溺，一病遂劇。視匠治棺，猶戲謂：“此中良安，好第不堪作錯認。”蓋蹴踘身勢也。易簀之頃，顧諸客曰：“滿座黑老鴉。”有餉鮮荔枝者，命客納袖中，奄已逝。穆皇帝初年，加意耆宿，王格起家卿貳，而府君下世久矣。

府君生弘治六年八月二十二日之寅，卒嘉靖二十九年十二月十六日之辰，享年五十有八。葬黄岡之風火山。配謝氏爲大中丞昶孫女。男子二人：伯父同舟娶劉莊襄公天和女，叔父同豫娶陳氏，俱老諸生。女一人，適諸生牛奎。孫男十人：出同舟者，兄潁州知州追伊娶平樂知府吕韶女，諸生追傅娶合州知州劉桂女，追姬娶曾氏，諸生追召娶某氏；出同豫者，追嘉娶方氏，追欽娶李氏，皆諸生，早卒；追芳娶程氏，追熙娶周氏，追昌娶曾氏，追暭娶李氏。幼者尚未名。孫女六人：適儒士劉應嘉、諸生李文綬、諸生左應試、王家錫、郭世完、李望科。曾孫五人：諸生一中娶戴氏，一鳳俱追伊出；一嵩娶滕氏，追傅出；一奇、一音，追姬出；一鵬，追昌出。曾孫女五人：適禮部主事周應明，諸生徐步瀛、丘維明、孟闕、刑部主事徐存德。若追嘉、追欽、一中，俱名士也。

著書凡二十餘萬言，即今傳《夢澤集》。世多稱府君尺牘淳獨，謂顓精在文，逼真《左》《國》，兩司馬而下心師焉。漱取精華，盡除蹊徑，難諧衆目，宜然矣。他論草累百篇，皆童時受罰之業，而實浸淫秦漢，或類蘇，猶存什一傳焉，今藏家塾。海内稱繼業者，家君太僕主簿同軌暨侄臨漳令一鳴。而鳴已早卒，獨追淳輩數人沾沾挽弩末而瞠乎其後。畫虎之慚，其能免哉！

王追淳曰：先翰林府君甫通籍，輒欲死朝廷，乃其毅氣使然。小見凌辱，卒與禍會。龍驤登途旋蹶，可悲也。末造蟬蜕溷濁，高蹈深栖，狂則正平，傲仍叔夜，而獲考終，誠闕不幸之幸。當時楚諸先輩，文焰甚熾，府君以失位少遜，及異世超乘，獨府君齊名何、李，稱海内三才，他皆不足挂齒。斯文定價有時，信其然矣。且夫節義、文章，自古不能兼得，而府君天縱之。區區富貴利達，何足以動其心哉！

先翰林府君遺事

先翰林府君以諫阻南巡，廷杖不死，出守裕州。州有販布商爲盜顛越，面毁首碎，府君廉其狀不得，因意商必主儈，州諸儈可訊也。一日徵諸儈悉至，忽一麻雀飛來，往返梁間。府君心動，麻可姓，梁可名也。猝問："麻梁在乎？"或曰："麻梁先期去關外矣。"因急捕麻梁，一訊吐實。雀非冤化，則鬼神通之乎？

逮忤御史，下大梁獄。有遠族弟廷茴者，聞其事，大不平，具疏走京師，欲爲申辨，撾登聞鼓不得。會駕出，伏道左稱冤，箠死杖下。茴年二十有二，於府君實昧生平，蓋烈士也。茴死九十年，而其事始傳。

居林下時，戚有購産而鬩者，府君以弄丸居其間息之。二氏具宴，槖百金若以酬者，府君無所却。令星鑿之，遍擲地上，群優争拾，毆者或蹶，一噱而已。

陳祭酒沂嘗奉使過黄，府君報謁江上，紅衣擁妓。陳公勸："曷少斂乎？"府君曰："人有不能，各從其好。安能以子之所能，傲人之不能？子誠小人也。"此陳公之孫所語。

有丁生，徽人也，以醫獲燕見，嘗問："子徽人，稱吾文若何？"丁生曰："吾徽無不稱絶代一人，但云不易就耳。"府君方晨櫛，笑曰："子試擬一題。"曰："即作贈丁生文可矣。"府君左握髮，右捉筆，文不加點，立就《上池》之篇。丁生頓首謝曰："前言本誣，向非一激，丁生何自得公文耶！"又有殷生踵此術得數詩者。

有別墅數處，分日游衍。一日方宴卧墅間，聞唱騶聲，驚曰："何物俗吏喝道入吾林？"詢之，一司理也。使童子隱身樹上，俟其還過，以箠箠驚之。司理慚怍，遁去。

關中許宗魯督學楚時，造門求之，府君衣不改故，迎不下階，蓬首出見。許公口占韻語，爲《蓬首謡》見謔。府君亦舉其拙句鄉音，應聲爲謡答之。

幹奴謳，曉文善書，每文成，口授腹草，令書，不大訛失。又於諸所欲爲，能先意承順，大得其懽。與殷子書，有"椎埋宂藪，闤闠狡童，自醜卑流，仰攀華胄"等語，則以陶仲文嘗招致之不得，而陶甥胡民表者，與謳結兄弟，忽賂殷生求婚。府君大怒，擬《古龍升天須浮雲行》峻絶之也。

《聞筝詩》"花月可憐春"二首，王司寇世貞極稱賞之。其人本逆瑺劉瑾侄女，始瑾欲贅戴探花大賓，戴已聘某參議女，欣然停婚。瑾復悔之，云："又一部《琵琶記》矣。"乃别贅邵解元昇。瑾誅，邵挈妻遁去，後展轉襄楚爲娼。"曲中仍自叙，家世本西秦"二語，妙絶人代，蓋實録也。

又司寇《藝苑卮言》有云："王稚欽蹶不可馴，父母每抶朴之，則呼：'大人奈何輒虐海内名士。'"此語自有致，但非其實。吏部府君家範甚肅，府君登第後，猶時時與杖。或使鈔書，字法小苟，叱之長跪階隅，無問隆冬酷暑，不得父命，竟夕不敢去。嘗偕諸弟蹴踘，都事府君值而怒之，猶與杖四十。又或見有外祖汪公過宿於家，晨興，偶失竹簪，府君持帚覓之，跪而後進。賢孝之實，往往如此。

萬曆間，郡守范可奇爲建棹楔，署云："直節匡時，雄文映世。""惟《郭有道碑》無愧色"，此之謂歟？

往淳爲草行狀，其不及知者贅録於兹。彼其殘膏剩馥，足了數人，而况夫與日月争光者乎？

新附録

佚文輯録

江上贈羅汝延太守之二

獨釣江城暝，相逢水國寒。滄浪漁夫曲，綵鷁使君灘。雪後雲增白，楓回岸匝丹。一麾當歲晚，行路莫辭難。

淮刻本卷五、湖北先正遺書本卷六

送唐生詩

仗策欲誰親，侯門不重賓。空彈馮氏鋏，莫濟范睢貧。玉露凋紅樹，金風起白蘋。蕭蕭南去雁，飄泊自爲群。

《御定淵鑑類函》卷三百一十

周雪窩墓志銘

君童，父遣就傅。傅讀或誤，輒擇焉以難。傅曰："童惟訓，何難也？"君曰："實疑焉，其敢弗難。且訓以開慧，而務閉之。閉慧以訓，何傅之有？"傅聞而駭，以辭父，許業成。父曰："何弗試也？"君曰："兒聞之，積之如淵，流之以涓，不然且竭。兒虞竭也。"父聽。久則請曰："可試矣。"父乃曰："已淵乎？"君曰："及弗淵，當無竭憂。"

一試而廩食，既屢試弗第，君色愠。或曰：“達生無愠。”君曰：“豈一第之留焉？父老矣，而不務以寬之懼。”乙丑歲，以次當貢，强而就，曰：“童而業，何期也！兹之就之，何卑也！”復曰：“賢而抑者豈不繁哉？何有於余而以懟？”已爲慈谿丞。慈谿，饒國也，國重賂。吏當其甫至，百金爲皿，籍手稱覿，令不有始，國人作例。君曰：“却焉，昭令之愆；其罔却焉，廉不吾有也。昭愆匪仁，捐廉匪智。弗却以却，吾是用思。”首營學宫，士也朋從。繼給孤窮，民無煢煢。末糴以充，委吏則綜。費不帑出，賄以爲公。邑人悦焉。按者爲賢，政不可遷。甫三年，以疾卒於官。君諱紹武，字大烈。生以天順辛巳，卒於正德辛巳。嘉靖甲申，葬地名小嶺。

銘曰：澤儉厥德，予也實惑。不軀而裔，爲我民悦。爰妥厥居，冥懷以舒，矚後以娱。《縣志》

光緒十年《黄州府志》卷三十八“金石”上

與友三友四書

四兄於先人有骨肉之恩，有師弟子之義，又於兄弟中貴而且賢；至於三兄，久以孝廉聞於州郡，三代之遺直也。中流砥柱非二兄而誰！夫人生而敬愛之，死則凌其後人；或生而面譽之，背而毁之；或指其微瑕而掩其大美；或平日隱蓄忿怨，幸其死而泄焉，皆市井之行，非道義之物也。夫士者，以其異於衆人也。使與市井同行焉，烏在其爲士矣？

翟公云“一死一生，乃見交情”，左右明耻慝怨而面友者。先人肉死未寒，乃於一旦群吠衆攻，又於先人深爲詆訾，兄忍聞之乎？言者縱不惜先人，獨不自惜乎？使人亦以此加於兄及兄之先人，能堪之乎？夫生死異情，面詭於心，在賓客爲薄，於交遊蒙羞，使於骨肉而然，竊恐翟公之門不屑書，丘明無所於耻也。今也取賓客之薄道，携交遊之病德，舉而施之骨肉之間，且士也，甘擬跡於市井，弟頗爲衆不取也。

嘗聞群而擠，勇者必僕；族而撓，勁者必曲。一倡從和，謬素爲緇，能使明者改視，聰者失聽，鑑亂其照，衡喪其平。是故仁義不足恃，律令不可憑，固懷刑者之所危，聽訟者之所惑也。弟每念斯事，輒仰天叩心，潸然泣下已。復攘臂起立，突然壯夫，犯衆怒而不悔，就刑辟而無慍。是豈闇於機宜而與俊傑異識哉？誠憤其妄詆先人，兼恃二兄之砥柱也。

今觀衆議，誠如風影，茫無住著。至所云祖儲，則所謂上古之事，遐哉邈乎？其詳不可得聞已。當年目擊之人，其上壽者已齒落髮脱，龍鍾擁腫，語不可了矣；其下壽者久登鬼籙，骨肉蔽於下陰，爲野土矣。當年髫齓之童，又見二毛，稱翁矣。國經三帝矣，家見玄孫矣。必欲求明以爲分析之據，當求冥漠之官、魍魎之吏、冢墓之鄰、腐敗之牘，又當有還魂之術，起諸先人於重泉。然後就聽於幽宫，責逋於異物。乃使亡是司厫，烏有執槩，憑虚布籌，安處職出，歷代文薄，旋爲補緝，飾已陳之跡，本致多之由。又恐毛穎告勞，紙價騰貴矣。

先人彌留之際，諸父諸兄皆在省視，未聞一言及之，張本今日。若但口語傳聞，非法家之事，衆處争中，復難證佐。想諸長者必有迴出尋常之見，又有萬無一失之策，非弟稚嫩迂腐所及。弟爲此説，祇欲爲衆巧發一笑耳。

夫千乘之國不信其盟而信子路之一言，弟之求救於二執事者，屢矣。舉今日之事，唯兄之命而甘心焉。且兄亦許之解矣，然而舉措不一，持議靡常，令人轉增疑懼。奈何老母連日憂泣過當，幸兄大賜張主，以寬母心，若吾輩固魚肉也。

淮刻本卷十七

歷代序跋

王夢澤集序

李幼滋

王夢澤集若干卷，舊刻於夢澤之家。今雲澤官淮，復刻之郡齋，而請余以序，曰：“願有以永吾兄者。”

嗟乎，吾烏足爲夢澤言哉！夢澤弱冠振場屋，聯登甲科，程試之文，膾炙海内。逮入禁苑，才名益馳，天下操觚之士識與不識，莫不服其爲難及也。命與仇謀，機將禍會，共妒朋忌，群言沸天，内不見容，外不能亮，擠排挫折，放乎丘壑。君平棄世，而世亦棄君平矣。然則夢澤何嘗異哉！世人褊心，見其跡不察其情，拘於小不求其大。凡夢澤孝友直諒、慷慨雋爽、憤俗匡時之素，輕財好士之風，通明幹世之資，邁往凌雲之氣，知者幾人？其莫之敢訾而不能泯滅者，文焉。止矣，悲夫悲夫！國家熙洽之運之所篤生，山川英靈皤然之所秀發，上天鄭重産才之意，乃獨文一王夢澤耶！且是文焉者，既以礙其修途，又以掩其鴻美，豈夢澤之幸哉？烏乎！使夢澤在翰林不即出，出矣得壽考其天年，必將絪緼涵蓄以暢鏜鏞黼黻之盛，否則精究玄詣述一家傳世之言。

今之此編，存者僅僅耳。又皆斐然應世，衝口而出，信筆而書，在夢澤亦自不以爲滿焉者也。故觀夫夢澤者，於文猶有未盡，而況其人乎？然徐而讀之，則有見於其趣遠，其味深，其旨正，而不渝其節，調而不迫，具盛唐之冠冕，備魏晋之風容，妙左氏之典刑，得騷人之情旨。長篇短什，足垂規範。下至書題述臆，亦極心手。宛然之妙，蓋獨超乎神魄而别具乎肝脾，物外之至珍而塵中之嘉瑞，不煩繩削而自有得於天者。後人誦説，亦可想其平生矣。夢澤之鉅者，昭爲列星，激爲雄風，往矣，不與之俱往者，將不在是邪？况雲澤令望嘉猷，章於始仕，已偉然廊廟之寶。酬其兄未了之心，補其未盡之譽，而饗其未全之福，自有以永夫夢澤者，豈直校輯其未定之文已哉！余於夢澤爲後進於鄉，而雲澤則同寅也，感通家之誼，且重違其請，遂不讓而書之。

嘉靖壬戌歲孟冬朔賜進士第中順大夫淮安府事前禮科左給事中應城義河李幼滋序

淮刻本、湖北先正遺書本前

夢澤集序

皇甫汸

《夢澤集》者，齊安王君之作也。君名廷陳，字稚欽，號夢澤子，因以名集云。父南墩公濟，孝廟時登壬戌進士，爲吏部郎。生君，穎慧絶倫，髫齡即能綴文，殆由性靈，非假師授。黄童世謂無雙，倚相時稱能讀，咸楚産也，君實似之。吏部公愛之甚，常云“王氏千里駒，復見此子矣”。

甫冠，舉於鄉。越丁丑，試春官，俱爲禮經第一。廷對，擢高第，選爲庶吉士。與東浙汪子應軫、江子暉，關中馬子汝驥、許子宗魯，任丘鄺子灝，大梁林子時、曹子嘉，西蜀余子承勛，楚顔子木暨君，并摛藻掞天，敷華緯國，得人之盛，彬彬首是科矣。江子爲文，鈎玄獵秘，雜以古人奇字，指既閎眇，語復聱牙，令讀者謬根眩霿，至莫能句，隱口汗顔而罷。王君每有所造，輒大叫以視人，曰：“有能增損一字者，願以千金爲睹，恐《吕覽》金卒莫可得也。”又好爲譏評。由是人多陽服而陰憾之矣。歲餘，解館，拜爲吏科給事中。值毅皇帝將南狩，在廷群臣咸諫止之，章奏日盈於公車，不獨言責也。汪子乃激衆聚詣闕下，上書宰相。熊峰石公典司館教，危言沮之，曰：“倘禍叵惻，老夫力莫汝庇也。”且賦《烏母謡》，大署玉堂之壁，語侵石公，公爲大慚。其縱誕多此類。先是，忌者以館中譏評語寖淫聞於政府，政府銜之。書上，果諷吏部出補州郡吏，竟得裕州。夫脂韋磬折，不習其容，訟牒填委，又非所好。至則治尚嚴棘，不畏强禦，法行貴戚，有鷹擊之風。謁御史不爲少貶，廼晞附權勢，文構釁稔，遂使鍾儀縶冠於楚囚，鄒陽按劍於梁獄。悲乎！今上嗣位，湛恩汪濊，虛納曲貸，諸子稍稍晋復。君獨絓網擯棄，顔子嬰禍尤烈，至使患同黨禁，而榮異彙征，去均淵墜，而進乖薪積，世共惜之。

自後一紀，而余忝己丑進士，識崑崙山人於都門。山人者，張詩也，雅善諸子，間與余道夢澤事，因聞其詳。余亦濫有時名，諸子引與締交，未嘗不延頸想見王君也。况負才使氣，亦與同病。尋以觸忤權貴，賴天子寬頌，謫爲黄州理官。是役也，不以左遷爲恨，而以得繼蘇長公爲榮；不以赤壁爲樂，而以得見夢澤子爲幸。下車亡何，乃乘雪造其廬。時君足跡久不入公府，余置自外員，居由别館，君亦不惜造余。乍奉半面，歡若平生，接以杯酒，申以贈章，辭載集中。夫王氏業紹青箱，官聯朱紱，爲楚世家。君又令其子暨弟若侄從余游。嗟乎！君胡白首於衆而傾蓋於余？余亦胡爲在衆欲殺而在君獨憐也？顔子雖清揚未覿，而芳訊亦數相聞矣。

君屏居幾二十載，釋戀於爵服，娱志於琴書，覃思古人，專精作者，屢勤剡薦，耻赴弓招。觀其上顧中丞、陳監察書，若嵇康之絶山濤，及寄余懋昭、舒國裳二劄，即楊惲之報會宗，其節概可想見矣。君方斂英戢鋭，撝謙履坦，不以才華傲物，而以道術誘人。使早年砥行能然，可優游以取卿相，然未能宣耿介、發孤憤，如晚歲所底也。固知書成於去趙，賦就於還邛，人爵榮名豈有既乎？終不以彼易此矣。夫楚多材之邦，而辭賦之藪也。屈原見詆於上官，宋玉蒙詬於登徒，禰衡被害於曹瞞，然其志則争光於日月，而其言則等敝於霄壤矣。君亦奚愧哉！

是集也，樂府、古詩，潘、陸齊軌，下擬陰、何；五七言律，沈、杜比肩，參之盧、駱；文效《左氏》《國語》，而兼騁班、馬；書類東京尺牘，而雄視崔、蔡。足以不朽矣！凡詩賦十一卷，文六卷，共十七卷，成一家言。舊刻於家塾，季弟雲澤君廷瞻刻於淮陽，侄三湘君同道又刻於吴中，而吴板益精矣。

二君皆以進士爲理官，善治獄，號神明。莅淮者以賢拜河南道御史，莅吴者亦被徵行矣。三湘謂余知夢澤最深，命序諸首。嗟乎！甲寅之秋，余有滇南之役，取道齊安，訪君故廬，見其子若孫，唏嘘抆涕，賦詩吊之，兹復序之，是生叨敬禮賞訂之交，死辱彦昇筆札之托，不敢辭三湘者，不忍負夢澤云爾，言惡足爲集寵哉！皇明嘉靖乙丑秋七月朔，賜進士第、奉政大夫、吏部司勛郎中、出僉雲南按察使事吴人皇甫汸書。

蘇刻本前，亦見皇甫汸《皇甫司勛集》卷三十六

王夢澤集序

王世貞

楚有王夢澤先生廷陳者，當正德中成進士高第，讀中秘書，以伉直故，卒廢死。余爲郎時，先生尚在，念不獲侍門牆，獨得其詩若文，習之以爲快。歸吴，有《藝苑卮言》紀其儁語俠氣，頗稱於人，人而未能定其品。晚節宦游金陵，而先生之孫潁州太守追伊重梓其集於郡，而俾余序之。

余故嘗通楚《檮杌》諸家言，竊謂春秋之季，其主篳路藍縷以啓山林，其民魋結左衽，日尋於干戈，豈復暇問觚管之業？而時已有倚相、伍舉者出，而綜墳典，嫻辭命。厥後屈左徒氏遂以《騷辭》開百世宗，而宋玉、唐勒、景差之徒相與紹明之。及秦、漢而後，小有顯者，亦不能與東、西兩京之彦埒。至唐而僅有襄陽杜氏、孟氏，杜氏之業差爲宏博，與屈氏分途而偕不朽，若文史論建，可稱述者抑又鮮矣。

明興百五十年，而始有先生。先生甫弱冠，天才橫溢，飛聲藝林，超宋乘而上之，步武開元、大曆，以與六代接。文則自西京而下之，亦不失六代。其尤雅儁者，書牘大小數十，言言子長少卿也。詩無所不工麗，而五言更長城矣。先生既以直廢死，不得珥簪荷管爲縣官司述作之柄。繼先生者，三太史俱以博大奇偉稱雄館閣間，然有韻之辭，視先生不啻徑廷也。後先生三十年，而先生之鄉人則吴明卿氏，先生有專詣，

而明卿取兼能。若今周元孚、鄒孚如諸君子交轡而馳康莊焉，能捨先生亦巇哉！

嗟乎！衡泰峚二嶽七澤三湘，山若增而巃嵸，水若闢而灝渶者，其爲先生輩耶！非耶！余文蕪，不能當先生。雖然，潁州以爲前茅，而余且私其驥尾矣。

四庫文淵閣本《弇州續稿》卷五十五

夢澤集序

陳文燭

夢澤先生論二十篇，久布江漢。大梁侍御周公讀而愛之，梓於淮南，以誨多士；又發先生立論大旨，浩渺如雲夢，其傳益遠也。

先生名廷陳，字稚欽，號夢澤。少穎慧絶倫，其父吏部公以爲王氏千里駒復見也。弱冠試《禮》經，俱第一。及官翰林，綴文立就，則大叫曰："有能增損一字者，願以千金爲賭，恐《吕覽》金莫可得矣！"又縱任不拘，出補裕州。先生無脂韋磬折之態，而公期鞅掌大不耐也。投劾被逮，吴人王子新從獄中談藝，其事頗奇，而先生危矣。嗣歸山中，都御史顧公華玉聘修《興都志》。書成，朝論不可，先生復幾危。嘆曰："我豈因緣攘腐鼠乎？"遂覃心著作。詩律尤細，字多晋法，楚人寶之。皇甫子循叙先生集等敝霄壤，而王元美稱其五言諸律妙極形容，是定先生之言者兩公耳。兹論得侍御公表章之，非先生之幸乎！嗟乎，以先生之才與學，何施不可？而自放坐廢，斯亦足痛矣。

燭往來黄岡里中時，先生之墓宿草矣。及其素異哉，所聞大都孝友廉信，絶跡公府，往往多方外交。里有新貴者，思招致先生，先生擬《古龍升天須浮雲行》絶之。其節概若此。嘗欲爲先生作傳未能，而附著其概。若所著論之善，侍御公業有言，世無輕間先生矣。

明天啓三年陳之蘧重刻陳文燭《二酉園文集》卷二

夢澤集題識

王追淳

先翰林集，未經生前删定，如諸賦稿，皆亡失殆盡。登甫伯父搜輯之久，十不得一，以載集中。乃諸詩牘，不無濫入者。先宫保梓於淮，據原草獨删賦。先侍御梓於吴，稍删諸贋詩牘而賦得并存，去取差强人意。任之先兄潁州之梓，較諸梓最詳，而濫入尤多。兄意不自安，間以屬追淳訂其訛失，得如干字。兄以不以淳爲僭妄，遂取原刻改正以傳。未乃成而兄已捐館。是刻展轉歸於豪貴。淳鬻所珍米顛研梅道人畫卷贖歸，而殘失又已過半。家貧歲祲，勉爲補刻。别取家藏遺墨及名家手翰詩跋與評語散見他籍者增入之，爲拾遺，爲附録。淳亦撰有行狀遺事，贅之末簡。蓋嘗典釵釧縮糜餔而書始成，意欲乞大方家一傳，爲先公身後評耳。雖蠅負狗續之嫌弗敢避。惟覽者原亮幸甚。萬曆壬寅夏五。

潁刻本《夢澤集》

歷代著録與評議

王廷陳，黄岡人。進士，選庶吉士，補吏科給事中。諫武廟南巡，謫知裕州，尋免歸。居家二十餘年，日以詩文自娱，所著有《夢澤集》行於世。

明李賢等撰《明一統志》卷六十一

雪夜訪王稚欽投贈二首

其一　見卷十九《雪夜訪王稚欽投贈》

其　二

倦遊東觀後，招隱北山前。不與公卿事，翻多農圃緣。臨池宜有翰，挂壁但無弦。余亦懷歸思，誰能更待年？

與王稚欽書

緬昔神交，終成良覿，幸甚！徂年若電，別日爲秋。滔滔江漢，我勞如何？不肖承先人之痛，抱痾苫寢，抆涕帷堂，無因奉咫尺之書，申綢繆之意，執事諒之而已。曩乞雄文爲先人壽，迺今已矣。一念及此，五内盡裂。夫喜與戚，異感而同情者也；吊與慶，殊方而合愛者也。僕之私心，欲煩改撰誄詞以竟前請，以遂鄙旨。雖非稱千金於終宴，亦將銘九原而不朽也。裁書惝恍，不知所言。

明皇甫汸《皇甫司勛集》卷四十八

夢澤王子，楚之俊人也，與予有世誼，所贈遺亦多。其詩清切不凡，瑩潤可愛。蓋資嫺而學足以濟，才逸而調不能拘，卓乎稱能者矣。今刻近二百篇。夢澤名廷陳，字稚欽，世居黄岡，嘗魁湖試，再魁禮闈。由嘉靖丁丑進士改翰林吉士，擢禮科左給事中。以言外補，坐事勒歸，居家憒憒鬱鬱，杜門謝交，惟肆志文事而已。年五十八，遽卒。錫山俞憲汝成甫識。

明俞憲《盛明百家詩·王夢澤集》

王少泉集序

楚於春秋爲大國，而其辭見絶於孔子之采。至十二國之風廢而屈氏始以騷振之，其徒宋玉、唐勒、景差輩相與推明。其盛蓋逾千年而有孟浩然及杜必簡、子美之爲之祖若孫者復以詩顯。又幾千年而爲明德靖之際，王稚欽氏出，而張、廖諸公繼之。自張公以氣雄而廖公以辭逞，稚欽最號爲高華，然不能毋見才役，而少泉王公稍後出，獨能折其衷。……公與稚欽皆繇高第，讀中秘書非久，皆去爲他官，故無所染於習，自致其境於古，而公尤工。

明王世貞《弇州四部稿》卷六十八

薛君采、俞仲蔚之於五言古，王稚欽、吴明卿之於五言律，又明卿、子與之於七言律，高子業之於五言古、近體，各極妙境，可謂專至而有餘。

李少卿報蘇屬國書，不必論其文及中有逗脱者，其傳合史傳纖毫畢備，贋作無疑。第其辭感慨悲壯，宛篤有致，故是六朝高手。明唐伯虎報文徵明、王稚欽答余懋昭二書差堪叔季，伯虎他作俱不稱，稚欽於文割裂比擬亡當者，獨尺牘差工耳。

明王世貞《弇州四部稿》卷一百四十九

江暉字景暘，文昭公瀾子也。以翰林修撰爲按察僉事，年三十六死。有文集曰《亶爰子集》。按《山海經》曰：亶爰之山多水，無草木，不可以上。有獸焉，其狀如狸而有髪，名曰類，自爲牝牡。食者不妒。取以名集，别無深義。暉好以奇癖字作文，初若不易解者，解之得平平耳。王稚欽有詩嘲之云："江生突兀揚文風，千奇萬怪難與窮。博物豈惟精爾雅，識字何止過揚雄。古心已出丘索上，邃旨或與神明通。求深索隱苦不置，一言忌使流俗同。令弟大篆逼鐘鼎，絶藝耻作斯邕等。生也爲文遺弟書，一出皆稱二難并。縱有楚史不可讀，滿堂觀者徒張目。少年往往致譏評，生也不言但捫腹。君不見好醜從來安可期，豪傑有時翻自疑。伯牙竟爲知音惜，卞氏能無抱璞悲。請君寶此無易轍，聖人復起當相知。”讀此大略可見。

明王世貞《弇州四部稿》卷一百五十

邇時李獻吉氣誼高世，亦不免狂簡之譏。他若解大紳、劉原溥、桑民懌、唐伯虎、王稚欽、常明卿、孫太初、王敬夫、康德涵，皆紛紛負此聲者，何也？内恃則出入弗矜，外忌則攻摘加苦故爾。然寧爲有瑕璧，勿作無瑕石。

胡仲申，聶大年，劉欽謨，卞華伯，李獻吉，康德涵，王敬夫，薛君采，常明卿，王稚欽，皇甫子安、子循，王道思，皆邇時之偃蹇者。

明王世貞《弇州四部稿》卷一百五十一

贈王行父行父，稚欽先生猶子也，而師事吴明卿爲文

王郎買舟千里來相詣，開卷珠璣光照地。不見竹林狂客阮嗣宗，得見阿咸差足慰。武昌以東建詞壇，吴叟首歃汝捧盤。齊安赤壁一時快，郢里白雪千秋寒。三閭沈湘九辨作，古人未解今人樂。病向維摩乞贈言，不二門中無此藥。

明王世貞《弇州四部稿》續稿卷十一

又答鄒孚如舍人

若贈僕二古風、四近體，名世之言，直可與明卿并駕，稚欽輩不足當也。

明王世貞《弇州四部稿》續稿卷一百九十

王廷陳字稚欽，黄岡人。年甫丱，日誦數千言，能文章。弱冠魁鄉試，登正德丁

丑進士，選翰林庶吉士，補吏科給事中。武宗南狩，與修撰舒芬、庶吉士汪應軫上疏阻諫。上怒，杖之廷。謫知裕州，以忤監司，免歸。屏居林壑三十餘年，日以詩文自娱。所著有《夢澤集》行於世。嘉靖中，巡撫顧璘疏薦起用。上賜縑帛優待之，不果用而卒。

明凌迪知《萬姓統譜》卷四十五

詩有必不能廢者，雖衆體未備，而獨擅一家之長。如孟浩然洮洮易盡，止以五言雋永，千載并稱王、孟。我明其徐昌穀、高子業乎？二君詩大不同，而皆巧於用短。徐能以高韻勝，有蟬蜕軒舉之風；高能以深情勝，有秋閨愁婦之態。更千百年，李、何尚有廢興，二君必無絶響，所謂成一家言，斷在君采、稚欽之上；庭實而下，益無論矣。高季迪才情有餘，使生弘、正李、何之間，絶塵破的，未知鹿死誰手。楊、張、徐故是草昧之雄，勝國餘業，不中與高作僕。

明王世懋《秇圃擷餘》

王稚欽書五言律詩。王氏跋一。○天下以才子歸稚欽先生，謂若大紳子啓之傾寫不倦，則誤矣。構結鍛琢，極有工夫。一句一字，亦皆有色澤。此卷皆五言律，尤是長城書法，故不必成就而翩翩自賞，宛有徵仲中年以前筆，先生信奇人哉！

稚欽案上惟置《文選》一部，隨人揭問，輒暗誦無錯者。謂構結鍛琢極有工夫，然哉！其書亦自當附季迪、昌穀諸君後。

明孫鑛《書畫跋跋》續卷一

雜柬次公四通之一

王稚欽不死，可名才子；吴明卿雖老，衹作詩人。二語於兩君，可謂千秋斷案。大抵稚欽才具過吴，即詩文徑庭，作者而天授處，勃勃不可掩。吴才情藻繪皆匪王敵，而近體卓然名家，由工力深至故也。若吴自近體外，諸古風、樂、絶種種非長，而王之五言、律雖長公擊節稱善，格終出吴下。則天授難以盡憑，而人工不可不力審矣。鄙見夙爾。乍聞執事兹評，不覺犂然心醉，以爲王、吴復生，亦當款服。而晚進深味兹言，受益非眇，輒援筆退紀之，并綴一轉語，以聞執事，將無莞爾而笑也！

明胡應麟《少室山房集》卷一百十二

黄岡王夢澤太史善謔。一日往謁郭桐岡太府，見府前有枷犯，乃其家用之鋸匠也。顧謂郭曰："既常解鋸矣，而於此猶枷頸焉。"郭大笑，遂釋之。又客有患癬者，王曰："何不敷鹽於患處，以磚燒熱，徐擦之，自愈。"久而不效，以問王。王曰："磚鹽癬則絶無可知。此古方也。"又客有患赤鼻者，王教以油梳子熾熱擦患處，自愈。及用之，愈赤，又以問王。王曰："吾但知蘇子遊赤壁耳。"

明馮夢龍《古今譚概》卷二十二"王夢澤"條

王廷陳，字稚欽，號夢澤，世居黄岡。嘗魁湖省，正德丁丑魁禮闈，選庶吉士，擢給事中，以言外補，坐事勒歸，杜門謝交，肆志文事。其詩清切瑩潤，資嫻才逸，稱能品矣。

明朱之藩《盛明百家詩選·盛明詩家名氏爵里考》

江巨石名字失考，巨石其號也。正德時，爲禮部主事，好爲鐘鼎大篆，斯、邕以下耻而不爲。兄名暉，翰林修撰，作文好用奇僻字面，人既難識，又屬弟以大篆書，徒令觀者張目而已。王稚欽有詩嘲其僻。

明朱謀垔《續書史會要》

《承天大志》者，世宗既追宗獻皇，益務張大其事，以明得意，遂作《承天大志》一書。時工部尚書顧璘以督顯陵工程在事，即命之總理。璘乃聘楚人顔木、王廷陳等纂修。蓋諸君俱高名廢棄，欲借此爲出山計也。書成，而聖意不愜，遂報罷，不復議。嘉靖末年，給事邱嶽復迎上意，請重修。乃命閣臣徐階等總裁，而諸詞臣分領之。時情咸謂書成必有異擢，争求入局，以至徐華亭與袁慈溪之相左，瞿文懿與高新鄭之相訐，俱起於此書。比進呈乙覽，上以卷中脱簡，不復叙勞，僅各得賞，諸公大失所望。時去鼎湖不數月耳。獨邱嶽以建議始功，超爲禮部右侍郎。次年，穆宗大計京官，嶽坐降，調外任。

是時侍講學士廖道南亦修《楚紀》以求媚；既而世宗南幸承天，又獻《聖皇南巡江漢賦》，上以付史館，又上《瑞應頌》四篇，亦命留覽。既而朝見，時廖居憂，乃服緋袍，上大怒，褫其職，迨《楚紀》成，終不召。

明沈德符《萬曆野獲編》補遺卷一“承天大志”條

正德丁丑科三十四人

王廷陳

明黄佐《翰林記》卷十八

程翼蒼詩序

余初入館中，好訪求前輩故實。有言正德中，黄岡王稚欽、綏德馬仲房爲同年同館選，後先同謫補外。稚欽以通侻竟廢，仲房終躋尊顯。此二君者，皆詩人也。稚欽穎悟絶倫，所爲詩縱恣詼譎，脱去繩束，以慢侮當世。仲房詩整練有法，步伍秩然，雖才不及稚欽，而用意過之。今其集具在，論其世以考其人之得失，不亦可乎？

清吴偉業《梅村集》卷二十一

王廷陳《夢澤集》十七卷。字稚欽，黄岡人，庶吉士，吏科給事中。諫南巡，被杖，謫裕州同知。尋下獄，免歸。

清黄虞稷《千頃堂書目》卷二十

周青士云：此後薛君采、蔣子雲、王稚欽、高子業、華子潛、皇甫昆弟，皆清婉成音，各極其致。雖非昌穀流派，而風調實自昌穀啓之。

清朱彝尊編《明詩綜》卷三十六

詩話：華玉與劉元瑞、徐昌穀號“江東三才”，又與陳魯南、王欽佩稱“金陵三俊”。當李獻吉、何仲默詩名未盛時，藉其弘獎，而王稚欽、顔惟喬輩皆其所賞識。闢息園於居室之後，鑿池壘石，築載酒亭於西隅，延接名士，討論詩古文辭，張讌輒以箏琶佐觴。有小樂工楊彬善曲，每詫於客曰：“此蔣南泠詩所云‘消得楊郎一曲歌’者是也。”既負海内重望，遇時貴人或傲然不爲意，而山林寂寞之士虚己下之。祝希哲著《觀雲賦》、唐子畏著《廣志賦》，華玉恒對客誦之。及嚴惟中招飲，既坐，嫌其酒冷，惟中令易熱酒，華玉又嫌太熱，指顧揮霍，目無主人。嘗至浙訪孫太初，幅巾道衣，放舟西湖上。一夕見有舟泊斷橋下，一僧一鶴，一童子煮茶。華玉笑曰：“此必太初也。”移舟就之，遂定交焉。入楚，試童子，得江陵張叔，大奇之。入謁，脱所束犀帶與之，曰：“子他年所綰不止是，留此見老夫非虚譽爾。”稚欽既失志，日與狎客鬥雞走狗，華玉欲見之，稚欽不肯往，乃以計恐。狎客乘其出游，疾趨而前，稚欽亟走匿，爲狎客夾持之，强留之，具賓主禮。蓋其求友之勤如是。所撰《國寶新編録》，獻吉以下一十五人，各繫以贊。其交也廣，而擇之也峻矣。

《明詩綜》卷三十七“顧璘”條後注

詩話：景孚穿文鑿句，辭必自鑄。其文有《令緐》《閟始》《理訓》《闡詰》《範詛》《已邛》《臬揆》《原命》《稽彝》九篇，誦之若神經怪牒，蓋倣魁紀公而作。王稚欽贈以詩云："江生突兀揚文風，千奇萬怪難與窮。博物豈惟精《爾雅》，識字何止過揚雄。古心已出丘索上，邃旨或與神明通。求深索隱不肯置，一言忌使流俗同。令弟大篆逼鐘鼎，絶藝耻作斯邕等。生也爲文遺弟書，一出皆稱二難并。縱有楚史不可讀，滿堂觀者徒張目。少年往往致譏評，生也不言但捫腹。"讀未終篇，覺殷仲堪之眸子、裴叔則之頰毛，傳寫畢露矣。景孚詩稍文從字順，然豈可與稚欽并稱耶！

《明詩綜》卷四十一"江暉"條後注

詩話：仲房派沿北地，由其體純，存滓窳而捨神明，雖與稚欽齊稱，去而千里。

《明詩綜》卷四十一"馬汝驥"條後注

王廷陳三十五首

廷陳字稚欽，黄岡人。正德丁丑進士，改庶吉士，授吏科給事中。諫南巡，杖，謫裕州知州。尋下獄，免歸。有《夢澤集》。皇甫子循云："稚欽樂府古詩齊軌潘、陸，下擬陰、何，五律并肩沈、杜。"俞汝成云："夢澤詩清切不凡，榮潤可愛。"王元美云："王稚欽如良馬走坂，美女舞竿，五言尤自長城。"穆敬甫云："稚欽如阮嗣宗日坐步兵厨，醉態百出，而自無寒酸語。"顧玄言云："王給事調高趣新，頗多奇句。如深谷綿蠻，泠然幽響，殆與高、岑方軌。"蔣春甫云："稚欽五言漸近自然，頗多佳境。"陳卧子云："稚欽爽俊，故意警而調圓。"李舒章云："稚欽操筆不煩，軒然鵠舉。"宋轅文云："稚欽才情麗逸，儻加以沉思，當不減徐昌穀。"

詩話："稚欽逸藻波騰，雕文霞蔚，音高秋竹，色艷春蘭，樂府古詩既多精詣，五言近體亦是長城，固以邈後凌前，足稱才子。”

《明詩綜》卷四十一“王廷陳”條

衡嶽半山亭遠望

高道素

五嶺宗南嶽，群峰冠祝融。路從山半合，亭對海門空。峋嶁豐碑蝕，瀟湘極浦通。泠風如可御，吾欲問鴻濛。鍾廣漢云似王稚欽。

《明詩綜》卷六十六“高道素”條

詩話：魏樂府不成於曹、劉而成於繆襲，晋樂府不成於潘、左、張、陸而成於傅玄，宋樂府不成於鮑、謝而成於何承天，北齊樂府不成於蕭慤而成於陸卬，皆屬恨事。明洪武樂章率出四學士之筆，嘉靖樂章率出議禮諸貴人之詞，假孝陵，改命伯温、季迪，永陵改命稚欽、君采，則其辭定遠追奚斯、考父之盛，不若是之懦鈍矣。

《明詩綜》卷八十一“告祭北郊”詩後注

王廷陳，字稚欽，黄岡人。正德丁丑進士，改庶吉士，授吏科給事中。諫南巡，杖謫裕州知州，尋下獄。免歸。有《夢澤集》。

稚欽逸藻波騰，雕文霞蔚，音高秋竹，色艷春蘭，樂府古詩既多精詣，五言近體亦是長城。固已邈後凌前，足稱才子。《楚眺》云：“眺迥臨高閣，江湘萬里餘。草邊雲夢獵，花下武陵漁。白日山川氣，清秋水竹居。仙踪同霸業，消歇總愁予。”《生日有感柬同館》云：“五十來年是，行藏往日非。因之念親舊，存者亦幾希。弧矢心猶壯，文章力已微。操觚從二子，衰薄謝餘輝。”

清朱彝尊《静志居詩話》卷十一

王穉欽目空一世，而能推重何仲默，愛薛君采、鄭繼之。古人作青白眼，故當如是。今人不知視夢澤何如，而妄詆前輩一錢不直。少陵云："爾曹身與名俱滅，不廢江河萬古流。"昌黎云："李杜文章在，光焰萬丈長。不知群兒愚，那用故謗傷。蚍蜉撼大樹，可笑不自量。"諒哉！

清王士禎《分甘餘話》卷四

（東坡、朱文公）兩公之議，皆天下後世所不能易者也。乃關中王穉欽則以孔明之不能一天下者，在于自炫其能，而阻人以進用之路，其事業不能如蕭何，以失大體故也。

清周召《雙橋隨筆》卷五

《藝苑卮言》：王穉欽少爲文，頃刻便就，多奇氣。然好狎遊，蹶不可馴。父母抶扑之，輒呼曰："大人奈何輒虐海内名士耶！"

清姚之駰《元明事類鈔》卷十四"虐名士"條

《四部稿》：王穉欽爲庶吉士。翰林故事，兩學士典司教習，體貌嚴重。穉欽俟其退食，栖院署樹杪，窺見其起居狀，大聲叫呼。兩學士無如之何，佯弗知也。

《元明事類鈔》卷十七"栖樹叫呼"條

懋仁字無功，别號藕居士，嘉興人。萬曆中，由掾吏官泉州經歷，好讀書，老而不倦。尤喜摘抉隱義，網羅舊聞，如《文章緣起》《庶物異名疏》《異魚贊注》《壽者傳》《年號韻編》，皆考古者所寶。詩文有

《石經堂集》《塵栖稿》。其詩耽爲縷劃，意致纖巧，佳者頗似皮、陸。然性長厚，無露才揚己之意。李九疑謂得交無功後，益薄桑民懌、王稚欽之爲人。

清沈季友編《檇李詩繫》卷十七“藕居士陳懋仁”條

正德十二年丁丑舒芬榜

王廷陳黄岡人，給事中。

康熙朝《湖廣通志》卷三十二

王廷陳字稚欽，黄岡人。年甫丱，目誦數千言，能文章。弱冠魁鄉試，登正德丁丑進士，選翰林庶吉士，補吏科給事中。武宗南狩，上疏諫阻，上怒，杖之，謫知裕州。以忤監司，免歸。林居三十餘年，日以詩文自娱，著有《夢澤集》。嘉靖中，巡撫顧璘疏薦起用，不果而卒。

《湖廣通志》卷四十八

王格字汝化，與兄橋同榜進士，遷庶吉士，出知永興縣，尋擢南户部主事，轉員外，補河南僉事，分巡河北。世宗南巡至衛輝，行宫火，火自内發，旨逮格及撫臣等，杖之，歸田。又十年，金陵顧華玉巡撫聘格與隨州顔維喬、黄岡王稚欽同修《興都志》，書成，賜金帛。

《湖廣通志》卷四十九

龍膺《白雲山房集序》

予因與咨伯商也，詩有以專詣爲境，以贍博爲材，以琢磨爲工，以混沌爲象，以豪勁沖邁爲氣。乃邇來作者大謬不然，師匠既卑，格檢亦縱，步趨中晚，闌入宋元，甚爲窾言，雜以嘲謔，烏在其爲大雅之音？予竊謂正嘉以前，稚欽、季迪爲先覺；隆、萬而後，明卿、本寧、中郎兄弟爲正宗。咨伯則方來張楚之傑、歌郢之雄，而屈宋之嫡派也。餘非其倫也。

《湖廣通志》卷一百二

王廷陳字稚欽，黄岡人。正德丁丑進士，選庶吉士。解館，拜吏科給事中，出爲裕州知州。吕元音《黄岡縣志》

《御定佩文齋書畫譜》卷四十二

王廷陳：字稚欽，黄岡人。正德丁丑進士，改庶吉士。授吏科給事中，謫知裕州，坐累免。有《夢澤集》。

康熙朝《御選宋金元明四朝詩·御選明詩姓名爵里二》

王廷陳湖廣黄岡人，進士，正德十四年任。

雍正朝《河南通志》卷三十四“裕州”

王廷陳《夢澤集》三十八卷。

清張廷玉等《明史》卷九十九《藝文志四》

王廷陳《夢澤集》二十三卷。

廷陳字稚欽，黄岡人。正德進士，選庶吉士。以言事廷杖，出知裕州。事蹟具《明史·文苑傳》。

《欽定續文獻通考》卷一百九十二

王廷陳字稚欽，年甫丱，日誦數千言，能文章。弱冠魁鄉試，登正德丁丑進士，選庶吉士，補吏科給事中。武宗南狩，上疏諫阻，謫知裕州。以忤監司免歸。林居三十餘年，日以詩文自娛，著有《夢澤集》。嘉靖中，巡撫顧璘疏薦起用，不果而卒。詳《明史》。

乾隆十四年《黄州府志》卷十一《文苑》

黄岡舊志云：自王稚欽後，士多工古文詞。當時七子主盟文壇，卑視一世，謂詩必盛唐，文必秦漢。要之，人各有懷，惟巧思之濬發耳；遞相祖述，果足以盡文章之能事歟？

乾隆十四年《黄州府志》卷十六《藝文志》

王廷陳字稚欽，黄岡人。由進士選庶吉士。武宗南廵，與同館舒芬等七人疏諫，帝怒，罰跪五日，杖於廷，出知裕州。忤巡按御史喻茂堅，削籍歸。廷陳才高，以詩文著名，有《夢澤集》行世。

《大清一統志》卷二百六十四

《夢澤集》二十三卷，明王廷陳撰。

《欽定續通志》卷一百六十二

明王廷陳撰。廷陳恃才輕脱，致放廢終身，器量殊爲淺狹。其詩則意警語圓，軒然出俗。王世貞《藝苑卮言》稱其“如良馬走阪，美女舞竿，五言尤屬長城”，又稱“王稚欽、吴明卿之五言律各集，妙境專至而有餘”。朱彝尊《静志居詩話》亦謂其“音高秋竹，色艷春蘭，樂府、古詩殊多精詣”。雜文則鏤金錯采，華掩其實，雖謂之僞體可矣。

《四庫全書簡明目録》卷十八“《夢澤集》二十三卷”

張仁熙字長人，廣濟人，順治時歲貢，傳詳《文苑》《楚北藝文志後序》：王夢澤廷陳，黄岡，文仿漢魏，詩逼初唐，一時名噪天下，集雖約，實名家焉。當世宗時，以顧玉華薦，與顔惟喬、木應山、王汝化格同修《承天志》，不稱旨。王固不長叙事，又書中多言以家艱不赴辟，俟書成乃一至。而顔自有《州乘》《燼餘稿》，諸書未聞見，不競矣。……此數公者，或先輩丹黄評許，或時賢裒集節録，或藝文偶見，或專集孤行，皆足笙鏞半壁、烟樹江山者也。嗚呼！楚北之文盡是耶？不盡是耶？夫夢澤、大泌，世所久傳，終不可祧，即楚南《懷麓》茶陵李東陽集名，冠冕藝林，卒難抑而仲之。而或謂楚文多自爲法，不一轍，故名家者少。然其氣剽而悍，公安、竟陵孱弱，而卒以易天下者，氣峻而詣獨造也。夫楚人之行正直抗厲，以氣勝文，不欲以格自拘，宜哉！抑《藝文》雖志一斑，然山川形勢、人物種種，卒非文莫行遠，故謂文統全志可也。余安得合南楚而讀之，勒爲全書以張楚哉！

光緒十年《黄州府志》卷三十六《藝文志》

京山李維楨《户部尚書贈太子少保雲澤王公墓志銘》：公名廷瞻，字稚表，黄岡人也。其先江西樂平人。國初，始祖省三移家黄岡，以籍自占，爲黄岡人。數傳至仲斌，生思旻，工法家言，同知泰州，有惠政，民尸祝至今。旻生文奎。奎生濟，弘治壬戌進士，爲吏部郎，歷官四川參政，祖、父皆以公貴，贈户部侍郎。濟丈夫子五人：長廷儒，次廷陳，次即公，次廷揚，次廷遷。吏部嘗語人曰：“吾五子皆可兒，陳必以文章顯，瞻必以功績著。”……里居七年，撫按臣數薦公有古大臣風概，不宜投在林壑。無何，病卒。距生正德辛巳九月二十八日，年七十有二，葬於還和鄉王家林。初，吏部公居父母喪，廬墓三年，公亦如是。諸兄弟雖異母，友愛無二。儒以鄉舉爲南京都察院都事。陳以會魁高第，選庶吉士，學士家所稱夢澤先生者也。其才傲睨一世，出知裕州，與上官相持，罷。揚、遷俱太學生。子孫由科目爲名士者相望，獨公仕三朝，位八座，壽逾耆。後人濟美象賢者方興未艾，甯爲王氏無雙，即黄文獻大國，不可有二矣。

光緒十年《黄州府志》卷三十八《金石》

黄岡縣：泰州同知王思旻墓。在袁家沖赤膊龍。

贈户部侍郎河南參政王濟墓。在女王城鮎魚地。

吏科給事中王廷陳墓。在還和鄉烽火山側虎山。

贈太子少保刑部尚書王廷瞻墓。在寶珠墩，諭葬。李維楨撰墓志銘，見“金石”。

廣東道御史王同道墓。在三台河東岸，大路之北龜形地。

光緒十年《黄州府志》卷四十《冢墓》

黄岡縣·山：縣東北五十里曰回龍山，有東嶽廟，歲時居民祈禱，絡繹不絶；六十里曰金鷄山，相傳古掘地有金鷄飛出；稍東曰白楊山，《縣志》作白洋山，有桃花洞，明郎中秦繼中著書處；又東曰烽火山。

光緒十年《黄州府志》卷二《疆域志·山川》

傳記資料

明史·王廷陳傳

王廷陳，字稚欽，黄岡人。父濟，吏部郎中。廷陳穎慧絶人，幼好弄，父抶之，輒大呼曰：“大人奈何虐天下名士！”正德十二年成進士，選庶吉士，益恃才放恣。故事，兩學士爲館師，體嚴重。廷陳伺其退食，獨上樹杪，大聲叫呼。兩學士無如之何，佯弗聞也。武宗下詔南巡，與同館舒芬等七人將疏諫，館師石珤力止之。廷陳賦《烏母謡》，大書於壁以刺，珤及執政皆不悦。已而疏上，帝怒，罰跪五日，杖於廷。時已改吏科給事中，乃出爲裕州知州。

廷陳不習爲吏，又失職怨望，簿牒堆案，漫不省視。夏日裸跣坐堂皇，見飛鳥集庭樹，輒止訟者，取彈彈之。上官行部，不出迎。已而布政使陳鳳梧及巡按御史喻茂堅先後至，廷陳以鳳梧座主，特出迓。鳳梧好謂曰："子候我固善，御史即來，候之當倍謹。"廷陳許諾。及茂堅至，銜其素驕蹇，有意裁抑之，以小過榜州吏。廷陳爲跪請，茂堅故益甚。廷陳大罵曰："陳公誤我。"直上堂搏茂堅，悉呼吏卒出，鎖其門，禁絶供億，且將具奏。茂堅大窘，鳳梧爲解，乃夜馳去。尋上疏劾之，適裕人被案者逸出，奏廷陳不法事，收捕繫獄，削籍歸。世宗踐阼，前直諫被謫者悉復官，獨廷陳以罣吏議不與。

屏居二十餘年，嗜酒縱倡樂，益自放廢。士大夫造謁，多蓬髮赤足，不具賓主禮。時衣紅紫窄袖衫，騎牛跨馬，嘯歌田野間。嘉靖十八年詔修《承天大志》，巡撫顧璘以廷陳及顏木、王格薦。書成，不稱旨，賜銀幣而已。廷陳才高，詩文重當世，一時才士鮮能過之。木，應山人，官亳州知州。格，京山人，官河南僉事。

《明史》卷二百八十六《文苑傳》

列朝詩集小傳·王裕州廷陳附見顏木

廷陳，字稚欽，黄岡人。父濟，弘治間進士，爲吏部郎。稚欽穎慧絶倫，髫年綴文，不假師授。好黏竿風鳶諸童子戲，父抶之，輒大呼曰："大人奈何虐天下名士耶！"正德丁丑舉進士，選翰林庶吉士。翰林故事，兩學士典司教習，體貌嚴重。稚欽伺其退食，栖院署樹杪，窺見其起居狀，大聲叫呼。兩學士無如之何，佯弗知也。解館，拜吏科給事中。毅皇帝將南狩，修撰舒芬、庶吉士汪應軫，要衆伏闕請留。石藁城爲館師，危詞沮之。稚欽賦《烏母謡》，大書玉堂之壁，藁城大慚。

執政聞之皆怒，諷吏部，出爲裕州知州。稚欽既不習爲吏，訟牒堆案，漫不省視。左遷失職，快快無所發怒，有所案治，榜掠過當。御史監司行部，不出迎謁，亦不屬疾。有分司鞭撻州吏，錮其門，絶饘食以窘之，久之乃引去。自是相戒莫敢道裕州。州民被案者，佚出詣闕下，訐奏稚欽不法事。收捕下獄，削秩免歸。屏居二十餘年，嗜酒縱倡樂，益自放廢。達官貴人相慕好請謁者，延見之，多蓬髮跣足，不具賓主禮。時衣紅紵窄衫，騎牛跨馬，嘯歌田野間。嘉靖初元，搜訪遺佚，顧華玉撫楚，以稚欽及隨州顏木應詔，不果用，賜縑帛，老於家。

稚欽有《夢澤集》十七卷。其詩婉麗多風，爲詞人所稱，而文尤長於尺牘，皇甫百泉稱其與顧中丞、陳監察書，若嵇康之絶山宰，寄余懋昭、舒國裳二札，即楊惲之報會宗，君子讀而悲之。顏木，字惟喬，稚欽同年進士，知許州，亦以州民詰奏，下獄免官，任誕自放，其蹤跡亦略仿稚欽。兩人聞之，交相得也。惟喬詩質率，了無才情，而其名亞於稚欽，撰《隨志》，雜用史法，體例踳駁，而顧華玉推其有良史才，殆名過其實者也。

清錢謙益《列朝詩集小傳》丙集

明書・王廷陳

王廷陳，字稚欽，别號夢澤，湖廣黄岡人。兒時便能敏記。黏竿風鴟，狎游蹶獷，其父參政濟每抶扑之，輒呼："大人勿過虐海内名士。"正德十二年進士，以庶吉士讀書翰林院。每伺學士過院，輒登樹作聲，學士驚，佯不知也。武宗將南巡，與同馆舒芬等上書劾江彬罪，學士石珤聞而止之。廷陳賦《烏母謡》，書翰林壁間，其詞云："烏母謂烏子：弋人在旁汝勿啼，弋人得知將汝歸。我但高飛起，焉能救汝爲！"竟上疏。撤館，授給事中，卒與芬等忤旨補外，知裕州。廷陳爲州，臺省監司過者，皆不出迎，亦無所托疾。曰："是皆盲人，敢當王生倒屣耶？"會御史喻茂堅行部至裕，而藩使陳鳳梧亦至，廷陳以師故謁鳳梧。鳳梧好謂曰："顧我良善，但勿後御史，御史銜上命者也。"廷陳曰："諾。"前迎御史。御史知裕州亢驁，故以小過榜其吏。廷陳屈請，弗釋，則大罵曰："陳先生誤我。"直上堂搏茂堅，悉呼其吏卒出從守，勿更侍御史，鑰御史門，且具奏。御史窘，不能具朝餔，由鳳梧稍爲謝，僅夜去。尋劾奏廷陳不恭，會其州中豪民亦告廷陳，廷陳坐囚大梁獄。獄中作《左賦》《神難》二篇。其《左賦篇》曰：

晝晦宵明，川停岳行。隆冬劇燠，六月而冰。墮毛不揚，石舉輿升。廢犨振韻，奮霆無聲。群欣逐臭，乃厭蘭芬。猜鸞駭鳳，精粻飼梟。仁蹻德跖，勁弧射堯。恬海狎江，隘瀆沉舠。風虎輟嘯，土兕面號。曠聽既收，聾司音矣。彼之朦朧，五色分矣。駿足則縛，蹇服乘矣。侏儒引臂，上捫星矣。醜女專憐，淑媛不御。雠璧惠蠅，踏巾首屨。適郭捐達，擇潦而步。賁獲閑勇，尪夫勁兮。麓兔折趾，獵者競兮。不根而葉，季爲孟兮。亂曰：被繳之鳥，戒拔其翎。彼實酗酒，謂爾何醺？寇逾其垣，導寇以登。彼田不治，懟鄰之耕。

其《神難篇》曰：

予獄既久，請於神曰："蓋聞之：洞外者，靈也；贊貞者，天也。故哲領不折，妖體必離，亂魄見褫，欹衷每迷。故剌聖之刃必斷，毒賢之鴆必覆，掩正之罔必裂，墮良之阱必夷：是神職也。予之獄也奚罪？"侍命多時，倦肢憤志，恍兮惚兮，□神之難。

一難曰："□□懟妍，[①]□□□仇。東家之宴，西鄰怨詛。是故握珠懷珍，而贊瓦礫。彼有跛鼈，稱之駃騠。鄰姬之瞽，而曰是

① 方框"□□"系原書缺字，本書卷十三《神難》作"醜士"。後同，不再出注，參本書《神難》。

則明眸。汝也蒙詬在伊，讓其不滌；彼髮不括，若已蓬首。是瞽鄰姬、明跛鼇而擲瓦礫也。汝奚無罪？”予曰：“天之畀予，厥鑒湛湛。乃緇其素，詭中以容，則予豈敢？予不知罪。”

二難曰：“據崇者卑附，操首者尾隨，宅腴者瘠依，言勢忌失也。虎勁違山，見威於犬；悍夫不戒，孺或襲焉；鸞折其翼，而鳶啄腹。汝乃捐華背要，而昔心不移。夫舍陵趨壑，誨擠者也；去重即輕，勖擲者也；服冕不則，命裂者也。子失勢矣，固昔憎所乘而往怨所使也。汝奚無罪？”予曰：“勢若龍蛇，誰與執之？且棄耻若疾，掩耳冒詈，貪主人之利，而憚進苦劑，予未能也。予不知罪。”

三難曰：“虎搏鄰牛，操弧弗射，非己利也；虞人布羅，獲禽丘若，見者弗禁，有在野也；仇腹可飽，忍割朋肉，痛弗切膚也。故攘鄰之膏，以赴盜火，庇己而已。子則塞勢者之賄，奪肥乎大嚼口口而飼之人，貽國人以富而甘以其身貫戾。夫存鄰牛而射虎，逢虎之罪；惡禽斃而毁虞羅，遭虞之疾。是眩者爲也。汝奚無罪？”予曰：“梟搏鷄雛，其母奮翅，知不能庇，愛弗已也。夫聞啼助戮，良所弗忍。予不知罪。”

四難曰：“衆直頌行，不勝單佞；十堯崇治，一桀潰之；黠夫伸舌，惠口□□。故堅翰不□，□派不遏，爍□□□，□骨不解，奔□不陣：虎乃傷也。而□□勁者之摧，而孱士之庇，汝奚無罪？”予曰：“吾寧吾步之蹶，誠不能使勁者之肉孱也。且覆惡以求立也，德强以避抑也，曷可説矣？予不知罪。”

五難曰：“不援之道，存乎托也。衆植其援，以備攻也。王屋之鳥，弋人弗射；王囿之兔，獵子不逐。集瓚之蠅，忍而弗擲；弱木之條，引手莫牽；蓂莢生陛，弗剪弗踐，其附然也。故陽區無凍蟲，仁壤無稿品，潤國無燥類，附之及也。子膚托而了援矣，汝奚無罪？”予曰：“予聞之：健夫終日立，不倚不僵。衆恃而不怵，非夫也。予不知罪。”

六難曰："世有尊官，莫知其名，手握雷霆，奔轟閃耀。旭昃倏忽，殊態改視。傴僂而趨，償其最考；唯唯將事，是爲豐績。磬折之腰，壽其文組；如醴之輔，頤禄是永。故勁項者辱，剛膝者斥，毅面者黜，符中者完既泄之孔忤臆者扇不薪之焰，是天下之至威也。汝乃規守矩執，恭不逾憲，不省己倨，咎人之僭，兹構之由也，何爲無罪哉？"

何謂無罪哉？予乃俯伏嘆息，茫然汗洽，駭然股慄，厥罪自知，無復以對。神不復難。

廷陳秉性高潔，以名節自許，然恃才輕世，殆無人理。始在裕州，夏月裸跣聽訟，或見飛雀集庭樹，輒語訟民曰："且止，取彈彈雀。"民有應拷者，彈之十，曰："速吐實。"其當鍰者，令入十紙，或一千彈丸，或□□□□免其笞。世宗朝大録遺直，廷陳□□驁廢，□□□□□衣紅紫，騎牛出，亦嘯□□□□□□□□□□□競效之。乃更爲長袖尺餘。楚中醫卜諸人，多角巾綺服，混儒生。廷陳乃自圓帽布衣，而令其從者十餘人角巾綺麗，從其後。舒芬嘗勸矜飾名行，輒以書答之，不復顧。與亳州知州顔木預修《承天大志》，賜金幣，竟不用廷陳。

廷陳爲文纖疏駢縟，摹仿東京，每有所造，輒讙叫示人。雖卒坐傲誕廢，然當世論文，必及之也。顔木，隨人，罷官家居。故人爲湖廣參政，至隨訪木，匿不見，即行部他邑。有舊交，荷炙鷄瓶酒，由中道入。門戟呵止之，乃木也。因共飲至醉，委甗擔去，不知其方。

論曰：夢澤自外名教，但有不樂。從不樂中爲文，必詼譎自放。負殊才，往往然也。此當以理學二字救之，俾揖志與聖賢，氣平而誼見矣。惜其時無人，且足以下廷陳者。

查繼佐《明書·列傳卷》之十八《文史諸臣列傳·王廷陳》

明文海・裕州府君列傳

王一鳴

裕州府君者，余從四世祖也。名諱不得稱，字稚欽，學者稱夢澤先生。云其業成，海内無不知有夢澤先生。而余於子姓間，居恒稱府君。

府君少穎朗，從父參政府君遊於四方，其爲文頃刻便就，多奇氣，然好狎遊、黏竿、風鷂諸童子樂，又蹶不可馴。參政府君挟扑之，輒呼曰："大夫奈何輒虐海内名士耶！"

爲翰林庶吉士，詩已有名，其意不可一世，士僅推何景明，而好薛蕙、鄭善夫。故事：學士二人爲庶吉士，師甚嚴重。府君獨心易之，時登院中樹而窺學士過，故作聲，驚使見，大恚，然度無如何，佯爲不知也。時江彬挾武宗南下，府君欲率汪應軫、江暉、曹嘉、舒芬、馬汝驥等上書言江彬。學士石珤止之，府君旦賦《烏母謡》，揭之壁。珤語不得，出吐舌焉。

久之，竟爲給事中言江彬，謫裕州知州。既中不屑州，而以諫出，益怏怏不樂。臺省監司過州，不出迎，亦無所托疾。人或勸之，怒曰："齷齪諸盲官，受王生迎耶，當不愧死？"而出候其師陳鳳梧以他藩道者，梧好謂曰："足下候我固厚，而御史從後來，足下儻有意一見乎？且足下厚我以師故，即御史君命也。"府君曰："善。"乃前迎御史喻茂堅。茂堅素鷙悍。至州數州吏微過，對府君榜之。府君大罵曰："陳先生誤我，我見辱。"挺身出，悉呼其吏卒從守勿更侍。州吏慴伏，無敢留者。茂堅窘，不能具朝餔。謀於陳鳳梧，爲謝過，稍給之，僅得夜引去。於是監司相戒，莫敢道裕州，而恨府君益甚，爲文致大梁獄。獄中有《左賦》。

賦曰："晝晦宵明，川停嶽行。隆冬劇燠，六月而冰。墮毛不揚，石舉輿升。廢鼙振韻，奮霆無聲。群欣逐臭，乃厭蘭芬。猜鸞駭鳳，精粻飼梟。仁蹻德跖，勁弧射堯。恬海狎江，隘瀆沈舠。風虎輟嘯，土兕而號。曠聽既收，聾司音矣。彼之蒙蒙，五色分矣。駿足則縳，蹇服乘矣。侏儒引臂，上捫星矣。醜女專憐，淑媛不御。鼪壁惠蠅，踏巾首屨。適郭捐逵，擇潦而步。賁獲閉勇，尫夫勁兮。麄兔折趾，獵者競兮。不根而葉，季爲孟兮。亂曰：被繳之鳥，載拔其翎。彼實酗酒，謂爾何醒？寇逾其垣，導寇以登。彼田不治，懟鄰之耕。”

及出獄，罷官歸。家居益自放達，官貴人來購文好見者，多囚服蓬首垢面見之。間衣紅，騎牛嘯歌，因作《述邃》《螢火》二賦以自廣。

其《述邃賦》曰：“緊南服之靈萃兮，領豐慧於方童。稽統世之軒崇兮，惟哲人焉以降。欻翼振而霄舉兮，紛齊羽之誰蹤。戴殊薦以邇秩兮，帝實洞其美衷。羌獄立而坎視兮，將媒静乎遐至。中實慍乎攘攘兮，詎徒與之求避。謇命占以吉貢兮，覽蕪蔓焉是艾。靡市背而岑闃兮，曰惟窅乎其内。隈不岌岌而崇兮，徑不疊疊而遒。彼衙衙之侈構兮，反予睇其足羞。抗隆棟以締宇兮，脩垣遵乎坤隅。約蓀蘭使被椽兮，令日月乎當樞。苟能奂娱以宅志兮，是固予心之所仇。重仁而襲義兮，障夫塵之累也。扃禮而牖智兮，專乎其所事也。吾將服貞一以省處兮，夫豈惟藝之囿也。括道器以充詘兮，固衆兆之所駭也。紛悸矚以竚眙兮，欲干傺而儃佪眩。厥施而弗竟兮，乃各以其膚猜。嗟躁士之本剥兮，宜甫趨而忽蹶。醜憸夫之懷詭兮，乃仇直而委折。傷二者之偕失兮，荃蕙旐審厥居。心務却以基進兮，惟欿然裕其所。如晦累而冥探兮，所以君乎紛華。彼時俗之佻澆兮，背繩墨而馳騤。予將服正則以恬守兮，虞窘步於㰞陬。夫朋不可以聲來兮，功不可以偶作。疇廢伏而有章兮，疇棄耕而能穫。亂曰：仆不僵兮進不妍，斂神志兮守吾玄。有弗據兮孰敢奸，匪邃道兮曷其然。”

其《螢火賦》曰：“當朱明之杪月，玩流螢之宵征。感温風之扇爍，醲腐草之末榮。既化植以爲動，復緣死而遂生。庶揚光於冥闃，甘匿景於太陽。或内照之猶尠，焉旁燭以無疆。謬用晦之邃旨，實自焚之爲防。孰潛形而更昭，孰益膏而罔竭？何恒焰而不灰，何炙手而弗熱？彼玄宇之巧人，訝明珠之翻飛。偶驚飈之散激，駭星辰之乍稀。羌倏明而忽滅，蓋石火之暫輝。爾其代燈燭於書筵，紛軒除以見掇。幸蝌蚪之與鄰，聚朋侶而囊括。將炫赫以階危，恨微軀之難脱。亂曰：日月出矣，爝火何爲？闇然而章，聖哲弗譏。伯陽守黑，豈邇禍機。”

會世宗欲張楚，詔修《楚史》。都御史顧璘心知府君奇節，疏上世宗。疏曰：“臣都御史璘頓首昧死上言：夫陛下欲張楚，勒成一家之言，備萬世天下之觀乎？非得倚相、觀射父之才不可。故裕州知府王廷陳、故亳州知州顏木，皆有良史才，惟上財察。”於是起府君及顏木，給筆札，承天居。頃之，書成上之。世宗賜金幣，然亦有所長短。而璘嘆曰：“天乎！夫王、顏之才，竟汶汶也！”

府君性固高潔，即平居，郡國之吏無敢輒至其廬，即至不得見。惟大梁郭鳳儀、東吴皇甫汸，各以其業進，相得甚歡。故夏宰相言時時餽遺不絶，府君無所答，亦不大通長安書，其介如此。

著書十七卷，二十餘萬言。先是舒芬、江暉、曹嘉皆貶，皆曲赦，汪應軫爲副使，馬仲驥至尚書。顏木亦罷官以死。木未死時，故人爲參政，至随川訪木，匿不得見。既行部他邑，有田父荷擔，以炙鷄獻，酒由中道入，門戟呵止之，乃木也。因共飲至醉，委獻擔以去。追問邸舍人，莫能踪跡矣。

論曰：太上立德，其次立功，又其次立言。夫其以尺一之書上建章闕下，至死不慘沮者，非其偶然，亦計畫無所復之耳。乃其從容優游，桑之不止，劫之不撓，何堇堇也！夫漆園貧賤，玄亭寂寥，蠶室下而《自叙》興，上官讒而《懷沙》賦，語默相抗，進退相角矣。然節義之於文章，猶二之也。代不數而得之楚，人不數而得之府君，節與文不兩得而府君佹得之，此豈富貴利達足動其心哉！

清黄宗羲編《明文海》卷三百八十八

湖北詩徵傳略·王廷陳字稚欽，正德進士，官給事中，有《夢澤集》

廷陳官庶吉士，適武宗南巡，與同館舒芬等七人疏諫，帝怒，罰跪五日，杖於廷，出知裕州，忤巡按御史喻茂堅，削籍歸。才氣高邁，以詩文著稱。《明史·文苑傳》

夢澤性放誕，官翰林時題詩館壁云："幾年不到梅山上，祇道梅山都是梅。今日梅山一回首，野花荆棘兩相隨。"蓋譏同輩無才也。《堅瓠集》

稚欽逸藻波騰，雕文霞蔚，音高秋竹，色艷春蘭，樂府古詩既多精詣，五言近體亦是長城，固已邈後凌前，足稱才子。《楚眺》云："眺迥臨高閣，江湘萬里餘。草邊雲夢獵，花下武陵漁。白日山川氣，清秋水竹居。仙踪同霸業，消歇總愁予。"《生日有感柬同館》云："五十來年是，行藏往日非。因之念親舊，存者亦幾希。弧矢心猶壯，文章力已微。操觚從二子，衰薄謝餘輝。"《静志居詩話》

廷陳少年高第，以恃才傲物，致放廢終身，其器量殊爲淺狹。至其詩意警語圓，軒然出俗，則不得不稱爲一時之秀。王世貞《藝苑卮言》稱其"如良馬走阪，美女舞竿，五言尤屬長城"，又稱"王稚欽、吴明卿之五言律各集，妙境專至而有餘"。朱彝尊《静志居詩話》亦謂其"音高秋竹，色艷春蘭，樂府古詩殊多精詣"。蓋在正、嘉之間，何景明最爲俊逸，廷陳之天骨雄秀，抑亦驂乘矣。《四庫書目提要》

皇甫子循云："稚欽樂府古詩齊軌潘、陸，下擬陰、何，五律并肩沈、杜。"俞汝城云："夢澤詩清切不凡，榮潤可愛。"王元美云："王稚欽如良馬走坂，美女舞竿，五言尤自長城。"穆敬甫云："稚欽如阮嗣宗日坐步兵厨，醉態百出，而自無寒酸語。"顧玄言云："王給事調高趣新，頗多奇句，如深谷綿蠻，泠然幽響，殆與高、岑方軌。"蔣春甫云："稚欽五言漸近自然，頗多佳境。"陳卧子云："稚欽爽俊，故意警而調圓。"李舒章云："稚欽操筆不煩，軒然鵠舉。"宋轅文云："稚欽才情麗逸，儻加以沉思，當不減徐昌穀。"

稚欽削秩歸，屏居二十餘年，嗜酒縱倡樂，益自放廢。達官貴人相慕好請謁者，延見之，多蓬髮跣足，不具賓主禮。時衣紅紫窄袖衫，乘牛跨馬，嘯歌田野間。嘉靖初，賜縑帛，老於家。《聞箏》云："花月可憐春，房櫳映玉人。思繁纖指亂，愁劇翠蛾顰。授色歌頻變，留賓態轉新。曲終仍自叙，家世本西秦。"《續本事詩》

《矯志篇》云："蛟龍雖困，不資鱔鰍。鸞鷟雖孤，不匹鶩雛。雖有香車……易地則棄。蕙蘭不采，無異蓬蒿。干將不試，世比鉛刀。以驥捕鼠，曾不如貍。餓夫獲璧，不如得糜。郭生純臣，魯連高士。彼乃登臺，此則蹈海。寧直見伐，無爲曲全。寧渴而死，不啜盜泉。"其不可一世之概，亦可少見矣。《別裁集》

稚欽當世，惟皇甫汸材與相埒，汸亦傾倒之，至《夢澤集序》，汸所撰也，中有云："不以左遷爲憾，而以得繼蘇長公爲榮；不以赤壁爲樂，而以得見夢澤子爲幸。"又云："君胡白眼於衆而傾蓋於余？余亦胡爲在衆欲殺而在君獨憐也？"又云："楚多材之邦，而辭詞之藪也，屈原見詆於上官，宋玉蒙訴於登徒，禰衡被害於曹瞞，然其志則争光於日月，而其言則震響於霄壤矣。"所謂文敵《左氏》《國語》而兼騁班馬者也。斯集斯序并足不朽矣。

《放歌》云："竊鉤者誅，竊國者王。仁義資亂，道豈不臧。一解。代秦者吕，襲楚者黄。巍巍國君，大盜在傍。二解。謂尺何短，謂寸則長。此不可度，彼何可量。三解。獸殪罟裂，鳥盡弓藏。智勇既殫，軀乃見殃。四解。讒巧爲忠，直夫稱狂。出門異趨，毁譽曷常。五解。樂不可極，憂來無方。游心沖虚，以保壽康。六解。"《妾薄命》云："春風轉蕙披蘭，高臺曲榭中連。經堂入奥張筵，秦箏趙瑟俱前。鳴弦度曲雙妍，輕舉紈袖襹襹。宛若游龍翔鸞，翠盤金爵闌干。呈能角技爲歡，種種厭射更端。眼看陽景西馳，高張蘭燭承暉。車倦馬怠不辭，但歌不醉無歸。夜深坐促尊移，含悰送意向誰。衆中色授君知，願言并蒂雙栖。惡聞易別輕離，佇立不勝彷徨。獨宿寤言難忘，何以報君明璫。起視銀河爛光，牛女咫尺相望，終夜不成報章。"陳卧子云："調本子建，聲情積合。"《行路難》云："北風蕭蕭雨雪滂，辭我親友之朔方。中閨少婦走傍徨，勸君斗酒牽衣裳。道路縱横多虎狼，歲暮天寒百草黄。結髮本期不下堂，君獨何爲慕他鄉。東流之水不西歸，宛轉蛾眉能幾時。人生富貴亦有命，辛苦馳奔空爾爲。縱令鼎食有別離，賤妾但願共餔糜。"《張子魚過訪》云："故人天上至，清宴夜深開。澤畔微芳度，江皋暝色迴。楓林停翠幰，月岸擁金罍。正苦歡娱逼，無令候吏催。”《訪童内方太史於漢口舟中即席賦贈》云：“漢廣來非偶，人遐會亦奇。獨趨金馬去，暫遣白鷗隨。泛舸疑牛渚，彈冠想鳳池。當憐澤畔侣，顑頷不勝悲。”“每憶朝端舊，寧期漢上逢。舉杯酹鸚鵡，吹笛擁魚龍。天遠江俱盡，楓迴渚自重。知君欲解纜，爲我且從容。”《病後答友人》云：“一畝居連郢客鄉，三年愁隔漢川長。青山各有幽栖志，白雪遥傳寡和章。自傍雲霞開藥圃，不將塵土灑荷裳。洞庭雪後烟波闊，花底乘舟到草堂。”《燕京元夕曲》云：“香車一一渡星橋，翠袖雙雙引玉簫。但訝遊人争辟易，不知夫婿漢嫖姚。”《明詩綜》

《湖北詩徵傳略》卷十五